唐五代咏菊诗词

（365首）

郑 京 著

百花洲文艺出版社
BAIHUAZHOU LITERATURE AND ART PRESS

序

阎晓明

唐诗（由于《全唐诗》纳入了部分五代诗词，这里的所说的唐诗也包含了部分五代诗词）是中华文化艺术的一座高峰，是中华文化宝库的瑰宝，也是中华民族珍贵的文化遗产之一，对于后人研究唐代的政治、民情、风俗、文化等都有重要的参考意义和价值。一千多年来，唐五代诗词潜移默化地融入了世代人民的心灵，深刻影响了中华民族的政治、文化、价值等方面的形成和发展，同时也对世界上许多民族和国家的文化发展产生了很大影响。

有唐以来，唐五代诗词就不断地被编辑成各种各样的诗集，林林总总，汗牛充栋。例如我们所熟知的《唐诗别裁集》《唐诗三百首》《唐诗一百首》等，更多的是个人作品专集。像本书这样以吟诵菊花为专题的选集极为罕见，令人耳目一新。

首先，写作选题专业精细。唐五代诗词是宏大的艺术宝库，能作为专题编选诗集的内容、题材可说是十分丰富，不胜枚举。例如山水诗、边塞诗、田园诗等。前人已做过许多类似的尝试。著作者另辟蹊径，挑选了咏菊诗这个十分专业甚至是冷门的课题。从写作的角度讲，越精细的题材，占有资料越困难，可写的路径越窄，施展的空间越小。但著作者显然是迎难而上，他运用现代检索手段，以《全唐诗》为基础，在5万多首诗词中全面检索出有吟咏菊花内容的诗词作品近1000首。由于时代条件所限，《全唐诗》中所载咏菊诗作品中作者重复、内容重复的现象不在少数，著作者依据相关资料，尽可能作出令人信服的鉴别，厘清了相关作品的作者和内容重复的基本情况，确定了唐五代咏菊诗词的作者和数量。更难得的是，他经过对其他相关资料的深入研究，还发现了《全唐诗》没有收录的少量咏菊诗作品或其他版本，依据相关资料补齐了有关作品缺失的字或词。书中选用的作品均注明了出处；未选用的作品也在附录中编写了诗人、题目和出处目录，以便于读者查询、研究，可在很大程度上避免以讹传讹，具有较高的查询、借鉴价值。

其次，所选诗作优美精致。著作者根据现代人生活学习的规律和特点，以"热爱古诗词，热爱菊花，有一定古典文学功底，有阅读时间和阅读习惯"的要求设计读者定位，按照"质量、简短、易懂、易记相结合"的原则，精心挑选了365首诗词作品，以保证读者实现 "一日一首"的阅读期望。书中所选作品具有积极的思想意义和较高的审美价值；大部分是绝句和律诗，其余的也比较简短，易于吟诵记忆；避开了过于深奥晦涩的诗作，比较易于理解。

第三，译注质量准确高雅。书中对选中作品的诗人均有简介，尽可能为读者提供相应信息。对作品内容中的相对难以理解的字词和典故，著作者遍查资料，反复对比论证，进行了深入细致、通俗易懂的解释，并尽可能注明了出处。为便于读者阅读理解，著作者还将所选的每首作品，以韵译的方法将作品翻译成白话，总体上看，译文文字准确表达了诗作的原意，优美紧凑，通顺流畅，体现了唐五代诗人原作的意境美和韵律美。

第四，所载信息新颖独特。我对中华古典文学有浓厚兴趣，对唐诗也有一定研究，但对本书所选的诗人、作品以及创作背景，涉及的典故和相关知识还是感到多有陌生之处，特别是著作者在前言中，全面详细地介绍了菊花、唐诗、咏菊诗（定义、数量、传承和发展等）的相关知识，读后深感收获不少，获益匪浅。估计多数读者对黄巢等少数诗人的少量咏菊诗可能比较熟悉和有所了解外，对大多数诗人的咏菊诗词作品可能只是首次接触，对作品引用的典故和相关知识也可能不是很了解甚至只是首次听闻。相信除了少量专家以外的读者，在阅读本书后，会与笔者产生相同的感觉，引发对咏菊诗的阅读兴趣，学到一些新的历史文学知识。

上述四个"特点"，既反映了这部著作的品味和质量，也体现了著作者的良心、追求和功力。

在这个十分喧嚣浮躁、急功近利的年代，著作者能够调整心态，远离繁华、应酬，积三年之功，潜心研究，默默积累，不急不躁，发奋写作，直至著作杀青付印，实属难能可贵。以著作者的阅历，他一定知道他所选的这个题材，属冷门领域、小众产品，不可能有轰动效应，更不可能有可观的经济效益，而面临"销路不畅无人知，出力赔钱落笑柄"的窘境则有很大可能。但他基于对中华优秀文化和对菊花的热爱，以弘扬中华优秀传统文化为己任，从咏菊诗这个角度，做好深度挖掘和普及推广工作，提高人们的审美品味，陶冶人们的生活情操，这种精神和做法，可以说是真正地充满了"正能量"，弘扬了"主旋律"。

著作者已年逾花甲，是退休干部。如何度过晚年，是每个退休人员面临的一大课题，不同的人，有不同的理解、选择和做法。著作者追求和实践"老有所学、老有所乐、老有所为"的晚年生活，寓"学、乐、为"于研究写作之中，退休后不停地学习积累，耕耘创作，付出艰辛的努力，写出优秀的作品，收获丰硕的成果，退休生活十分丰富充实，做到了"乐在其中"，令人感动和佩服。

我和郑京在上个世纪七十年代初曾是一个部队的战友，共同的兴趣爱好使我们相识相熟相知。在那各种书籍基本被禁锢的年代里，他千方百计寻找各种书籍阅读，表现了强烈的求知欲望和好学精神，给我留下深刻印象。我们先后离开部队后，一直有着正常的联系，知道他无论是作为普通干部还是走上领导岗位，始终保持了浓厚的阅读兴趣、较宽的涉猎范围，以及笔耕不辍的良好习惯。几十年来，不仅事业有成，学习能力也不断提升，有相对扎实的理论素养和写作能力，曾先后在中央级和地方报刊发表过100多篇文章、诗歌，在《解放军文艺》发表过中篇文学作品。因此，他能在退休之后，通过自身努力、厚积薄发，写出这么一部体现文学性、专业性、学术性较好结合，且有资料和借鉴价值而又雅俗共赏的著作，我觉得水到渠成，可喜可贺！

这部书的出版发行，对于深入挖掘中华古诗词的艺术宝库，弘扬中华传统文化，也对于人们丰富生活、陶冶情操，都具有积极意义。希望著作者的艰辛努力得到相应回报。正如他所意识到的，写作题材的"尖、冷、深"，意味着读者群的面窄量小，可能会面临类似影视作品发行"叫好不叫座"的现象。但是，随着中华民族伟大复兴的步伐越来越坚实，国内继承和传播中华传统优秀文化的氛围越来越浓厚，喜欢和热爱传统文化的队伍越来越庞大，各地雨后春笋般涌现的菊展越办越好、越办越精，影响越来越大，必然带来中华古诗词和菊花的爱好者越来越多，由此，我相信这本书和它的著作者一定可以觅得更多的知音。

衷心祝贺《唐五代咏菊诗词选（365首）》出版发行成功！

【作者为一级电影文学编辑，曾任国家广电总局电影频道节目中心（中央电视台电影频道）主任，中国电影集团公司党委书记兼副董事长。现任中国电影基金会副理事长兼秘书长】

4

目 录

2

前　言

菊花，花中四君子（梅兰竹菊）之一，列中国十大名花之三，也是世界四大切花（菊花、月季、康乃馨、唐菖蒲）之一，是我国人民十分熟悉和喜爱的一种鲜花。

中国菊花发展简史

菊花在我国有悠久的历史。根据我国古代文献的记载，中国菊花入史已有3000多年。最早的记载见之于夏代（前2070年—前1600年）的《夏小正》（《大戴礼记》第47篇）："荣鞠树麦。鞠，草也。鞠荣而树麦，时之急也。"之后的《礼记·月令篇》中有："季秋之月，鸿雁来宾……鞠有黄华……霜始降"的记载。表明当时菊花都是在季秋（农历九月）开花，处于野生状态，花是黄色的。

屈原（约前340年—前278年）的《离骚》有"朝饮木兰之坠露兮，夕餐秋菊之落英"之句，意味着当时人们已经开始食用菊花。在西汉时期，人们开始用菊花酿酒，并发现菊花有药用价值。汉朝《神农本草经》记载："菊花久服能轻身延年"。反映西汉时期长安城轶事传闻的《西京杂记》（汉·刘歆）记载："菊花舒时，并采茎叶，杂黍米酿之，至来年九月九日始熟，就饮焉，故谓之菊花酒。""九月九日，佩茱萸，食蓬饵，饮菊花酒，云令人长寿。"当时帝宫后妃皆称之为"长寿酒"，把它当作滋补药品，相互馈赠。这种习俗一直流行到三国时代。

最迟在晋朝（266年—420年），菊花由野生野长阶段进入人工栽培阶段。陶渊明"采菊东篱下，悠然见南山"的千古名句，直接印证了菊花由野外进入庭院人工栽培的历史。在晋朝和南北朝时期，由于菊花和重阳节习俗（登高游、采菊花、饮菊酒、佩茱萸）的结合及推广，菊花更加深入人心，成为人们趋吉避邪和延年益寿的象征。

进入唐朝，菊花在皇家园林、大臣显贵宅院中栽种已是司空见惯，平民百姓家中栽种也不再是罕事，这在唐朝诗人们的作品中有清晰的反映。值得注意的有三点。一是唐朝时期已经培育出白色和紫色的菊花。"满园花菊郁金黄，中有孤丛色似霜。"（白居易）"暗暗淡淡紫，融融冶冶黄"（李商隐）等诗句就是明证。二是菊花与文化尤其是诗歌的紧密结合，咏菊诗词大量涌现，菊花体现的凌寒傲霜、宁静淡雅、与世无争、不媚权贵的品质受到广泛推崇。三是随着日本派遣唐使到中国学习交流，菊花被带回日本，在日本生根开花，深受日本人民喜爱，并成为日本皇家标徽。

宋朝是中国菊花蓬勃发展的历史时期。

一是菊花栽培技术不断创新，日益完善。这些技术包括了土壤、施肥、浇水、修剪、除虫、花期调控等田间管理措施，也包含了菊花的整形、摘心等养护管理方法和利用种子、分株、扦插的繁殖技术，以及用杂交、嫁接等手段培育新品种，使菊花栽培和繁育变得简单规范，易于操作。由于栽培技术的完善，菊花新品种不断产生，出现了绿色、黑色、粉色和复色等新花色，宋代各种菊谱记载的菊花品种累计达到200余个。

二是菊花理论开始创立。随着菊花生产实践的推进，菊花理论专著也陆续问世。宋朝共出现8部菊花专著，其中6部为品种谱。1104年（宋徽宗崇宁甲申），刘蒙泉撰写的《刘氏菊谱》，是世界上第一部菊花专著。

三是花市花会初步形成。《东京梦华录》（卷八·重阳）记载："九月重阳，都下赏菊，有数种……无处无之。酒家皆以菊花缚成洞户。"《致富广集五记》记载："临安园子，每至重九，各出奇花比胜，谓之开菊会。"《杭州府志》中记载："临安有花市，菊花时制为花塔。"说明在北宋首都东京（今河南开封）和南宋首都临安（今浙江杭州）都已有菊花花市花会，工匠们已熟练掌握了大型菊花造型技术。广东省中山县小榄镇菊花会始办于宋代末年，至今已有七百多年的历史，是中国延续年代最久、规模最大的菊会之一。

明、清两朝是中国菊花品种和栽培技术快速发展的时期。

一是菊花品种数量激增。明朝先后有20余部菊谱问世，菊花品种累计达到1000余个，经过查重确认的有500余个。出现了五月菊、五九菊、七月菊等不同时间开花品种的记载。清朝则先后出现了30余部菊花专著，涉及育种、栽培等方面内容，累计记录了1500多个品种，至少可以确认1100余个品种。《御香缥缈录》（德龄公主著）记载，慈禧太后对菊花情有独钟，让人养了"三四千盆菊花"，而且"名式繁多，至少总在八九十以上。"

二是以菊花为主题的文化活动与菊花栽培技术推广日益交融，相互推进。文人中画菊题诗，蔚然成风。明朝方孝孺、唐寅、文徵明、徐渭，清朝郑板桥、石涛、蒲松龄、袁枚等都有咏菊诗或画菊画作传世。最为人们熟知的当属《红楼梦》第三十八回的十二首菊花诗，成为清朝文人菊花文化的缩影。乾隆年间还有人向清帝献各色奇菊，乾隆曾召集当时花卉画家邹一桂进宫作画，并装订成册。重阳节大量陈列菊花，摆出各种艺术造型，在宫中和民间已很普遍。《日下旧闻考》记载："重阳前后……好事者列菊花数十层于屋下，前者轻，后者轩，望之若山坡，五色灿烂，环围无隙，名曰花城。"（于敏中等编纂，1782年成书）

三是对菊花用途的了解日益深化。经过几千年的积累，人们对菊花特性有更深入了解，对菊花观赏、茶用、药用、食用等用途分野更趋清晰。明人李时珍所著《本草纲目》有"菊"和"野菊"两个条目，认为"菊花的功用清热解毒，平肝明目"，可治"风热头痛、眼目昏花、无名肿毒"等8种疾病。对食用菊花的研究应用也达到了相当水准。据《御香缥缈录》记载：慈禧太后发明的火锅菊花鱼片（鸡片）非常有新意。《皇帝最爱的宫廷点心》（颜金满著，化学工业出版社）介绍的御膳点心中就有"菊花酥"。

四是中国菊花进一步走向世界。17世纪末叶，荷兰商人将中国菊花引入欧洲，18世纪传入法国、英国，19世纪中期由英国传入北美。此后中国菊花遍及全球。菊花也深受各国人民的喜爱，例如意大利的国花是雏菊，而德国的国花则是矢车菊。

由于民国时期战乱不断，新中国成立后的前30年各种运动频繁，由于战乱和各种运动不断，菊花事业未能得到很好发展。改革开放以后，中国菊花事业得到空前发展。成立了中国菊花研究会，菊花研究和产业开发水平居于国际前列；在全国许多城市，每年举办菊花展已成为制度，菊花成为北京等许多城市的市花；菊花品种激增，据不完全统计已达7000个品种以上；菊花的药用食用价值得到更为广泛的开发，菊花入食品已有很多系列和品种（如菜、粥、点心、茶、酒等系列），也产生了许多的保健用品（如菊花枕、菊花护膝等）；以菊花为主题的文化活动广泛开展，不少地方成立菊花协会，出版菊花书刊，进行吟诗绘画摄影书法活动，极大地丰富了人民群众的精神文化生活。

人们喜爱菊花的主要原因

自然界衍生的花卉不计其数，能得到人们喜爱的品种却寥寥无几。菊花几千年来受到中国皇亲贵胄、富豪显要乃至广大人民群众的追捧，不是偶然的。

首先，菊花分布特别广。我国地域广大，陆地面积居世界第三，地理环境的复杂性和多样性，绝对居于世界首位。在这样复杂的条件下，依然到处有菊花的身影。如西藏，就出产藏菊花（又名洋菊花、七彩菊、变色菊、藏彩菊等），产于西藏辽阔大地乃至海拔4500米的雪山之中。西藏人民最为喜爱的格桑花，就是秋英（波斯菊）。专家认为格桑花是高原上生命力最顽强的野花的代名词，菊科紫菀属植物以及拉萨至昌都常见的栽培植物翠菊，都符合格桑花的特征。新疆的雪菊广泛分布于我国新疆和田地区，海拔3000米以上的昆仑山北麓一带较多。从最北方的黑龙江、内蒙古到最南方的海南省，到处可见菊花的身影。可以说，菊花遍布神州大地，人们不论身处何地，都有机会直接与菊花相识相亲。

其次，菊花品种特别多。我国现有菊花品种数千种，可谓琳琅满目。以花期分类，有夏菊（又名五九菊，在每年农历5月及9月各开花一次）、秋菊（早菊花期在9月中、下旬为中型菊，晚菊花期在10-11月为大型菊）、寒菊（又称冬菊，花期自12月至翌年1月）之分。以颜色分类，赤橙黄绿青蓝紫白还有复色，应有尽有。以大小分类，大的观赏菊花朵直径约20厘米，如同手球；而有的野菊花朵只有钢币大小。以花朵数量分类，有的菊花只生长一朵花，"万千宠爱于一身"；而有的菊花，一株苗却可以生长数千朵花，如大立菊一株可开花5000朵以上。以栽培方式分类，则有盆栽菊、地被菊、切花菊、造型

菊的区分。以用途分类，则有观赏菊、茶用菊、食用菊、药用菊之分，后三者亦可为观赏之用。这些都是普通人能够亲身感受和认知的。至于专家们掌握的更细致准确的分类办法，这里不再赘述。

第三，菊花花色特别美。菊花分类主要是依据花朵的形态和颜色进行的，数千菊花品种就有数千种不同的菊花形态花色。因此，以"千姿百态""千娇百媚""千古流芳"形容菊花，不仅是艺术的夸张，也是极其真实的写照。菊花盛开之时，姹紫嫣红，五彩缤纷，花团锦簇，争奇斗艳，或明黄胜金，或洁白似雪，或鲜红赛霞，或碧绿如玉，丝毫不逊于牡丹之高贵、玫瑰之热烈、兰花之优雅、梅花之冷艳。相信每个看了高等级菊展之后的人都会有同样的感触。古代有许多诗人把菊花和绝世美女相比，甚至比为仙子，三国诗人曹植曾作《洛神赋》，形容洛神"荣曜秋菊"（容光焕发如秋日下的菊花），极为传神。唐朝诗人刘禹锡形容白菊"仙人披雪氅，素女不红妆"（《和令狐相公玩白菊》），也是十分贴切的。

第四，菊花与人们物质生活和精神文化结合特别紧密。由于菊花秋天开花的不可替代性、花期较长的实用性（一般有一个月以上，少数品种可长达两个月），人们也在几千年的生活中深刻认识到，菊花确实有强身健体、延年益寿的作用，加上菊花栽培总体难度不大，一般家庭愿意的话，都有条件栽几丛（盆）菊花，因此，菊花对于提升生活质量、美化生活环境、陶冶精神情操都有重要意义，与人们的生活产生了密切的联系。从国家和民族的高度看，菊花则已经在一定程度上成为中华民族的一种精神。人们推崇菊花傲寒凌霜的气节，欣赏菊花不与百花争奇斗艳的淡泊，追求菊花超凡脱俗的隐逸，体验菊花暮秋荣枯的悲喜。特别是重阳节与东汉桓景以茱萸叶、菊花酒战胜瘟魔故事的完美结合，以及人们在实践中体会到的菊的药用功能，使菊花和菊花酒成为人们心中避灾驱邪、祈福求安的祥瑞之物，因而也成为每年举行祭祀和纪念活动必不可少的物品，深深融入到人民群众的习惯和灵魂之中。几千年来，文人骚客用不计其数的文章、诗词、书画来歌颂菊花，成为中华民族传统文化中不可或缺的重要组成部分。

我国拥有的花卉总数，在世界上已名列前茅，能在上述四个方面和菊花相比的，不知凡几？即使是国人公认的"十大名花"（梅花、牡丹、菊花、兰花、月季、杜鹃、茶花、荷花、桂花、水仙）和"花中四君子"（梅、兰、竹、菊），从上述四个方面综合考量，如果说菊花是我国人民最喜爱的、影响力最大的花卉，应当是实至名归。

唐五代咏菊诗词简析

（一）咏菊诗定义

什么叫咏菊诗，目前没有标准，也没有相对统一的说法。一般地认为：以"菊"入诗者，即为咏菊诗；也有认为只有直接吟诵菊花的，才是咏菊诗。

窃以为，诗中有"菊"字，即可作为咏菊诗的观点是可以成立的，但有些诗以菊（黄花）等地名、人名入诗的，而没有描述菊花或相关联内容的，不能视作咏菊诗。例如司空曙的《送菊潭王明府》，内容与菊花毫无关系。此类情况还有李昌符以人名（秋菊）入诗的《婢仆诗》（其二）等。有些诗题目虽然是描述菊花，但诗的内容与菊花无关，也不能认为是咏菊诗。例如司空图第二组《白菊三首》的其一、其二。

其次，只有以"菊"入诗的诗篇才能作为咏菊诗的观点也是片面的。在我国古诗词里，为增加文采、变化以符合格律要求，以其他物体、词汇指代具体物体、词汇的现象比比皆是。至少，以符合相应条件的"黄花"入诗的应视同以"菊"入诗（当然，不是所有黄花都是菊花）。从《全唐诗》检索结果看，以"黄花"入诗的诗作有123篇，其中大部分都是描述菊花的，只有少部分是描述春夏季其他花朵和用于地名（如黄花川、黄花戍）的。另外，有些以"金英、金花、秋花、篱花、寒花"等入诗的，只要经过分析辨别确属于菊花，也应视作咏菊诗。

再次，未直接描述或以描述菊花及相关联活动为主要内容的不能作为咏菊诗的观点是错误的。以晋朝诗人陶渊明的《饮酒（其五）》为例，这是大家公认的一首著名咏菊诗，这首诗主要是描述作者归隐后隐逸和恬静的生活以及体验，并非以描述菊花或与菊花相关内容为主要内容。如果这个观点成立的话，那么真正的咏菊诗就少之又少了。

所以，我认为咏菊诗的定义应该是：

有正面描述菊花或与菊花相关联内容的诗作。

之所以提出定义问题，是因为需要有明确标准以弄清唐朝咏菊诗的数量，并在此基础上深入准确地分析唐朝咏菊诗的相关问题。

（二）唐五代咏菊诗的数量和所涉诗人

由于没有标准定义，唐五代有多少咏菊诗，目前没有看到权威、标准的说法。《中国菊花全书》提到："分散在各类诗词文集中的菊花诗词共计达到1500余首，跨越2300余年……唐宋时期是历史上菊花诗词数量最多的时期，累计达到700余首，咏菊诗人为248人。"

为撰写本书，作者依据《全唐诗》（中华书局1999简体横排版）对此进行了分析研究。《全唐诗》是康熙四十四年（1705年）三月康熙皇帝南巡至苏州时，要求江宁织造曹寅主持编纂的。同年五月，由曹寅主持，在扬州开局修书，次年10月完成。《全唐诗》"得诗四万八千九百余首，凡二千二百余人。"（语出康熙皇帝所作序）实际收录诗作49403首，句1555条，作者共2873人，共计900卷，目录12卷。据专家考据补遗，目前已知唐诗作品存世者，诗达55730首，句3060条；所涉唐代诗人3700多位。（《全唐诗》收录了部分五代作者的作品，本书是以《全唐诗》为基础研究撰写的，所选咏菊诗也包括了部分五代诗人的诗作。）

根据前述定义，作者通过检索并甄选发现，唐五代咏菊诗词有866首，句13条（不含重复或高度近似的诗作）；本书选用365首，未选用的501首。诗词作者达296人（含高度近似诗词的不同名作者和"句"作者，均详见附录）。（当然，由于作者精力和水平的局限，在选择和鉴别时，可能有误选或者疏漏的现象，以上数字可能不很精确，仅供参考。）

（三）唐五代咏菊诗的传承

菊花和诗歌结缘，目前能查询得到的最早记载，应该是2000多年前屈原的诗作。除了《离骚》之外，他还在《九歌·礼魂》有"春兰兮秋菊，长无绝兮终古"的名句传世。之后的汉、晋、南北朝，都有咏菊诗出现。比较著名的是汉武帝刘彻的《秋风辞》（《乐府诗集》）：

秋风起兮白云飞，

草木黄落兮雁南归。

兰有秀兮菊有芳，

怀佳人兮不能忘。
泛楼船兮济汾河，
横中流兮扬素波。
箫鼓鸣兮发棹歌，
欢乐极兮哀情多。
少壮几时兮奈老何！

但真正把咏菊诗推向高峰的是晋朝诗人陶渊明，他一生爱菊、种菊、赏菊、采菊、咏菊，有多篇咏菊诗。其代表作《饮酒（其五）》更是千古传颂的名篇：

结庐在人境，
而无车马喧。
问君何能尔？
心远地自偏。
采菊东篱下，
悠然见南山。
山气日夕佳，
飞鸟相与还。
此中有真意，
欲辨已忘言。

陶渊明的诗文创作，把对菊花的欣赏从表面描摹深入到内心体验，从物质层面提升到精神层面，令人耳目一新。陶渊明的生活阅历和他的咏菊诗文创作，成为中国菊花史和咏菊诗史的里程碑，对后世咏菊诗词创作产生了深远的影响，也推动了我国菊花的深入全面发展，致使唐朝诗人黄滔在《木芙蓉三首》（其二）中感叹：

却假青腰女剪成，
绿罗囊绽彩霞呈。

谁怜不及黄花菊，

只遇陶潜便得名。

（四）唐朝咏菊诗井喷的原因

唐朝咏菊诗是在前人的基础上发展的，并在唐朝得到繁荣，形成中国历史上咏菊诗的第一个高峰。这种现象有其独特的原因。

社会的发展稳定。自秦始皇统一中国以来，中国几乎没有一个长期稳定繁荣的时期。外侵内乱、割据分裂、暴动起义，天灾人祸，连绵不断。在这样的社会环境中，大多数人生存都很难保证，哪里顾得上吟诗作赋？即使有少数人创作了一些作品，又能有多少条件保存下来？公元前221年秦始皇统一中国时，秦朝的人口估计有3000万。到618年唐朝建立的800多年时间里，全国人口曾有三次达到6000万的水平，但唐朝建立初期，人口却只有2500多万。由此可见当时社会环境的残酷、血腥和惨烈。唐朝有289年历史，分为两个阶段。唐朝建立到755年安史之乱爆发前共137年时间，经历了"贞观之治"到"开元盛世"，为盛世阶段；安史之乱爆发到唐朝结束的907年共152年时间，为衰败阶段。正是前100多年的盛世，使唐朝成为中国历史上空前强大统一的帝国，并且是当时世界上最先进、最文明的国家。社会和平稳定，经济高度发展，人民安居乐业，对外开放交流，极大地促进了包括诗歌在内的文化事业的发展，也使得处于衰败阶段的唐朝后期保持了一定的发展惯性。唐诗数量的空前增长，也带动了唐朝咏菊诗的井喷，超过此前历朝历代咏菊诗总量的若干倍。这个时期，皇帝召集大臣的赐宴，权贵们交往的筵席，诗人们的应酬交游，这些活动十分频繁，现场都少不了诗歌的助兴，推动了诗歌的蓬勃兴起，唐朝咏菊诗正是在这种背景下大量涌现的。

科举制度的确立。大业三年（607年）四月，隋炀帝诏令文武官员有职事者，可以"孝悌有闻"等十科举人；设置进士二科，并以"试策"取士。这是我国古代科举制度的发端。但科举制度是在唐朝真正确立并完善成熟的，唐太宗、武则天、唐玄宗是创立完善科举制度的关键人物。在唐朝，考试的科目分常科和制科两类。每年分期举行的称常科，由皇帝下诏临时举行的考试称制科。常科考试的科目最多时，有秀才、明经、进士、俊士、明法、明字、明算等五十多种，但最终进士、明经两科成为唐代常科的主要科目（进士考时务策和诗赋、文章，明经考时务策与经义；前者难，后者易）。唐高宗（649年—683年在位）以后进士科尤为时人所重，唐朝许多宰相是进士出身。到唐玄宗时，诗赋成为进士科主要的考试内容。他在位期间，曾在长安、洛阳八次亲自面试科举应试者，录取很多很有才学的人。由于皇家连续一百多年的倡导和推进，唐朝诗歌如火山般爆发，诗人如雨后春笋般涌现。咏菊诗作为唐朝诗歌的伴生物，与之前朝代相比，出现井喷是十分正常和必然的。

重阳节的确立。唐朝还有一件重要事情，对菊花和咏菊诗发展的作用非同小可，那就是重阳节成为国家法定节日。《易经》中把"九"定为阳数，九月九日，两九相重，故曰"重阳"，又称为"重九"。传说，真武大帝（玄武神）生于三月三，辛于九月九，这一天"清气上扬、浊气下沉"，地势越高，清气越聚集，人们可"登高畅享清气"。于是，九月九日便成了古人在一年丰收之时，开展祭天拜祖活动的最好时机。《吕氏春秋·季秋纪》记载，重阳节起始于远古，成型于春秋战国，普及于西汉。"重阳节"之名称记载，最早见于三国时代；至魏晋时，节日气氛渐浓，有了赏菊、饮酒的习俗，倍受文人墨客青睐。南朝梁吴均（469年—520年）所作的志怪小说集《续齐谐记》记载："（东汉）汝南桓景，随费长房游学累年。长房谓曰：'九月九日汝家中当有灾，宜急去。令家人各作绛囊，盛茱萸，以系臂，登高，饮菊花酒，此祸可除。'景如言，齐家登山。夕还，见鸡犬牛羊一时暴死。……今世人九日登高饮酒，妇人带茱萸囊，盖始于此。"到了唐代，唐德宗李适年间（780年—785年），因大臣李泌上书奏请，官方布告天下，将重阳节列为"三令节"之一，正式作为国家认定的节日。此后历朝历代沿袭至今。由于重阳节的习俗使然，特别是正式成为法定节日后，皇家、大臣、文人骚客，在这一天一般都要登高赏秋，采菊花、插茱萸、喝菊花酒，同时还要作诗唱和，以尽其兴。重阳节与赏菊花、喝菊花酒的有机结合，直接激发了诗人们创作咏菊诗的激情，促进了咏菊诗的大量涌现。唐朝咏菊诗八百余首，其中有相当一部分是在重阳节期间创作的。没有重阳节，很难有咏菊诗的兴起。

领军人物的示范。唐朝咏菊诗在全部中华咏菊诗中，绝对是一个高峰。这个高峰的突然崛起，打破了此前一千多年咏菊诗的沉闷。导致这一文化奇迹的出现，应该说与几个领军人物的引领示范作用分不开。唐太宗李世民一代英主，文治武功，在中国历史上罕有其匹。他在位23年，52岁逝世，一手开创了

"贞观之治"，为百年盛唐奠定了坚实基础。千百年来，人们对他治国理政的才能十分熟悉，津津乐道，但对他的文学才能和诗人气质似乎了解不多。《全唐诗》载有李世民诗作109首（含1首与群臣联句诗），其中有咏菊诗14首，占全部诗作的13%，这个比例在《全唐诗》单独成卷的诗人中独一无二。李世民的咏菊诗磅礴大气，视野开阔，想象丰富，是唐朝咏菊诗中的精品，相信一定给初唐的大臣们留下了深刻印象，也为后来唐朝的诗人起到了独特的引领作用。唐朝三大诗人也创作了数量不菲的咏菊诗，李白9首，杜甫37首，白居易48首（含2首与友人联句诗），三人咏菊诗数量合计94首，占唐朝全部咏菊诗的比例超过10%。《全唐诗》收录10首以上咏菊诗的诗人，分别有刘长卿、钱起、卢纶、李端、权德舆、刘禹锡、姚合、许浑、赵嘏、李群玉、司空图、陆龟蒙、郑谷和徐铉。其他著名诗人如王维、韦应物、孟浩然、元稹、杜牧、李商隐、贾岛、皮日休、齐己等也都有5~9首咏菊诗传世。这批诗人生活的时间，贯穿了唐朝和五代十国的全部历史，他们的诗作包括咏菊诗，对唐五代其他诗人乃至后世诗人的咏菊诗创作产生了重要而深远的影响。

（五）唐五代咏菊诗内容分析

大致可分为三种类型。

其一，景物描述。

在大多数唐朝咏菊诗中，菊花作为一种景物简单入诗，起着陪衬作用，与其余内容形成有机整体。例如李世民的《秋日翠微宫》：

> 秋日凝翠岭，
> 凉吹萧离宫。
> 荷疏一盖缺，
> 树冷半帷空。
> 侧阵移鸿影，
> 圆花钉菊丛。
> 摅怀俗尘外，
> 高眺白云中。

全诗中"圆花钉菊丛"作为一个组成部分，与其他景物结合，完整体现了秋天的翠微宫这一主题。

也有少部分诗作直接详细吟诵了菊花，例如李商隐的《菊》：

暗暗淡淡紫，
融融冶冶黄。
陶令篱边色，
罗含宅里香。
几时禁重露，
实是怯残阳。
愿泛金鹦鹉，
升君白玉堂。

同时，也有吟咏与菊花有关活动或事物的，例如杜牧的《折菊》，具体描述的是采摘菊花的感受：

篱东菊径深，
折得自孤吟。
雨中衣半湿，
拥鼻自知心。

而耿湋的《寒蜂采菊蕊》，则描述的是蜜蜂在菊花上采蜜的情景：

游飏下晴空，
寻芳到菊丛。
带声来蕊上，
连影在香中。
去住沾馀雾，
高低顺过风。
终惭异蝴蝶，
不与梦魂通。

其二，情怀描述。

借菊花抒发情怀，在唐诗中并不罕见。一是描绘喜庆。这在唐朝盛世阶段较为常见，外无战争，内无动乱，国泰民安，歌舞升平，以菊入诗吟咏太平盛世十分自然，这在诗人们参与的宴邀活动特别是皇家筵席上的应酬唱和中更为突出。二是表达忧愁。受宋玉的影响，秋天尤其是菊花衰落的深秋，往往是人们容易产生忧愁情绪的时候，特别是唐朝后期处于衰亡阶段，国家处于战火动乱之中，生灵涂炭，颠沛流离，朝不保夕，家破人亡，诗人情绪低落，愁肠百结，自然会反映到诗作中。三是寄托思念。古代由于交通的不便，无论是科举应试，还是他乡赴任，抑或外出经商，远离故乡、一别经年是常有的事情，借重阳之机，登高远眺、畅饮菊酒，思念远方亲人，或者睹菊伤情、神游故园，一吐思乡之情，实在是诗人诗情大发、不吐不快的应有之义。四是抒发志向。唐朝咏菊诗中咏志的诗作不是很多，但也有一些佳作，其中黄巢的两首诗作，特别引人注目：

题菊花

飒飒西风满院栽，
蕊寒香冷蝶难来。
他年我若为青帝，
报与桃花一处开。

不第后赋菊

待到秋来九月八，
我花开后百花杀。
冲天香阵透长安，
满城尽带黄金甲。

尽管一千多年来，人们对黄巢的历史地位和作用有争议，但不得不说，这两首诗确实充分体现了黄巢的志向和霸气，是唐朝咏菊诗以菊咏志的作品中的精品。

其三，功能描述。

一是观赏功能。秋季菊花盛开时，人们登高远眺，观看"菊花倒绕山脚黄"（崔橹），采撷"菊花须插满头归"（杜牧）；或在院中篱旁绕菊观赏，"满园花菊郁金黄"（白居易），"金菊寒花满院香"（薛涛），如此美景，如此花香，收获的一定是令人震撼的美感和油然而生的喜悦。

二是食用功能。在唐朝之前，人们对菊花可以食用就已经有比较清醒的认识。及至唐朝，菊花的食用已成为人们的普遍行为，菊花当茶，菊花入饭，已不罕见。"菊待重阳拟泛茶"（徐夤），"熟宜茶鼎里，餐称石瓯中。香洁将何比，从来味不同"（姚合），由此可见一斑。菊花最主要的用途似乎是用来酿酒，咏菊诗中提到菊花酒之处，比比皆是。上官昭容（664年—710年）曾作《九月九日上幸慈恩寺登浮图，群臣上菊花寿酒》诗，从题目看，当时宫中宴邀群臣，菊花酒已经作为御用寿酒。"陶然共醉菊花杯"（崔曙），"黄菊筵中尽醉容"（卢顺之）则是高官显贵宴集、亲朋好友相聚，以及文人骚客交游的真实写照。

三是强体功能。从屈原开始，到唐朝建立约900年时间，人们在实践中深深体会到，无论是喝菊花茶、食用菊花，还是饮菊花酒，的确对身体有益，可以强身健体，延年益寿。诗人们在这方面也有明确表达："菊泛延龄酒"（崔日用），"延年菊花酒"（郭元振），"泛杯频奉赐，缘解制颓龄"（徐铉）。

（六）唐五代咏菊诗中的菊花精神提炼

对唐五代咏菊诗进行分析归纳，我们可以看出，诗人们的吟诵体现了他们对菊花的喜爱，能够从中概括出他们所推崇的菊花精神。

凌寒傲霜，坚贞不屈。"霜露悴百草，时菊独妍华。"（韦应物）"寒露滋新菊"（郑细），"霜菊发寒姿"（权德舆）。诗人们对菊花不畏寒冷，冒着霜露绽放的现象，不吝笔墨给予高度赞赏，尤其是杜光庭"五行正气产黄花"的准确概括，充分体现了菊花身处逆境、不畏压力、顽强抗争、勇于胜利的气节。

平淡率真，与世无争。"众芳春竞发，寒菊露偏滋"（刘湾），春夏之际，百花盛开，菊花不与群芳争艳，只是默默地积蓄力量。待到秋季来临，百花凋零，菊花才静静地孤独地自行开放。无论百花如何鲜妍，人们如何赞誉，菊花总是淡然处之，不为所动，按照自身的规律生长。待到晚秋金风起，霜露降，人们便看到"寒菊年年照暮秋"（刘兼），"野菊西风满路香"（唐彦谦）的美景，充分体现了菊花朴素无华、平淡静雅、无计毁誉、不争宠荣的本性。

无欲无求、无私奉献。菊花盛开，无论是"秋原骑马菊花高"（裴夷直），还是"秋溪南岸菊霏霏"（张祜），带来的是迷人的美；菊花绽放，不管是"风蔫菊香无限来"（元凛），抑或"闻道芳香正满丛"（崔璞），送来的是醉人的香。菊花栽培管理相对简单，无需很好的条件，特别是满山遍野、随处可见的野菊花，完全无需人们的照料，只知随着气候变化自然生长，绚丽开放。菊花一身是宝，花蕊可当茶入饭入药，亦可制酒；菊花的茎叶亦可用来制酒、入药。可以说，菊花对人类索求不多甚至没有，却毫无保留地奉献了自己，充分体现了菊花无心索取、随遇而安、彻底奉献、造福人类的情怀。

（本文撰写参阅了张树林、戴思兰主编的《中国菊花全书》，中国林业出版社 2013 年 9 月第 1 版）

说　明

　　一、本书所选诗词所依据的版本为中华书局版《全唐诗》（增订本）（全十五册，1999年1月第一版），包括《全唐诗》900卷，以及《全唐诗逸》《补全唐诗》《补全唐诗拾遗》《全唐诗补逸》《全唐诗续补遗》《全唐诗续拾》六部专门研究全唐诗散佚作品的专著。

　　二、所选诗词以律、绝为主。

　　三、在统计诗词数量时，所选诗作作者、内容重复或高度相似的，只取其中之一；但在统计诗词作者时，重复或高度相似者纳入计算。

　　四、所选用的诗词作品均展现作者简介、作品内容、准确出处、必要注释和白话韵译；未选用的诗词作品目录只标明题目和出处。每首诗词的出处先注明所载作品著作名和卷数（这在不同版本是相同的），然后以括号注明所载作品在《全唐诗》（中华书局全十五册版）的册数和页数。

　　五、"作者简介"、典故"注释"，主要依据《百度百科》，亦参照《辞海》《辞源》和《汉语大字典》等工具书。还借鉴了部分作者的诗作全集和选集的"注释"。

　　六、本书所选诗作中涉及人名除依据百度查询外，还着重查阅了《全唐诗人名汇考》（陶敏著）。

　　七、其余借鉴、查阅的零星著作、文献不再详列。

李世民（五首）

【作者简介】

李世民（598年—649年），即唐太宗（626年—649年在位），生于武功之别馆（今陕西武功），是唐高祖李渊和窦皇后的次子，唐朝第二位皇帝，杰出的政治家、战略家、军事家。李世民少年从军，唐朝建立后，先后率部平定了薛仁杲、刘武周、窦建德、王世充等军阀，在唐朝的建立与统一过程中立下赫赫战功。武德九年六月初四（626年7月2日），李世民发动"玄武门之变"，不久唐高祖李渊退位，李世民即位，改元贞观。在位期间，对内以文治天下，虚心纳谏，厉行节约，劝课农桑，使百姓能够休养生息，国泰民安，开创了中国历史上著名的"贞观之治"；对外开疆拓土，攻灭东突厥与薛延陀，征服高昌、龟兹、吐谷浑，重创高句丽，设立安西四镇，各民族融洽相处，被各族人民尊称为"天可汗"，为后来唐朝一百多年的盛世奠定重要基础。《全唐诗》收存其诗一卷。

置酒坐飞阁 ①

高轩临碧渚，②
飞檐迥架空。③
馀花攒镂槛，④
残柳散雕栊。⑤
岸菊初含蕊，⑥
园梨始带红。
莫虑昆山暗，⑦
还共尽杯中。

载《全唐诗》卷一（第一册11页）

【注释】

① 置酒：陈设酒宴。坐飞阁：唐朝皇宫中的阁名。

② 轩：以敞朗为特点的建筑物，如亭阁台榭等。渚（zhǔ）：水中的小洲。

③ 迥：区别很大，与众不同。

④ 攒：簇拥，围聚；聚集，镂（lòu）：雕刻；镂花，镂刻。槛（jiàn）：栏杆。

⑤ 栊（lóng）：窗棂木，也指窗。

⑥ 蕊：花心。

⑦ 昆：众多，诸多。

【译文】

楼阁高耸面临湖中碧绿的小洲，
廊檐精巧错落有致地架在空中。
做工精美的栏杆里簇拥着鲜花，
飘零的柳叶散落在雕刻的窗栊。
湖边岸上的菊花刚刚开始绽放，
御花园中的香梨也才初步染红。
大家别担心时间流逝群山已暗，
继续欢饮共同把杯中美酒喝空。

秋日翠微宫①

秋日凝翠岭，②
凉吹肃离宫。③
荷疏一盖缺，
树冷半帷空。
侧阵移鸿影，④
圆花钉菊丛。
撼怀俗尘外，⑤
高眺白云中。

载《全唐诗》卷一（第一册13页）

【注释】

① 翠微宫：原名太和宫，建于武德八年，贞观十年（636年）废，贞观二十一年（647年）重修，改名翠微宫，是唐代著名皇家行宫之一。

② 翠岭：青翠的山岭。翠微宫地处古都西安以南，秦岭山脉北麓终南山下。

③ 离宫：指在国都之外为皇帝修建的永久性居住的宫殿，皇帝一般固定的时间都要去居住。也泛指皇帝出巡时的住所。

④ 鸿：大雁。

⑤ 摅（shū）：抒发，表达。

【译文】

秋天青翠的山气氤氲于终南山，
秋风吹拂着略显萧瑟的翠微宫。
荷叶枯败已难觅夏日亭亭如盖，
树叶纷纷飘落如半幕屏障已空。
南飞大雁变换着阵容掠过长天，
朵朵圆花如钉般牢实开在菊丛。
我的雄心难为尘世俗人所理解，
眺望蓝天我的壮志在白云之中。

3

秋日二首（其一）

菊散金风起，①
荷疏玉露圆。
将秋数行雁，
离夏几林蝉。
云凝愁半岭，
霞碎缬高天。②
还似成都望，③
直见峨眉前。④

载《全唐诗》卷一（第一册14页）

【注释】

① 散：发散，指菊花花蕾绽开。金风：萧统《文选·张协》："金风扇素节，丹霞启阴期。"李善注："西方为秋而主金，故秋风曰金风也。"

② 缬（xié）：有花纹的纺织品，形容彩霞色彩斑斓。

③ 成都：四川省省会。公元前4世纪，古蜀国王开明九世于"广都樊乡"（今双流境）"徙治成都"，以"周太王从梁止岐，一年成邑，二年成都"，故名成都，相沿至今。

④ 峨眉：即峨眉山，位于四川省乐山市境内，地势陡峭，风景秀丽，素有"峨眉天下秀"之称。

【译文】

秋风渐起菊花渐次开放，
荷叶稀疏叶上露珠晶圆。
秋天来临长空数行飞雁，
告别夏天林中剩几寒蝉？
白云寄托愁思停在半山，
彩霞好似织锦装饰高天。
犹如身在成都四周环顾，
壮丽的峨眉山就在眼前。

秋日二首（其二）

爽气澄兰沼，①
秋风动桂林。
露凝千片玉，
菊散一丛金。
日岫高低影，②
云空点缀阴。
蓬瀛不可望，③
泉石且娱心。④

【注释】

① 沼：水池；池沼。

② 岫（xiù）：山，山峦。

③ 蓬：蓬莱。瀛（yíng）：海。蓬瀛：泛指仙境。

④ 泉石：山水。

【译文】

秋高气爽湖水已变得清澄透明，

秋风吹动发出浓香的桂花树林。

白露降临菊叶像凝成万千碎玉，

菊瓣飘落菊丛似铺就一片散金。

秋日照射映出高低不同的山影，

高天云隙点缀变幻不定的晴阴。

蓬瀛仙境此生不可望更不可及，

暂且到美妙山水休养我的身心。

赋得残菊①

阶兰凝曙霜，

岸菊照晨光。

露浓晞晚笑，②

风劲浅残香。

细叶凋轻翠，

圆花飞碎黄。

还持今岁色，

复结后年芳。

载《全唐诗》卷一（第一册16页）

【注释】

① 赋得：在指定、限定题目上加"赋得"二字，相当于命题诗。

② 晞（xī）：晒干、干燥。

【译文】

阶旁的兰草凝结着晨霜，
岸边的菊花映照着曙光。
露重难消菊花绽开笑脸，
秋风正劲送来浅淡花香。
菊叶凋残退去青翠颜色，
落英纷纷菊瓣一地金黄。
但愿继续保持今年秀色，
期待来年重赏菊花芬芳。

李显

【作者简介】

李显，即唐中宗（656年—710年），原名李哲，陇西成纪人，唐朝第四位皇帝，唐高宗李治第七子，武则天第三子。弘道元年（683年）即皇帝位，武后临朝称制。光宅元年（684年），被废为庐陵王。圣历二年（699年）召还洛阳复立为皇太子。神龙元年（705年）复位。在位期间，恢复唐朝旧制，免除租赋，设十道巡察使，置修文馆学士，发展与吐蕃的经济、文化交往，实行和亲政策，把金城公主嫁给吐蕃赞普尺带珠丹，保证了边疆地区的稳定。逝后，谥号大和大圣大昭孝皇帝（初谥孝和皇帝），葬于定陵。《全唐诗》收存其诗七首。

九月九日幸临渭亭登高得秋字①

九日正乘秋，
三杯兴已周。②
泛桂迎尊满，③
吹花向酒浮。

长房萸早熟，④

彭泽菊初收。⑤

何藉龙沙上，⑥

方得恣淹留。⑦

【注释】

① 原诗题注："并序：陶潜盈把，既浮九酝之欢；毕卓持螯，须尽一生之兴。人题四韵，同赋五言。其最后成，罚之引满。"诗后附注："《纪事》云：时景龙三年。是宴也，韦安石、苏瑰诗先成。于经野、卢怀慎最后成，罚酒。"九月九日：即重阳节。幸：帝王亲临之处。临渭亭：亭名。登高：古人有重阳节登高远眺、插茱萸、赏菊、饮菊花酒的习俗。得秋字：即"限韵"。唐代开始，科举考试中为了考核应考者作诗的能力，考官常规定用某一个韵或某一个韵部中的某几个字作诗，这叫作"限韵"。文人雅集作诗，也常限用某韵或某几个字，以显现各人的才力。

② 周：周全完备。形容感觉到位。

③ 尊：酒器。

④ 长房：即费长房（读音：fèi zhǎng fáng），东汉时方士。梁人吴均《续齐谐记》里记载：汝南桓景随费长房游学累年，长房谓曰："九月九日，汝家中当有灾。宜急去，令家人各作绛囊，盛茱萸，以系臂，登高，饮菊花酒，此祸可除。"景如言，齐家登山。夕还，见鸡犬牛羊一时暴死。以后民间相沿成习，演化为重阳节。萸：即茱萸（zhūyú），落叶乔木，有浓烈的香气，果实可以做药材。

⑤ 彭泽：县名，在江西。陶渊明曾任彭泽县令，弃职而去，归隐田园。其咏菊诗开风气之先，成就极高。陶渊明也因之成为种菊、爱菊、咏菊的鼻祖。

⑥ 藉（jiè）：同"借"。龙沙：《后汉书·班超传》有"坦步葱雪，咫尺龙沙"句，李白亦有"将军分虎竹，战士卧龙沙"之句，初指西北白龙堆沙漠而言，后泛指塞外沙漠之地。

⑦ 恣：恣意，尽情，无拘束。淹留：羁留，逗留。

【译文】

重阳佳节恰逢金秋，

酒过三巡兴致已周。

桂香洋溢斟满酒杯，

菊花在酒面上漂浮。

茱萸早已挂果成熟，

菊花却刚盛开采收。
缘何如此荒凉之地，
它们竟能恣意逗留？

上官昭容

【作者简介】

上官昭容（664年—710年），即上官婉儿，复姓上官，小字婉儿，陕州陕县（今河南省三门峡市陕州区）人，唐代女官、诗人、皇妃。因祖父上官仪获罪被杀后随母郑氏配入内庭为婢。十四岁时因聪慧善文为武则天重用，掌管宫中制诰多年，有"巾帼宰相"之名。唐中宗时，封为昭容，权势更盛，在政坛、文坛有着显要地位，从此以皇妃的身份掌管内廷与外朝的政令文告。曾建议扩大书馆，增设学士，在此期间主持风雅，代朝廷品评天下诗文，一时词臣多集其门。 710年，临淄王李隆基起兵发动唐隆政变，上官昭容与韦后同时被杀。《全唐诗》收存其诗三十二首。

九月九日上幸慈恩寺登浮图群臣上菊花寿酒①

帝里重阳节，②
香园万乘来。③
却邪萸入佩，④
献寿菊传杯。
塔类承天涌，⑤
门疑待佛开。
睿词悬日月，⑥
长得仰昭回。⑦

载《全唐诗》卷五（第一册62页）

【注释】

① 唐朝宰相崔湜曾作《慈恩寺九日应制》诗（《全唐诗》卷五十四，第一册664页），内容有一字不同。上：皇帝。幸：指封建帝王到某地去。慈恩寺：唐太宗贞观

二十二年（648年），太子李治为了追念母亲文德皇后长孙氏创建慈恩寺，当年建成。其寺位于唐长安城晋昌坊（今陕西省西安市南），是中国佛教唯识宗（又称法相宗、俱舍宗、慈恩宗）的祖庭，唐长安三大译场之一，迄今已历1370年。浮图：指佛塔。此处特指大雁塔。大雁塔是唐高宗永徽三年（652年），玄奘法师为供养从印度请回的经像、舍利，奏请高宗允许而修建。

② 帝里：帝都；京都。

③ 乘（shèng）：量词，指辆。古代称四匹马拉的车，一辆为一乘。

④ 却：去，掉。佩：古时系在衣带上的饰物。

⑤ 承天：顶天立地，形容高大。涌：从地下涌现，形容平地而起。

⑥ 睿：明智，智慧。古代颂扬帝王用语。悬：挂或吊在空中。

⑦ 仰：敬慕：久仰，敬仰。昭：光明。

【译文】

帝都喜迎重阳节，

群臣齐聚香园来。

去邪茱萸入佩囊，

庆寿频献菊花杯。

佛塔高耸入云霄，

塔门似待佛祖开。

皇帝睿词映日月，

群臣长怀景仰回。

李煜（二首）

【作者简介】

李煜（937年—978年），南唐元宗李璟第六子，初名从嘉，字重光，号钟隐、莲峰居士，生于金陵（今江苏南京），祖籍彭城（今江苏徐州铜山区）。北宋建隆二年（961年），李煜继位，尊宋为正统，岁贡以保平安。开宝八年（975年），李煜兵败降宋，被俘至汴京（今河南开封），授右千牛卫上将军，封违命侯。太平兴国三年（978年）死于汴京，追赠太师，追封吴王。世称南唐后主、李后主。李煜精书法，工绘画，通音律，诗文均有一定造诣，尤以词的成就最高，对后世词坛影响深远。《全唐诗》收存其诗词四十九首。

九月十日偶书

晚雨秋阴酒乍醒，

感时心绪杳难平。①

黄花冷落不成艳，②

红叶飕飗竞鼓声。③

背世返能厌俗态，④

偶缘犹未忘多情。

自从双鬓斑斑白，

不学安仁却自惊。⑤

载《全唐诗》卷八（第一册75页）

【注释】

① 杳：渺茫，深远。

② 黄花：菊花有多种颜色，古人以黄菊为正色，故常以黄花代称。

③ 飕飗（sōuliú）：风声。

④ 背世：背弃世俗。返：通"反"。

⑤ 安仁：即潘安（247年—300年），本名潘岳，字安仁。河南中牟人。西晋著名文学家、政治家，被誉为"古代第一美男"。潘安之名始于杜甫《花底》诗："恐是潘安县，堪留卫玠车。"后世遂称潘安。

【译文】

秋晚天阴雨冷酒醉刚刚醒来，

心中烦乱不堪思绪难以抚平。

黄菊随风飘落已经不再艳丽，

风吹园中红叶竞如响鼓之声。

背弃世俗反会厌恶世俗丑态，

偶遇缘分尤其难忘宝贵感情。

自从自己双鬓生出斑斑白发，

不能再学潘安心中暗暗吃惊。

长相思（其一）^①

一重山，两重山。^②
山远天高烟水寒，^③
相思枫叶丹。^④

菊花开，菊花残。
塞雁高飞人未还，^⑤
一帘风月闲。^⑥

载《全唐诗》卷八八九（第十三册10116页）

【注释】

① 长相思：（原诗题注："一名双红豆、山渐青、忆多娇。"）词牌名，调名取自南朝乐府"上言长相思，下言久离别"句，多写男女相思之情，又名《相思令》《双红豆》《吴山青》《山渐青》《忆多娇》《长思仙》《青山相送迎》等。此调有几种不同格体，俱为双调，此词为三十六字体。

② 重（chóng）：量词。层，道。

③ 烟水：雾气蒙蒙的水面。

④ 枫叶：枫树叶。丹：红色。枫叶经秋霜而变为红色，因此称"丹枫"。古代诗文中常用枫叶形容秋色。

⑤ 塞雁：塞外的鸿雁，也作"塞鸿"。

⑥ 帘：帷帐，帘幕。风月：风声月色。

【译文】

层峦叠嶂一重山又一重山，
山远天高水面朦胧雾气寒。
思念远方亲人秋至枫叶丹。

时光荏苒菊花开过又凋残，
塞外鸿雁飞过亲人尚未还。
闲看一帘风月千里心挂牵。

郭元振

【作者简介】

　　郭元振（656年—713年），名震，字元振，以字行，魏州贵乡（今河北省邯郸市大名县）人。唐朝名将、宰相。郭元振出身进士，授通泉县尉，后得到武则天的赞赏，被任命为右武卫铠曹参军，又进献离间计，使得吐蕃发生内乱。在担任凉州都督期间，加强边防，拓展疆域，大兴屯田，使凉州地区得以安定、发展，更兼任安西大都护。唐睿宗继位后，入朝历任太仆卿、吏部尚书，又加封兵部尚书、同中书门下三品，进爵馆陶县男。唐玄宗先天二年（713年），郭元振再次拜相，并辅助唐玄宗诛杀太平公主，兼任御史大夫，进封代国公。《全唐诗》收存其诗二十二首。

子夜四时歌六首·秋歌二首（其二）①

> 辟恶茱萸囊，
> 延年菊花酒。
> 与子结绸缪，②
> 丹心此何有。

　　　　　　　　　　载《全唐诗》卷二十一（第一册262页）

【注释】

　　①　《全唐诗》亦收录郭元振《子夜四时歌六首·秋歌》（《全唐诗》卷六十六，第二册754页），内容相同。相和歌辞是乐府诗集中的一类，盛行于汉魏时期。《乐府诗集》把乐府诗分为郊庙歌辞、燕射歌辞、鼓吹曲辞、横吹曲辞、相和歌辞、清商曲辞、舞曲歌辞、琴曲歌辞、杂曲歌辞、近代曲辞、杂歌谣辞和新乐府辞等十二大类。相和歌辞又分为相和六引、相和曲、吟叹曲、平调曲、清调曲、瑟调曲、楚调曲和大曲等类。

　　②　绸缪（chóu móu）：紧密缠缚，连绵不断，情意殷切。

【译文】

　　茱萸囊可以辟恶驱邪，
　　菊花酒能够延年益寿。

与君子相交情深意切，

除一片丹心别无所有。

陈叔达

【作者简介】

陈叔达（？—635年），字子聪，吴兴（今浙江长兴）人，唐朝宰相。出身陈朝皇室，为陈宣帝陈顼第十七子，陈后主陈叔宝异母弟。曾授侍中，封义阳王。陈亡入隋，历任内史舍人、绛郡通守。后归降唐高祖，担任丞相府主簿，封汉东郡公。唐朝建立后，陈叔达历任黄门侍郎、纳言、侍中、礼部尚书，进拜江国公。逝后，追赠户部尚书，初谥缪，后改为忠。《全唐诗》收存其诗八首。

咏菊

霜间开紫蒂，^①

露下发金英。

但令逢采摘，^②

宁辞独晚荣。

载《全唐诗》卷三十（第一册431页）

【注释】

① 蒂：即花蒂，花跟枝茎相连的部分。

② 但令：倘能；倘若。

【译文】

紫色的花蒂在白霜中展开，

金色的菊花带着露水绽放。

但假如碰到人们前来采摘，

宁肯谢绝就这样默送花香。

袁朗

【作者简介】

袁朗，生卒年不详，雍州（是中国汉族典籍《禹贡》中所描述的九州之一，汉以前辖今宁夏全境及青海、甘肃、陕西、新疆部分、内蒙古部分，唐时仅有关中的一部分）长安人。在南朝陈时尝制千字诗，当时以为盛作。陈后主召入禁中，迁太子洗马。仕隋，为仪曹郎。唐朝初年，授齐王文学，转给事中。贞观初年逝世。唐太宗称其谨厚，悼惜之。《全唐诗》收存其诗四首。

秋日应诏①

玉树凉风举，②

金塘细草萎。

叶落商飙观，③

鸿归明月池。

迎寒桂酒熟，

含露菊花垂。

一奉章台宴，④

千秋长愿斯。

载《全唐诗》卷三十（第一册432页）

【注释】

① 诏：帝王所发的文书命令，如诏书、诏令。

② 玉树：覆霜的树木。举：飞起，飘动。

③ 商飙：指秋风。

④ 章台：古台名，即章华台，春秋时楚国离宫；战国时秦宫中台名。汉时长安城有章台街，是当时长安妓院集中之处，后人以章台代指妓院赌场等场所。本为皇宫王府之别名，后演化为风月场所之代称。

【译文】

看树木覆霜秋风正起，

池边的青草日渐枯萎。
秋风中落叶随风飘舞，
月光下鸿雁湖中栖息。
寒气虽重桂花酒已熟，
寒露侵袭菊花也低垂。
奉命参加皇上的华宴，
祝愿天朝千秋长如此。

许敬宗（二首）

【作者简介】

许敬宗（592年—672年），字延族，杭州新城（今浙江杭州富阳区）人，唐朝宰相。隋朝礼部侍郎许善心之子，东晋名士许询之后。隋义宁二年（618年），隋右屯卫将军宇文化及发动政变，杀死许善心。其父被杀后，许敬宗投奔瓦岗军，成为李密记室。李密兵败后，投奔唐朝。秦王李世民听闻其名，召为秦府十八学士之一。历任唐朝秘书省著作郎、监修国史、中书舍人、给事中、检校黄门侍郎、检校右庶子、检校礼部尚书等职，兼任太子宾客。拜尚书右仆射，加光禄大夫衔。拜太子少师、同平章事，位极人臣。咸亨三年（672年）去世，追赠开府仪同三司，谥号为缪。《全唐诗》收存其诗一卷。

拟江令于长安归扬州九日赋①

本逐征鸿去，
还随落叶来。
菊花应未满，
请待诗人开。

载《全唐诗》卷三十五（第一册469页）

【注释】

① 江令：即隋朝江总。江总（519年—594年）著名南朝陈大臣、文学家，字总

持。曾作《于长安归还扬州九月九日行薇山亭赋韵·长安九日诗》："心逐南云逝，形随北雁来。故乡篱下菊，今日几花开。"许敬宗此诗与下首诗，均为江总诗的步韵唱和之作。

【译文】

本应追逐鸿雁飞翔的踪迹南归，
还是随着飘飞落叶回到此地来。
扬州故里的菊花应该还未开满，
专等诗人返乡之后再绚丽绽开。

同前拟①

游人倦蓬转，②
乡思逐雁来。
偏想临潭菊，
芳蕊对谁开。

载《全唐诗》卷三十五（第一册470页）

【注释】

①　同前拟：指题目与前诗相同。
②　蓬：草名，也称蒿。多年生草本植物，花白色，中心黄色，叶似柳叶，子实有毛。成熟后，种子会随风飘散。

【译文】

游子厌倦如飞蓬般漂泊的人生，
乡思随着南归的大雁益发涌来。
偏偏记起家乡清潭侧畔的野菊，
芳香花蕊不知对谁在尽情绽开。

王绩

【作者简介】

王绩（约589年—644年），字无功，古绛州龙门县（今山西万荣县通化镇）人。隋唐时期，曾三仕三隐。贞观初年，归隐东皋山（今宿州五柳风景区），自号"东皋子"。性简傲，嗜酒，能饮五斗，自作《五斗先生传》，被后世公认为是五言律诗的奠基人，在中国的诗歌史上，具有非常重要的地位。《全唐诗》收存其诗一卷。

九月九日赠崔使君善为①

野人迷节候，②

端坐隔尘埃。③

忽见黄花吐，

方知素节回。④

映岩千段发，

临浦万株开。⑤

香气徒盈把，⑥

无人送酒来。

载《全唐诗》卷三十七（第一册485页）

【注释】

① 崔善为：见下首诗"作者简介"。

② 野人：士人自谦之称。节候：季令，气候。

③ 尘埃：犹尘俗。

④ 素节：特指中秋、重阳等秋季佳节。此处指重阳节。

⑤ 浦：水边或河流入海的地区。

⑥ 盈把：满把，一把握不过来。南朝宋檀道鸾《续晋阳秋》："陶潜尝九月九日无酒，宅边菊丛中，摘菊盈把，坐其侧久，望见白衣（指官府给役小吏）至，乃王弘送酒也，即便就酌，醉而后归。"

【译文】

山野之人连时令季节都搞不清楚，

久藏隐居之地很少接触世俗尘埃。

忽然看见山水之间黄菊竞相吐蕊，

仔细一想才知道重阳节已经到来。

峰峦岩石间衬映着许多菊花生长，

河畔塘边更有无数香菊鲜花在开。

徒然采撷满手菊花花香浓郁四溢，

可惜这美好时节无人送上美酒来。

崔善为（二首）

【作者简介】

崔善为，生卒年不详，贝州武城（今河北省邢台市清河县西北）人。精通历算，出仕隋朝，调任文林郎。仁寿年间，升任楼烦司户书佐。唐高祖李渊起兵后任用为大将军府司户参军，封清河县公。武德二年（619年），多次提拔后为尚书左丞，以清廉明察著称。贞观初年，任陕州刺史。后历任大理寺、司农寺二卿，因与少卿不和获罪，外任秦州刺史。《全唐诗》收存其诗三首。

答王无功九日①

秋来菊花气，

深山客重寻。

露叶疑涵玉，

风花似散金。

摘来还泛酒，

独坐即徐斟。

王弘贪自醉，②

无复觅杨林。③

【注释】

① 王无功：即王绩。王绩曾赠诗崔善为，即《九月九日赠崔使君善为》，此诗是崔善为对王绩赠诗的回复。

② 王弘：字休元，琅琊临沂（今山东临沂）人。南朝宋大臣，书法家，曾任江州刺史。王弘喜结交名士，对陶渊明很关照。他在重阳节派人给陶渊明送酒成为千古佳话，也是历代咏菊诗的重要典故。

③ 杨林：即柳林。古诗文中杨柳常通用。陶渊明《五柳先生传》："先生不知何许人也，亦不详其姓字，宅边有五柳树，因以为号焉。"

【译文】

秋天菊花盛开香气四溢，
客人重入深山再来找寻。
露水沾满菊叶好似碧玉，
风来菊瓣飘落犹如散金。
采摘菊花还是送去制酒，
没事一人独坐自斟自饮。
王弘贪酒自己酣醉不起，
无法派人前去寻找柳林。

九月九日①

九日重阳节，
三秋季月残。②
菊花催晚气，
萸房辟早寒。③
霜浓鹰击远，
雾重雁飞难。
谁忆龙山外，④
萧条边兴阑。

载《全唐诗》卷八八二（第十三册10039页）

【注释】

① 《全唐诗续拾》卷二原诗后附注认为，此诗系王绩所作（《全唐诗续拾》卷二第十四册10909页）。两诗完全相同。

② 三秋：在古代，一年分为四个季节，每个季节各占三个月，这三个月分别可以用"孟、仲、季"来表示。三秋即季秋，为当年九月。残：不完整，残缺。指全年所剩无几。

③ 萸房：茱萸花的子房。

④ 龙山：位于荆州城西北7.5公里处（即八岭山）。据《世说新语》记载，东晋简文帝咸安年间，荆州刺史桓温于重阳节在龙山设宴，邀集部属饮酒赏菊。席间，参军孟嘉的帽子被风吹落，孟嘉却佯装不知，仍然尽情畅饮。待孟嘉离席净手的时候，桓温便让另一名士作文以嘲笑孟嘉。孟嘉归席，挥毫作答，其文辞之优美，令满座叹服，于是"笑怜从事落乌纱"的佳话传为登高雅事，成为重阳节文化的重要典故。

【译文】

九月九日重阳佳节，
三秋已到季节不全。
菊花晚开可催生气，
食用茱萸能御早寒。
霜重雄鹰仍能高翔，
雾浓鸿雁却难飞远。
谁还想起龙山之外，
边境萧瑟兴致阑珊。

卢照邻

【作者简介】

卢照邻（约635年—约680年），字升之，号幽忧子，幽州范阳（今河北涿州）人。卢照邻出身望族，曾为王府典签，又出任益州新都（今四川成都附近）尉，在文学上，他与王勃、杨炯、骆宾王以文词齐名，世称"王杨卢骆"，为"初唐四杰"之一。卢照邻一生不得志，其诗多忧苦愤激之辞。政治上的坎坷失意及长期病痛的折磨，卢照邻最后自投颖水而死。《全唐诗》收存其诗二卷。

九月九日登玄武山①

九月九日眺山川，

归心归望积风烟。②

他乡共酌金花酒，③

万里同悲鸿雁天。

载《全唐诗》卷四十二（第一册535页）

【注释】

①　玄武山：蜀地山名。唐高宗总章二年（669年），卢照邻来到益州任新都尉职。是年六月，王勃远游到蜀。当年重阳节，在蜀地任官的邵大震与王勃、卢照邻三人同游玄武山，互相酬唱，这首诗即为卢照邻当时所作。王勃的唱和诗为《蜀中九日》："九月九日望乡台，他席他乡送客杯。人情已厌南中苦，鸿雁那从北地来。"（《全唐诗》卷四十二，第一册685页））

②　风烟：风与烟（或雾气）。

③　金花：即黄菊花。菊花色黄，称黄花，亦称金花。

【译文】

重阳节登高远眺故乡山川，

思乡归心飞越隐约的风烟。

远在他乡与人共饮菊花酒，

万里同悲看大雁远飞南天。

宋之问

【作者简介】

宋之问（约656年—约712年），字延清，名少连，汾州隰城人（今山西汾阳市）人。武则天时，以文才为宫廷侍臣，颇受恩宠；后因结交张易之获罪，贬泷州参军。中宗景龙中（708年）转考功员外郎，与杜审言、薛稷等同为修文馆学士。又以受贿罪贬越州长史。睿宗景云元年（710年）流放钦州。

玄宗先天元年（712年）赐死。宋之问才华横溢，与沈佺期并称"沈宋"；与陈子昂、卢藏用、司马承祯、王适、毕构、李白、孟浩然、王维、贺知章称为"仙宗十友"。但品行颇为人诟病，尤其是见其外甥刘希夷的一句诗"年年岁岁花相似，岁岁年年人不同"颇有妙处，便想占为己有，刘希夷不从，便用装土的袋子将刘希夷压死，千古为人唾骂。《全唐诗》收存其诗三卷。

奉和九日登慈恩寺浮图应制①

瑞塔千寻起，②

仙舆九日来。③

芳房陈宝席，

菊蕊散花台。

御气鹏霄近，④

升高凤野开。⑤

天歌将梵乐，⑥

空里共裴回。⑦

载《全唐诗》卷五十二（第一册644页）

【注释】

① 李峤亦作《奉和九月九日登慈恩寺浮图应制》诗（《全唐诗》卷五十八，第二册694页），除题目稍有不同外，内容相同。奉和：做诗词与别人相唱和。应制：是由皇帝下诏命而作文赋诗的一种活动，主要功能在于娱帝王、颂升平、美风俗。明朝廖道南《殿阁词林记》卷十三说："凡被命有所述作则谓之应制。"

② 瑞塔：即大雁塔。唐永徽三年（652年），唐高僧玄奘为保存由天竺经丝绸之路带回长安的经卷佛像而主持修建。寻：古代的长度单位，一寻等于八尺。

③ 舆：车中装载东西的部分，后泛指车。

④ 鹏霄：九天云霄。

⑤ 凤野：美丽富绕的原野。

⑥ 梵乐：佛教音乐。

⑦ 裴回：彷徨，徘徊不进。

【译文】

高达千寻的瑞塔平地起，

重阳节皇上乘着仙舆来。
茱萸果实铺陈在宝席上，
菊花盛开菊瓣散落花台。
皇上的英气直上九重霄，
登高望远原野眼前展开。
梵乐美妙庄严宛如天歌，
余音在天空中荡漾徘徊。

王勃

【作者简介】

王勃（约650年—约676年），字子安，古绛州龙门（今山西河津）人，唐代文学家。出身儒学世家，与杨炯、卢照邻、骆宾王并称为"王杨卢骆"，世称"初唐四杰"。王勃自幼聪敏好学，六岁即能写文章，文笔流畅，被赞为"神童"。九岁时，读颜师古注《汉书》，作《指瑕》十卷以纠正其错。十六岁时，应幽素科试及第，授职朝散郎。因做《斗鸡檄》被赶出沛王府。之后，王勃历时三年游览巴蜀山川景物，创作了大量诗文。返回长安后，求补得虢州参军。在参军任上，因私杀官奴二次被贬。唐高宗上元三年（676年）八月，自交趾探望父亲返回时，不幸渡海溺水，惊悸而死，时二十六岁。代表作品有《滕王阁序》《送杜少府之任蜀州》等。《全唐诗》收存其诗二卷。

九日①

九日重阳节，
开门有菊花。
不知来送酒，
若个是陶家。②

载《全唐诗》卷五十六（第二册684页）

【注释】

①　《补全唐诗》收存蔡孚所作《九日》诗，与王勃这首诗完全相同。又收存《九日至江州问王使君》诗："九日寻（浔）阳县，门门有菊花。□□今送酒，若个是陶家。"蒋（注家）云："阙文二当为'白衣'。"（两诗均载《全唐诗》第十三册10302页）蔡孚：仅知其开元中为起居郎。《全唐诗》另收存其诗二首。

②　若个：哪个。可指人，亦可指物。陶：指东晋诗人陶潜。

【译文】

九月九日重阳节，

开门四处见菊花。

遥想当年送酒人，

相询哪是陶潜家？

李峤（二首）

【作者简介】

李峤（qiáo）（645年—714年），字巨山，赵州赞皇（今河北赞皇）人。李峤出身于赵郡李氏东祖房，早年以进士及第，历任安定尉、长安尉、监察御史、给事中、润州司马、凤阁舍人、麟台少监等职。他历仕五朝，在武后、中宗年间，三次被拜为宰相，官至中书令，阶至特进，爵至赵国公。睿宗时贬任怀州刺史，以年老致仕，玄宗时再贬滁州别驾。开元二年（714年）病逝于庐州别驾任上。李峤以文辞著称，与苏味道并称"苏李"，又与苏味道、杜审言、崔融合称"文章四友"，晚年更被尊为"文章宿老"。《全唐诗》收存其诗五卷。

饯骆四二首（其二）①

甲第驱车入，②

良宵秉烛游。③

人追竹林会，④

酒献菊花秋。

霜吹飘无已，

星河漫不流。

重嗟欢赏地，

翻召别离忧。⑤

载《全唐诗》卷五十八（第二册696页）

【注释】

①　骆四：即骆宾王。王勃、杨炯、卢照邻、骆宾王被称为"初唐四杰"，名噪当时，故李峤昵称骆宾王为"骆四"。骆宾王亦有《别李峤得胜字》诗。

②　甲第：豪门贵族的宅第。

③　秉：拿着，持。

④　竹林：魏末晋初，阮籍、嵇康、山涛、刘伶、阮咸、向秀和王戎七人常聚在当时的山阳县（今河南修武一带）竹林之下饮酒、纵歌，在生活上不拘礼法，清静无为，被称为"竹林七贤"。

⑤　翻：表示转折，相当于反而、却。

【译文】

驱车进入豪华的宅邸为朋友送行，

美好的夜晚端着蜡烛在庭院行走。

大家都神往竹林七贤相聚的雅趣，

频频举杯欢饮于菊花飘香的金秋。

秋风吹动霜花四处飘飞踪迹无觅，

仰望星河星光灿烂似乎静止不流。

请大家欢聚没想到引来重重嗟叹，

反招致诸位好友触发离别的忧愁。

菊

玉律三秋暮，①

金精九日开。②

荣舒洛媛浦，③

香泛野人杯。④

霍靡寒潭侧，⑤

丰茸晓岸隈。⑥

黄花今日晚，

无复白衣来。

载《全唐诗》卷六十（第二册714页）

【注释】

① 玉律：庄严而不可变更的法令。引申为规律。

② 金精：甘菊的别称。

③ 荣：繁茂、茂盛。舒：展开，伸展。洛媛：洛神。魏曹植曾作《洛神赋》，形容洛神"荣曜秋菊"。

④ 野人：士人自谦之称。

⑤ 霍靡（huò mí）：一般指草木茂密貌。

⑥ 丰茸：繁密茂盛。隈（wēi）：山水等弯曲的地方。

【译文】

自然遵循规律进入晚秋，

菊花恰逢重阳正在盛开。

它能化为洛神美丽脸庞，

也可香溢我等俗人酒杯。

冷潭侧畔长得繁荣茂密，

山脚江边更是旺盛不衰。

今晚备足菊酒一饮为快，

无需请白衣人送酒前来。

邵大震

【作者简介】

邵大震，生卒年不详，字令远，河南安阳（西汉置县，治所在今河南正阳西南；西晋置县，治所在今天的河南安阳西南）人。曾在蜀地为官，与王勃、卢照邻同时并有交游和诗作唱和。《全唐诗》收存其诗一首。

九日登玄武山旅眺^①

　　　　九月九日望遥空，

　　　　秋水秋天生夕风。

　　　　寒雁一向南去远，

　　　　游人几度菊花丛。

载《全唐诗》卷六十三（第二册743页）

【注释】

　　①　详见卢照邻诗"注释"①。原诗题注："玄武山在今东蜀。高宗时，王勃以檄鸡文斥出沛王府，既废。客剑南，有游玄武山赋诗。卢照邻为新都尉，亦有和作。"

【译文】

　　　　重阳登山遥望星空，

　　　　秋水秋天晚生凉风。

　　　　雁阵向南径自飞远，

　　　　游人往复菊花丛中。

27

苏颋

【作者简介】

　　苏颋（tǐng）（670年—727年），字廷硕，京兆武功（今陕西武功）人，唐代政治家、文学家，尚书左仆射苏瑰之子。苏颋进士出身，历任乌程尉、左司御率府胄曹参军、监察御史、给事中、中书舍人、太常少卿、工部侍郎、中书侍郎，袭爵许国公，后与宋璟一同拜相，担任紫微侍郎、同平章事。苏颋与燕国公张说齐名，并称"燕许大手笔"。他任相四年，以礼部尚书罢相，后出任益州长史。逝后追赠尚书右丞相，赐谥文宪。《全唐诗》收存其诗二卷。

九月九日望蜀台①

蜀王望蜀旧台前，
九日分明见一川。
北料乡关方自此，②
南辞城郭复依然。③
青松系马攒岩畔，④
黄菊留人籍道边。⑤
自昔登临湮灭尽，
独闻忠孝两能传。

载《全唐诗》卷七十三（第二册805页）

【注释】

① 望蜀台：当为蜀地历代蜀王重阳登高远眺的一个场所。
② 乡关：故乡。
③ 城郭：城市。
④ 攒：聚集，凑集，拼凑。
⑤ 籍：形容杂乱。

【译文】

来到历代蜀王登高远眺的地方，
恰逢重阳清晰看到眼前的山川。
想念北方的家乡才会来到这里，
再看刚刚离开的城市模样依然。
台下的松林里拴系着许多马匹，
山野菊花吸引人们停留在路边。
自古蜀王登临的传闻俱已湮灭，
只听说忠孝的美德能千古流传。

骆宾王

【作者简介】

骆宾王（约638年—684年），字观光，婺州义乌（今浙江义乌）人。他出身寒门，号称"神童"，据说《咏鹅》是其七岁时所作。与王勃、杨炯、卢照邻合称"初唐四杰"，在四杰中他的诗作最多；又与富嘉谟并称"富骆"。曾任武功主簿、长安主簿，又由长安主簿入朝为侍御史，接着任临海丞，所以后人也称他"骆临海"。后随李敬业起兵反对武则天，作《讨武曌檄》，兵败后不知所终，或说被杀，或说为僧。《全唐诗》收存其诗三卷。

秋晨同淄川毛司马秋九咏·秋菊①

擢秀三秋晚，②

开芳十步中。

分黄俱笑日，③

含翠共摇风。

碎影涵流动，④

浮香隔岸通。

金翘徒可泛，⑤

玉斝竟谁同。⑥

载《全唐诗》卷七十八（第二册848页）

【注释】

① 淄川：隋开皇十六年（596年）置淄州，开皇十八年（598年）改称淄川县。唐武德元年（618年）复置淄州，仍治淄川县，辖境相当于今山东淄博、邹平及博兴部分地区。天宝元年（742年）改置为淄川郡。司马：古代官位。各个朝代所指官位不尽相同。战国时为掌管军政、军赋的副官，隋唐时是州郡太守（刺史）的属官。咏：用诗词等来描述，抒发感情。这首诗是骆宾王与毛姓司马在唱和时创作的一组五律诗，共九首，题目分别为：《秋风》《秋云》《秋蝉》《秋露》《秋月》《秋水》《秋萤》《秋菊》《秋雁》。

② 擢：抽，拔。秀：生长茂盛的植物。

③ 分黄：黄菊花蕾绽开、开放，形成金色的花朵。
④ 涵：沉浸。
⑤ 金翘：黄色菊花卷曲的秀瓣，亦指黄色菊花。泛：漂浮。
⑥ 玉斝（jiǎ）：指玉制的酒器。后来引申为酒杯的美称。

【译文】

菊花生长茂盛九月才开，
鲜花绽放就在十步之中。
朵朵菊花向着太阳微笑，
绿叶拥抱下摇曳于秋风。
日光在菊叶缝隙里流淌，
菊花芬芳隔岸可闻香浓。
菊花可制酒花瓣浮杯面，
精美玉杯真是与众不同。

陈子昂

【作者简介】

陈子昂（659年—700年），字伯玉，梓州射洪（今四川省遂宁市射洪县）人。青少年时轻财好施，慷慨任侠，年十七八，尚不知书。后因击剑伤人，始弃武从文，慨然立志，谢绝旧友，深钻经史，不几年便学涉百家，不让乃父。24岁举进士，以上书论政得到女皇武则天重视，授麟台正字，后升右拾遗，后世称陈拾遗。在26岁、36岁时两次从军边塞，对边防颇有些远见。父死居丧期间，权臣武三思指使射洪县令段简罗织罪名，加以迫害，冤死狱中。陈子昂是初唐诗文革新人物之一，对盛唐诗人张九龄、李白、杜甫等产生了深远影响。《全唐诗》收存其诗二卷。

春晦饯陶七于江南同用风字 ①

黄鹤烟云去，②
青江琴酒同。③
离帆方楚越，④
沟水复西东。
芙蓉生夏浦，⑤
杨柳送春风。
明日相思处，
应对菊花丛。

载《全唐诗》卷八十四（第二册904页）

【注释】

① 晦：阴历每月的最后一天。春晦，可理解为晚春。这是作者饯别陶姓友人用"风"字韵所作的送别诗。

② 黄鹤：指黄鹤楼。黄鹤楼位于湖北省武汉市，与江西南昌的滕王阁和湖南岳阳的岳阳楼并称"江南三大名楼"。

③ 青江：即清江，长江一级支流，古称夷水。清江发源于湖北省恩施州利川市之齐岳山，在宜都陆城汇入长江。

④ 楚越：春秋战国时国名。楚辖地主要是现湖北省和湖南省。越辖地主要是以浙江为中心的相关区域。

⑤ 夏浦：夏天的水滨。

【译文】

黄鹤楼的历史烟云已经过去，
清江畔的琴声美酒依稀相同。
离别的船将要驶往楚越两地，
不由自主随着水流奔波西东。
艳丽芙蓉盛开于夏天的水滨，
柔弱杨柳沐浴着和煦的春风。
以后想念老友寄托相思之处，
应该在鲜花盛开的菊丛之中。

张说（三首）

【作者简介】

张说（yuè）（667年—730年），字道济，一字说之，河南洛阳人，唐朝政治家、文学家。封燕国公。张说前后三落三起，三次为相，执掌文坛三十年，为开元前期一代文宗，与许国公苏颋齐名，号称"燕许大手笔"。逝后追赠太师，谥号文贞。《全唐诗》收存其诗五卷。

湘州九日城北亭子①

西楚茱萸节，②

南淮戏马台。③

宁知沅水上，④

复有菊花杯。

亭帐凭高出，

亲朋自远来。

短歌将急景，⑤

同使兴情催。

载《全唐诗》卷八十七（第二册948页）

【注释】

① 湘州：湘州在中国历史上先后设置过两次。第一次是晋朝在临湘（今长沙）设置的湘州，治临湘（今长沙），除湖南湘、资二水流域外，兼有粤桂及湖北各一部。第二次是南朝梁在大活关城设置的湘州，治今湖北红安县西北界之老君山至天台山之河南新县一侧，北齐天保七年（556年）废。本诗所称湘州当为前者。亭子：多建于园林、佛寺、庙宇。亦指盖在路旁或花园里供人休息、避雨、乘凉用的建筑物。

② 西楚：秦、汉时分战国楚地为三楚。以淮北沛、陈、汝南、南郡为西楚；彭城以东东海、吴、广陵为东楚；衡山、九江、江南豫章、长沙为南楚。茱萸节：重阳节的别称。

③ 南淮：泛指淮水流域。戏马台：公元前206年，项羽灭秦后自立为西楚霸王，定都彭城（即今江苏徐州），于城南的南山上修建，因山为台，以观戏马、演武和阅兵等，故名戏马台。

④　宁（nìng）：岂，难道。沅水：即沅江，流经贵州省、湖南省。沅江是湖南省的第二大河流，是长江流域洞庭湖支流。

⑤　短歌：形式短小的汉语古典歌行诗。

【译文】

我过去在西楚度过重阳节，

也曾在彭城畅饮于戏马台。

岂知在秀丽沅江的亭子上，

又捧起盛满菊花酒的酒杯。

依亭搭建的蓬帐高高挑出，

为庆佳节亲朋从远方赶来。

诗人争先恐后唱和的情景，

推动人们兴致高涨乐开怀。

九日进茱萸山诗五首（其二）①

黄花宜泛酒，②

青岳好登高。③

稽首明廷内，④

心为天下劳。

载《全唐诗》卷八十九（第二册974页）

【注释】

①　茱萸山：张说所作《九日进茱萸山诗五首》第一首为："家居洛阳下，举目见嵩山。刻作茱萸节，情生造化间。"茱萸山应为嵩山一个长满茱萸的登高眺望的场所。

②　泛酒：古人用于重阳宴饮的酒，多以菊花酿制或浸泡，因称"泛酒"。

③　青岳：草木葱郁的山岭。

④　稽（qǐ）首：指古代跪拜礼，为九拜中最隆重的一种。常为臣子拜见君父时所用。跪下并拱手至地，头也至地。

【译文】

鲜妍芳香的菊花能造醇香美酒，

草木葱郁的山岭适宜望远登高。
身在朝廷竭诚为明君圣主效力，
心中想着为天下百姓尽心操劳。

九日进茱萸山诗五首（其三）

菊酒携山客，
茱囊系牧童。①
路疑随大隗，②
心似问鸿蒙。③

载《全唐诗》卷八十九（第二册974页）

【注释】

① 茱囊：装着茱萸果的布袋。

② 隗（wěi）：高峻的样子。

③ 鸿蒙：道教神话传说的远古时代。传说盘古在昆仑山开天辟地之前，世界是一团混沌的元气，这种自然的元气叫作鸿蒙，因此把那个时代称作鸿蒙时代。

【译文】

登高的客人携带着菊花美酒，
身系茱萸布囊的是山野牧童。
怀疑山路随着高峻的山峰走，
心中想起神话中的开辟鸿蒙。

赵彦伯

【作者简介】

赵彦伯，生卒年、籍贯均不详。中宗时弘文馆学士。《全唐诗》收存其诗三首。

奉和九日幸临渭亭登高应制得花字

九日报仙家，①
三秋转岁华。②
呼鹰下鸟路，③
戏马出龙沙。④
簪挂丹萸蕊，⑤
杯浮紫菊花。
所愿同微物，
年年共辟邪。

载《全唐诗》卷一〇四（第二册1095页）

【注释】

① 报：报答，回报。仙家：中国神话中众仙的简易自称呼用语，即神仙。赵彦昭《奉和九日幸临渭亭登高应制》亦有"呼鹰下鸟路，戏马出龙沙"句（《全唐诗》卷一〇三，第二册1086页）。

② 三秋：九月。岁华：时光，年华，岁时。

③ 呼鹰：呼鹰以逐兽，因指行猎。鸟路：鸟道。

④ 戏马：驯马。

⑤ 簪：古代发饰，古人用来绾定发髻或冠的长针，是古代妇女发型中最基础的固定和装饰工具。

【译文】

重阳节时人们回报神仙，
晚秋季节转换寒凝万家。
呼鹰猎人应该熟知鸟道，
驯马师必来自塞外龙沙。
发簪上插着茱萸的花蕊，
酒杯里浮着紫色的菊花。
但愿能像茱萸菊花一样，
年年岁岁都能趋祥辟邪。

崔国辅

【作者简介】

　　崔国辅，生卒年不详，吴郡（今江苏苏州）人，一说山阴（今浙江绍兴）人。开元十四年（726年）登进士第，历任山阴尉、许昌令、集贤院直学士、礼部员外郎等职。天宝十一年（752年），京兆尹王鉷因罪被杀，他是王的近亲，受牵连被贬为竟陵司马。崔国辅与陆羽（字鸿渐）交往甚笃，品茶评水，一时传为佳话；同时又与孟浩然、李白交谊甚深，而杜甫对他则有知遇之感。他在唐人五言绝句中独标一格，并对后人产生了影响。《全唐诗》收存其诗一卷。

九日

江边枫落菊花黄，
少长登高一望乡。①
九日陶家虽载酒，
三年楚客已沾裳。②

载《全唐诗》卷一一九（第二册1204页）

【注释】

① 少长：年少的和年长的。
② 沾裳：泪水沾湿衣襟。

【译文】

江边枫叶飘落菊花已黄，
老少一起登高眺望故乡。
重阳节虽有人送来美酒，
客居三年思乡泪湿衣裳。

王维（二首）

【作者简介】

王维（701年—761年，一说699年—761年），河东蒲州（今山西运城）人，祖籍山西祁县。唐朝著名诗人、画家，字摩诘，号摩诘居士。唐肃宗乾元年间任尚书右丞，故世称"王右丞"。王维以诗名盛于开元、天宝间，尤长五言，多咏山水田园，与孟浩然合称"王孟"，有"诗佛"之称。他的书画特臻其妙，后人推其为南宗山水画之祖。苏轼评价其："味摩诘之诗，诗中有画；观摩诘之画，画中有诗。"《全唐诗》收存其诗四卷。

送崔兴宗①

已恨亲皆远，
谁怜友复稀。
君王未西顾，
游宦尽东归。②
塞迥山河净，③
天长云树微。④
方同菊花节，⑤
相待洛阳扉。⑥

载《全唐诗》卷一二六（第二册1271页）

【注释】

①　崔兴宗，生卒年不详，博陵（今河北定州）人，唐代诗人。他是王维的内弟，王孟诗派作者之一。早年隐居终南山，与王维、卢象、裴迪等游览赋诗，琴酒自娱。曾任右补阙，官终饶州长史。《全唐诗》收存其诗五首。

②　游宦：离家在外做官。

③　塞（sài）：边界上险要的地方。

④　云树：比喻朋友阔别远隔。

⑤　菊花节：即重阳节。

⑥　扉：柴门。

【译文】

已经十分遗憾亲人离开很远，
身边朋友日益见少谁会怜惜？
君王返回帝都后再无暇西顾，
当年随他逃难官员尽行东归。
边塞迥异山河十分空旷洁净，
天长路远我们即将阔别远离。
今天恰逢一年一度重阳佳节，
期待在洛阳重逢聚首在柴扉。

晚春严少尹与诸公见过①

松菊荒三径，②
图书共五车。③
烹葵邀上客，④
看竹到贫家。⑤
鹊乳先春草，⑥
莺啼过落花。⑦
自怜黄发暮，⑧
一倍惜年华。

载《全唐诗》卷一二六（第二册1276页）

【注释】

① 严少尹：即严武。见过：来访过。

② 荒三径：陶渊明《归去来兮辞》有"三径就荒，松菊犹存"句，形容寓所偏僻，道路荒芜。

③ 五车：语出《庄子·天下》"惠施多方，其书五车"，后演化为"学富五车"的成语。形容学问渊博。

④ 葵：蔬菜名。我国古代重要蔬菜之一。可腌制，称葵菹（zū）。

⑤ 贫家：谦称自己的家。

⑥ 鹊乳：喜鹊生育雏鸟，泛指鸟雀繁育雏鸟。

⑦ 莺：黄莺。落花：衰落的春花。

⑧ 黄发：老年人头发由白转黄，旧时长寿的象征，后常用指老人。

【译文】

几条小路荒芜路边长着松树野菊，

家中别无长物只有书籍堪可自夸。

贵客前来没有佳肴只能煮葵相待，

观赏竹子倒是可以直接来到我家。

春草还没有长成鸟雀已开始繁殖，

它们成群啼叫着飞过凋谢的春花。

春意盎然不由怜悯自己年岁已老，

更莫负未来时光要倍加珍惜年华。

王缙

【作者简介】

王缙（700年—781年），字夏卿，河中（今山西永济）人。王维之弟。累任侍御史、兵部员外郎等官。"安史之乱"时，任太原少尹，协助李光弼守太原，颇有功绩和谋略，被舆论所推崇。他曾两次出任宰相。后因权臣元载获罪受诛牵连，被贬为括州（今浙江丽水）刺史。被召归后，为太子宾客、分司东都，直到去世。《全唐诗》收存其诗八首。

九日作

莫将边地比京都，

八月严霜草已枯。

今日登高樽酒里，①

不知能有菊花无。

载《全唐诗》卷一二九（第二册1311页）

【注释】

① 樽（zūn）：本作"尊"。中国古代的盛酒器具。

【译文】

莫把北方边塞比作京都，

边塞八月霜降百草皆枯。

今天在此登高举杯饮酒，

不知道酒中能有菊花无？

李颀

【作者简介】

李颀（qí）（约690年—约751年），字、号均不详，河南颖阳（今河南登封）人。开元二十三年（735年）登进士第。一度任新乡县尉，不久去官。后长期隐居嵩山、少室山一带的"东川别业"，后人因多称"李东川"。李颀擅长七言歌行、边塞诗，风格豪放，慷慨悲凉，与王维、高适、王昌龄等人皆有唱和。《全唐诗》收存其诗三卷。

宴陈十六楼①

西楼对金谷，②

此地古人心。

白日落庭内，③

黄花生涧阴。

四邻见疏木，

万井度寒砧。④

石上题诗处，

千年留至今。

载《全唐诗》卷一三四（第二册1359页）

【注释】

①　原诗题注："楼枕金谷。"陈十六：即陈章甫，唐散文家。江陵（今属湖北）人，曾长期隐居嵩山。开元进士，曾任左拾遗、太常博士。因无意仕宦，乃辞归林泉。

②　金谷：金谷园是西晋富豪石崇在洛阳西边金谷涧修建的别墅园区。元康六年（296年），征西大将军王诩前往长安，石崇与众人在金谷园设宴相送，为了助兴，"遂各赋诗，以叙中怀，或不能者，罚酒三斗"。事后，石崇把众人诗作收录成集，并撰写《金谷诗序》。史称"金谷宴集"。

③　白日：太阳，阳光。

④　砧（zhēn）：捣衣石。

【译文】

设宴的西楼正对着金谷涧，
此地历史陈迹可见古人心。
秋天的阳光洒落在庭园内，
鲜妍黄菊绽放在沟涧之阴。
环顾四周只见稀疏的树木，
家家井畔响彻捣衣的声音。
古人题写刻在石上的诗作，
已默默传诵千年流芳至今。

储光羲（二首）

【作者简介】

储光羲（约706年—763年），润州延陵（今江苏镇江）人，祖籍兖州。田园山水诗派代表诗人之一。开元十四年（726年）进士，与崔国辅、綦毋潜同榜。授冯翊县尉，转汜水、安宜、下邽等县尉。曾出任太祝，世称储太祝，官至监察御史。仕宦不得意，隐居终南山的别业。安史乱起，叛军攻陷长安，他被俘，迫受伪职，后脱身归朝，贬死岭南。江南储氏多为储光羲后裔，尊称为"江南储氏之祖"。《全唐诗》收存其诗四卷。

京口送别王四谊①

江上枫林秋，

江中秋水流。

清晨惜分袂，②

秋日尚同舟。

落潮洗鱼浦，③

倾荷枕驿楼。④

明年菊花熟，

洛东泛觞游。⑤

载《全唐诗》卷一三八（第二册1400页）

【注释】

① 京口：江苏镇江古称。1984年10月，镇江市城区更名为京口区。

② 分袂：指离别，分手。

③ 落潮：镇江距入海口200多公里，有潮汐现象。洗鱼浦：应为当地长江边的一处地名。

④ 倾：倾倒，歪斜。枕驿楼：楼名。

⑤ 泛觞：饮酒。

【译文】

江边枫林的叶子红了，

江中的秋水汹涌奔流。

依依惜别分手于清晨，

难得秋天里能够同舟。

观赏落潮中的洗鱼浦，

走进荷枯时的枕驿楼。

期望明年菊花盛开日，

一同去洛东畅饮漫游。

仲夏饯魏四河北觐叔①

落日临御沟，②
送君还北州。
树凉征马去，
路暝归人愁。③
吴岳夏云尽，④
渭河秋水流。⑤
东篱摘芳菊，
想见竹林游。

载《全唐诗》卷一三九（第二册1414页）

【注释】

① 仲夏：夏天的第二个月。饯：即饯行。交际风俗，即在亲友出远门上路前，以酒食送行，表示惜别和祝福。河北：唐朝于贞观元年（公元627年）三月设河北道，领二十四州。觐（jìn）：进见，访谒；亦指秋见。《周礼·大宗伯》："秋见曰觐。"

② 御沟：流经皇宫的河道。

③ 暝：日落，天黑。

④ 吴岳：古代山名，在今陕西省。《史记·封禅书》："自华以西，名山七，名川四。曰华山、薄山……岳山、岐山、吴岳、鸿冢、渎山。"

⑤ 渭河：古称渭水，是黄河的最大支流。发源于甘肃省定西市渭源县鸟鼠山，主要流经今甘肃天水和陕西省关中平原的宝鸡、咸阳、西安、渭南等地，至渭南市潼关县汇入黄河。

【译文】

夕阳西下映照着皇宫的河道，
在此为您践行送君返回北州。
借着树阴骑着征马抓紧赶路，
日夜兼程归心似箭心中忧愁。
吴岳山夏天的云彩即将散尽，
渭河秋天的河水不断向东流。

很快就会到东篱下采摘芳菊，

届时会想起竹林七贤的悠游。

王昌龄

【作者简介】

王昌龄（698年—757年），字少伯，河东晋阳（今山西太原）人，一说京兆长安人（今西安）人。王昌龄早年贫苦，主要依靠农耕维持生活，30岁左右进士及第。初任秘书省校书郎，而后又担任博学宏辞、汜水尉，因事被贬岭南。开元末返长安，改授江宁丞，时谓"王江宁"。安史乱起，被刺史闾丘晓所杀。他是盛唐著名边塞诗人，与李白、高适、王维、王之涣、岑参等人交往深厚。其诗以七绝见长，尤以登第之前赴西北边塞所作边塞诗最为人称道，与高适、王之涣齐名，有"诗家夫子王江宁"之誉，又被后人誉为"七绝圣手"。《全唐诗》收存其诗四卷。

九日登高

青山远近带皇州，①

霁景重阳上北楼。②

雨歇亭皋仙菊润，③

霜飞天苑御梨秋。④

茱萸插鬓花宜寿，⑤

翡翠横钗舞作愁。

谩说陶潜篱下醉，⑥

何曾得见此风流。

载《全唐诗》卷一四二（第二册1440页）

【注释】

① 皇州：皇帝居住的地方，指京城。

② 霁（jì）：雨雪停止，天放晴。

③ 皋：通"高"。

④ 苑：古代养禽兽植林木的地方，多指帝王的花园。

⑤ 插鬓：重阳风俗，人们除登高望远、畅饮菊花酒外，还要身插茱萸或佩带茱萸香囊。

⑥ 谩：休，别。

【译文】

周边青山连绵连带京城万象，

为看重阳初晴景象登上北楼。

雨停歌高亭旁水珠浸润菊花，

霜花飞花园里香梨已待丰收。

茱萸插满鬓发菊花益于延寿，

玉钗美女醉姿如舞让人忧愁。

休说陶渊明东篱下畅饮酣醉，

他几时领略过这快乐的风流？

刘长卿（五首）

【作者简介】

刘长卿(约726年 — 约786年)，字文房，宣城（今属安徽）人。后迁居洛阳。唐玄宗天宝年间进士。唐肃宗至德年间，任监察御史、苏州长洲县尉，代宗大历中任转运使判官，知淮西、鄂岳转运留后，后被诬贬睦州司马。因刚而犯上，两度迁谪。官终随州刺史，世称刘随州。刘长卿工于诗，长于五言，自称"五言长城"。《全唐诗》收存其诗五卷。

送李挚赴延陵令 ①

清风季子邑，②

想见下车时。③

向水弹琴静，

看山采菊迟。

明君加印绶，④

廉使托茕嫠。⑤

旦暮华阳洞，

云峰若有期。

载《全唐诗》卷一四七（第三册1496页）

【注释】

① 李挚：生卒年、籍贯均不详。任过延陵令，又称李延陵。延陵：常州古名，为春秋吴邑，季札（季子）所居之封邑。令：古代官名。中国古代政府某部门或机构的长官，如尚书令、郎中令；县一级的行政长官，如县令。

② 季子：即季札（前576年—前484年），古代贤人。姬姓，名札，春秋时吴王寿梦第四子，封于延陵。传为避王位"弃其室而耕"于常州武进焦溪的舜过山下，人称"延陵季子"。

③ 下车：官员到任。

④ 印绶：印信，旧时称印信和系印的丝带。古人印信上系有丝带，佩带在身。象征官位权力。

⑤ 使：官名。负责某种政务的官员。茕（qióng）：没有兄弟，孤独。嫠（lí）：寡妇。

【译文】

古贤季子的家乡清风荡漾，

您上任时的情形可想而知。

面向碧水弹琴心中自然静，

登山采菊美景羁留归家迟。

圣明君主授给您官位权力，

全县鳏寡孤独寄望于廉使。

朝朝暮暮与华阳洞天相处，

云彩山峰也对您充满期许。

过湖南羊处士别业①

杜门成白首，②

湖上寄生涯。③

秋草芜三径，④

寒塘独一家。

鸟归村落尽，

水向县城斜。⑤

自有东篱菊，

年年解作花。⑥

载《全唐诗》卷一四七（第三册1503页）

【注释】

①　湖南：据明人徐献忠《吴兴掌故集》所载，此诗为刘长卿路过吴兴（今浙江湖州）时所作。湖南，应为当地一个湖的南边。处士：古时候称有德才而隐居不愿做官的人，后亦泛指未做过官的士人。羊处士，生平事迹不详。别业：与"旧业"或"第宅"相对而言，业主原有一处住宅，而后另营别墅，称为别业。

《吴兴掌故集》有一首刘长卿《过朱处士别业》诗："杜门成白首，湖上寄生涯。秋草间三径，寒塘独一家。鸟归村落静，水向县城斜。爱汝醒还醉，东篱菊正花。"与《全唐诗》所编刘诗有所不同。原诗后注："一作爱汝醒还醉，东篱菊正花。"

②　杜门：闭门。白首：年老。

③　生涯：生活，生计。

④　芜：草长得杂乱。

⑤　斜：指不正，跟平面或直线既不平行也不垂直。另有古音念xiá，在部分古诗中使用古音以求押韵。此处指倾斜，喻流动。

⑥　解：懂，明白，理解。

【译文】

处士一直闭门隐居逐渐变老，

就在湖上操劳生计苦度生涯。

秋草荒芜遮掩通往住宅的路，

细看小湖周边只有处士一家。

飞鸟归来村落隐没在暮色中，

湖水缓向县城流去朴素无华。

虽然孤独寂寞自有菊花陪伴，

每年化作善解人意的美女花。

寻盛禅师兰若①

秋草黄花覆古阡，②
隔林何处起人烟。③
山僧独在山中老，
唯有寒松见少年。

载《全唐诗》卷一五〇（第三册1556页）

【注释】

① 禅师：和尚之尊称，尤指有德行的和尚。
② 阡：田地中间南北方向的小路。
③ 人烟：住户的炊烟，亦广泛借指人家、住户。

【译文】

遍野秋草菊花覆盖古时小路，
隔着树林不知何处升起炊烟。
禅师独自山中修行渐渐老去，
唯经寒老松曾见其少年容颜。

青溪口送人归岳州①

洞庭何处雁南飞，
江菼苍苍客去稀。②
帆带夕阳千里没，
天连秋水一人归。
黄花裛露开沙岸，③
白鸟衔鱼上钓矶。④
歧路相逢无可赠，
老年空有泪沾衣。

载《全唐诗》卷一五一（第三册1564页）

【注释】

① 岳州：今湖南岳阳。

② 菼（tǎn）：古书上指荻，多年生草本植物，生在水边，叶子长形，似芦苇，秋天开紫花，茎可以编席箔。

③ 裛（yì）：古同"浥"，沾湿。

④ 矶（jī）：突出江边的岩石或小石山。

【译文】

浩瀚洞庭湖上大雁从何处飞过，

江边水草苍茫归客却寥寥无几。

带着夕阳余晖帆船消逝在远方，

长天连着秋水伴送朋友孤独归。

黄色菊花沾着露水开在沙岸上，

白色水鸟嘴叼小鱼停脚落钓矶。

相逢异乡岔路没有物品可赠送，

人老容易伤感空洒热泪湿秋衣。

酬屈突陕 ①

落叶纷纷满四邻，

萧条环堵绝风尘。②

乡看秋草归无路，③

家对寒江病且贫。

藜杖懒迎征骑客，④

菊花能醉去官人。

怜君计画谁知者，⑤

但见蓬蒿空没身。⑥

载《全唐诗》卷一五一（第三册1570页）

49

【注释】

① 酬：酬唱（用诗词互相赠答）。屈突：复姓。屈突陕：人名，生平事迹不详。

② 萧条：寂寥冷落，草木凋零。环堵：房屋的四面墙壁。

③ 乡（xiàng）：用作动词，通"向"，面对着。

④ 藜杖：指用藜的老茎做的手杖，质轻而坚实。征骑客：官场人物。

⑤ 计画：计虑，谋划。古人计事喜用手指画，使其事易见。

⑥ 蓬蒿：蓬草和蒿草，亦泛指草丛、杂草。

【译文】

秋天树叶纷纷飘落遍布四周，
家徒四壁十分萧条远离俗尘。
看着杂乱秋草回归不见出路，
陋室面对寒江家中多病积贫。
终日挂着藜杖懒得逢迎权贵，
但愿菊酒长醉平时远离官人。
可怜您的谋划无人能够知晓，
只见蓬蒿埋没您的无助之身。

崔曙

【作者简介】

崔曙（？—739年），一作署，宋州宋城县（今河南商丘）人。开元二十六年（738年），崔曙应试，作《奉试明堂火珠》诗，诗云："正位开重屋，凌空出火珠。夜来双月满，曙后一星孤。天净光难灭，云生望欲无。遥知太平代，国宝在名都。"考官十分推重颔联"夜来双月满，曙后一星孤"。唐玄宗看过之后也大为赞赏，取为状元，官授河内尉。一年后去世。崔曙死后只留下一女，名叫"星星"，世人皆以为"曙后一星孤"是谶语。《全唐诗》收存其诗一卷。

九日登望仙台呈刘明府容 ①

汉文皇帝有高台，②
此日登临曙色开。
三晋云山皆北向，③
二陵风雨自东来。④
关门令尹谁能识，⑤
河上仙翁去不回。⑥
且欲近寻彭泽宰，⑦
陶然共醉菊花杯。

载《全唐诗》卷一五五（第三册1604页）

【注释】

① 望仙台：据说汉时河上公授汉文帝《老子章句》四篇而去，后来文帝筑台以望河上公，台即望仙台，在今河南陕县西南。刘明府容：名容，生平不详。明府，唐代对县令的尊称。

② 汉文皇帝：即汉文帝。

③ 三晋：春秋末，韩、魏、赵三家分晋，故有此称。在今山西、河南一带。北向：形容山势向北偏去。

④ 二陵：指崤山南北的二陵，在今河南洛宁、陕县附近。据《左传》载，崤山南陵是夏帝皋的陵墓，北陵是周文王避风雨的地方。

⑤ 关：函谷关。令尹：守函谷关的官员尹喜，相传他忽见紫气东来，知有圣人至。不一会果然老子骑青牛过关。尹喜留下老子，于是老子写《道德经》一书。尹喜后随老子而去。

⑥ 河上仙翁：即河上公，汉文帝时人，传说其后羽化成仙。

⑦ 彭泽宰：即陶渊明，曾为彭泽令。

【译文】

汉文帝修建了巍峨的望仙台，
今天登台天边曙色刚刚散开。
三晋的重重云山全向着北方，
崤山二陵的风雨从东边飘来。

函谷关令尹能有多少人认识，

仙翁河上公一去便不再返回。

暂且就近寻找彭泽令陶渊明，

一起欢饮菊花酒频举手中杯。

孟浩然（三首）

【作者简介】

孟浩然（689年—740年），名浩，字浩然，号孟山人，襄州襄阳（现湖北襄阳）人，世称"孟襄阳"。因他未曾入仕，又称之为孟山人，是唐代著名的山水田园派诗人。孟浩然的诗在艺术上有独特的造诣，后人把孟浩然与盛唐另一山水诗人王维并称为"王孟"。《全唐诗》存其诗二卷。

和贾主簿弁九日登岘山①

楚万重阳日，②

群公赏宴来。③

共乘休沐暇，④

同醉菊花杯。

逸思高秋发，⑤

欢情落景催。⑥

国人咸寡和，⑦

遥愧洛阳才。⑧

载《全唐诗》卷一六〇（第三册1637页）

【注释】

① 主簿（bù）：古代官名，是各级主官属下掌管文书的佐吏。魏、晋以前，主簿官职广泛存在于各级官署中；隋、唐以后，主簿是部分官署与地方政府的事务官，重要性减弱。贾主簿，名弁（biàn），时任襄州主簿。岘（xiàn）山：山名，在湖北襄阳城南。

② 楚万：楚，湖北古属楚。万，当地名山万山，在襄阳城西，又称"上岘"。楚万，泛指襄阳。

③ 公：敬辞，尊称男子。

④ 休沐：古代休假制度。据《汉律》记载："吏员五日一休沐。"公务人员上了四天班，第五天则放假洗澡更衣，修发刮脸。

⑤ 高秋：农历九月初九重阳节。

⑥ 落景：夕阳的余辉。

⑦ 寡和：喻才高难攀，和者寥寥。战国楚宋玉《对楚王问》："客有歌于郢中者，其始曰，《下里》《巴人》，国中属而和者数千人……其为《阳春》《白雪》，国中属而和者不过数十人。"

⑧ 洛阳才：原指汉贾谊，因其是洛阳人，少年有才，故称。后泛指有文学才华的人。

【译文】

襄阳大地黎民百姓欢度重阳节，
诸公欣然赏菊野宴登上岘山来。
一起借着今天休假难得的闲暇，
大家一醉方休共同高举菊花杯。
飘逸情思借着重阳节尽情抒发，
欢歌笑语余兴难尽但夕阳催归。
主簿的诗作大家实在难以唱和，
羞愧难当您如贾谊的罕世高才。

九日怀襄阳①

去国似如昨，②
倏然经杪秋。③
岘山不可见，
风景令人愁。
谁采篱下菊，
应闲池上楼。

宜城多美酒，④

归与葛强游。⑤

载《全唐诗》卷一六〇（第三册1641页）

【注释】

① 原诗题注："题上有途中二字。"怀：怀念，想念。

② 国：家乡。襄阳南门外背山临江之涧南园有作者的故居。

③ 倏：极快地，忽然。杪（miǎo）：指年月或四季的末尾，如岁杪、月杪、秋杪。

④ 宜城：公元前192年（汉惠帝三年）改鄢县为宜城县。1945年，为纪念抗日将领张自忠殉国，更名自忠县，现为宜城市（县级）。

⑤ 葛强：西晋名士山简的爱将，山简常与之游宴酣饮。309年（永嘉三年），山简出任征南将军，都督荆、湘、交、广四州诸军事，镇襄阳。

【译文】

离开故乡好像还是昨天的事情，
怎么眨眼间就到了今年的晚秋。
家乡的岘山相距已远无法看见，
此处风景虽好却让人产生乡愁。
都有谁在家乡采摘盛开的菊花，
又共同欢聚畅饮登上湖中小楼？
久闻宜城这个地方美酒的大名，
还是去葛强遗迹尽情畅饮悠游。

过故人庄①

故人具鸡黍，②

邀我至田家。③

绿树村边合，④

青山郭外斜。⑤

开筵面场圃，⑥

把酒话桑麻。

待到重阳日，

还来就菊花。

载《全唐诗》卷一六○（第三册1654页）

【注释】

① 过：拜访。故人庄：老朋友的田庄。

② 具：准备，置办。黍（shǔ）：黄米。古代认为是上等的粮食。

③ 田家：乡村人家。

④ 合：环绕。

⑤ 郭：在城的外围加筑的一道城墙，内城叫城，外城叫郭。泛指城市。

⑥ 面：面对。

【译文】

老朋友预备丰盛的饭菜，

邀请我到他乡下的农家。

翠绿的树林围绕着村落，

青山斜在城外风景如画。

丰盛酒席面对谷场菜园，

手举酒杯闲谈菜粮桑麻。

等到晚秋重阳节来临时，

还到此处饮美酒赏菊花。

李白（四首）

【作者简介】

李白（701年—762年），字太白，号青莲居士，祖籍陇西郡成纪县（今甘肃省平凉市静宁县南），出生于蜀郡绵州昌隆县（今四川省江油市青莲乡），一说生于西域碎叶（今吉尔吉斯斯坦托克马克）。李白是唐代伟大的浪漫主义诗人，在中国诗词史上有着极为崇高的地位，被后人誉为"诗仙"，与杜甫并称为"李杜"，为了与另两位诗人李商隐与杜牧即"小李杜"区别，杜甫与李白又合称"大李杜"。《全唐诗》收存其诗二十五卷。

九日^①

今日云景好，
水绿秋山明。
携壶酌流霞，^②
搴菊泛寒荣。^③
地远松石古，
风扬弦管清。
窥觞照欢颜，^④
独笑还自倾。
落帽醉山月，^⑤
空歌怀友生。

载《全唐诗》卷一七九（第三册1837页）

【注释】

① 九日：这首诗是李白于唐肃宗至德元年（756）的九月九日在庐山登高饮酒时所作。

② 流霞：酒名。晋代葛洪所著《抱朴子》有"项曼都言：仙人以流霞一杯，与我饮之，辄不饥渴"句，泛指美酒。

③ 搴（qiān）菊：采菊花。

④ 觞：古时的酒杯。

⑤ 落帽：即落帽台。因孟嘉落帽从容面对嘲笑展示才华而得名。李白游此，忆起孟嘉往事，写下了《九日龙山饮》一诗。次日，诗人意犹未尽，又作《九月十日即事》一诗。此处经考古勘探，实为一战国大型楚墓。

【译文】

今天空中白云朵朵景色优美，
天更蓝水更绿青山更加鲜明。
登高远眺携带一壶流霞美酒，
采撷一把霜后寒菊满手清冷。
此地偏僻幽静松树巨石古远，

清风飘荡管弦优雅乐声动听。
酒杯权当明镜照我欢乐容颜，
自斟自饮自得其乐特立独行。
落帽佯不知邀青山明月同醉，
起舞高歌抒发怀念朋友深情。

九日龙山饮

九日龙山饮，
黄花笑逐臣。①
醉看风落帽，
舞爱月留人。

载《全唐诗》卷一七九（第三册1837页）

【注释】

① 逐臣：被贬斥、驱逐的臣子。

【译文】

重阳佳节来到龙山饮酒，
菊花笑我这被放逐之臣。
醉眼看那风吹落帽故地，
明月也爱载歌载舞之人。

九月十日即事 ①

昨日登高罢，
今朝更举觞。
菊花何太苦，
遭此两重阳。②

载《全唐诗》卷一七九（第三册1837页）

【注释】

① 即事：以当前事物为题材作的诗。

② 两重阳：古时重阳节有采菊宴赏的习俗。重阳后一日宴赏为小重阳。菊花两遇饮宴，两遭采摘，故有"遭此两重阳"之言。

【译文】

昨天已经登高采菊宴饮，

今天又在这里举起酒杯。

菊花在世为何这样受苦，

遭遇双重阳采摘的伤悲？

感遇四首（其二）

可叹东篱菊，

茎疏叶且微。①

虽言异兰蕙，②

亦自有芳菲。

未泛盈樽酒，③

徒沾清露辉。

当荣君不采，④

飘落欲何依。

载《全唐诗》卷一八三（第三册1870页）

【注释】

① 茎：植物体上生枝长叶开花的部分，有输送植物体内养料的作用，是植物的中轴。

② 兰蕙：兰，指"兰草"和"兰花"；蕙：指蕙兰。多年生草本植物，叶丛生，狭长而尖，初夏开淡黄绿色花，气味很香，供观赏。

③ 泛：溢出。

④ 荣：繁茂，茂盛。

【译文】

菊花的遭遇实在令人叹息，
茎干稀疏且菊叶也很卑微。
虽然和兰花蕙草截然不同，
但她也有自己独特的芳菲。
如果未作成清香的菊花酒，
那真是空沾得甘露的清辉。
菊花盛开君若不及时摘采，
菊花枯谢飘落又有何可依？

韦应物（四首）

【作者简介】

韦应物（737年—792年），京兆长安（今陕西西安）人。15岁起以三卫郎为玄宗近侍，出入宫闱，扈从游幸。早年豪纵不羁，横行乡里，乡人苦之。安史之乱起，玄宗奔蜀，流落失职，始立志读书，少食寡欲，常"焚香扫地而坐"。代宗广德至德宗贞元年间，先后为洛阳丞、京兆府功曹参军、鄠县令、比部员外郎、滁州和江州刺史、左司郎中、苏州刺史。唐德宗贞元七年（791年）退职，一贫如洗，居然无川资回京候选（等待朝廷另派他职），不久就客死他乡。世称韦江州、韦左司或韦苏州。韦应物诗风恬淡高远，以善于写景和描写隐逸生活著称，与王维、孟浩然、柳宗元并称"王孟韦柳"。《全唐诗》收存其诗十卷。

效陶彭泽①

霜露悴百草，②
时菊独妍华。③
物性有如此，④

寒暑其奈何。⑤

掇英泛浊醪，⑥

日入会田家。⑦

尽醉茅檐下，⑧

一生岂在多。

载《全唐诗》卷一八六（第三册1903页）

【注释】

① 陶彭泽：即陶渊明。《效陶彭泽》，亦称《和陶诗》。

② 霜露：秋霜和露水。曹丕《燕歌行》："秋风萧瑟天气凉，草木摇落露为霜。" 悴：使之凋零、衰败。曹植《朔风》："繁华将茂，秋霜悴之。"

③ 妍华：鲜艳美丽。

④ 物性：事物的本性。

⑤ 其奈何:无法奈何。

⑥ 掇：摘取，采撷。英：花。陶渊明《饮酒》（其七）："秋菊有佳色，裛露掇其英。" 浊醪（láo）：浊酒。

⑦ 日入：太阳落山。

⑧ 茅檐：茅草房的屋檐。

【译文】

晚秋时节霜露让草木凋零，

此时只有菊花才独现芳华。

菊花生长规律就这样独特，

寒来暑往现象不能奈何她。

摘取菊花的花瓣制成美酒，

黄昏后尽情欢饮齐聚农家。

人人醉倒在茅屋的房檐下，

一生别在乎未来时日多寡。

赠令狐士曹①

秋檐滴滴对床寝，②

山路迢迢联骑行。③

到家俱及东篱菊，

何事先归半日程。

载《全唐诗》卷一八七（第三册1913页）

【注释】

① 原诗题注："自八月朔旦，同使蓝田，淹留涉季，事先半日而不相待，故有戏赠。"

② 滴滴：形容秋雨绵绵。寝：睡，卧。

③ 迢迢：形容遥远。联骑：并肩骑马。

【译文】

秋雨绵绵我们对床安寝，

山路遥远我们并肩骑行，

马上到家都可观赏菊花，

因何事要先走半天路程？

秋郊作

清露澄境远，①

旭日照林初。

一望秋山净，

萧条形迹疏。

登原忻时稼，②

采菊行故墟。③

方愿沮溺耦，④

淡泊守田庐。

载《全唐诗》卷一九二（第三册1984页）

【注释】

① 澄境：清澄的地方。

② 原：同"塬"，指中国西北部黄土高原地区因雨水冲刷形成的高地，呈台状，四边陡，顶上平。忻：同"欣"，心喜，高兴。

③ 故墟：荒芜的田地。

④ 方：表示时间，相当于"始""才"。沮溺：即长沮、桀溺，指两个在水洼地里劳动的高大魁梧的人（典出《论语·微子第十八》）。耦（ǒu）：古指两人并肩而耕。

【译文】

晨露降临大地清新能看出很远，
早上阳光刚照进树林充满朝气。
放眼望去秋天的山岭十分清爽，
山野空旷萧疏难见行人的踪迹。
登垠看将丰收的庄稼十分高兴，
采摘野菊行走在荒芜的田野里。
始愿像农夫一样从事农耕劳作，
自甘淡泊相守山乡的草庐土地。

九日

一为吴郡守，①
不觉菊花开。
始有故园思，
且喜众宾来。

载《全唐诗》卷一九五（第三册2015页）

【注释】

① 吴：苏州，古称吴。郡守：作者曾任苏州刺史。

【译文】

刚刚来到苏州担任刺史，
不知不觉本地菊花盛开。
心中不由产生思乡忧愁，
且喜众宾探望令我释怀。

刘湾

【作者简介】

刘湾（约749年前后在世），字灵源，西蜀人；一作彭城（今江苏徐州）人。天宝进士，工诗。安禄山之乱后，以侍御史居衡阳，与元结相友善。《全唐诗》收存其诗六首。

即席赋露中菊^①

众芳春竞发，
寒菊露偏滋。^②
受气何曾异，
开花独自迟。
晚成犹有分，
欲采未过时。
勿弃东篱下，
看随秋草衰。

载《全唐诗》卷一九六（第三册2018页）

【注释】

① 唐朝诗人朱湾曾作《秋夜宴王郎中宅赋得露中菊》诗（《全唐诗》卷三〇六，第五册3475页），内容稍有不同。 即席：当场。赋：作诗或吟诗。
② 滋：滋扰。

【译文】

百花大多在春天里竞相开放，
菊花晚秋开花还遭寒露相欺。
她们生长时令气候并无差异，
缘何唯有菊花的花期特别迟？

她绽放虽晚但一样艳丽芬芳，
诸君如欲采摘抓紧大好时机。
不要熟视无睹抛弃美丽菊花。
忍看她随秋草逐渐衰败枯萎。

孙昌胤

【作者简介】

孙昌胤（yìn），生卒年、籍贯均不详。唐玄宗天宝年间进士。《全唐诗》收存其诗四首。

和司空曙刘眘虚九日送人①

京邑叹离群，②
江楼喜遇君。
开筵当九日，③
泛菊外浮云。
朗咏山川霁，④
酣歌物色新。⑤
君看酒中意，
未肯丧斯文。⑥

载《全唐诗》卷一九六（第三册2018页）

【注释】

① 司空曙（约720年—790年）：字文明，或作文初，广平（今河北永年县东南）人。唐代诗人，"大历十才子"之一。刘眘（shèn）虚（约714年—约767年）：亦作慎虚，字全乙，亦字挺卿，号易轩，洪州新吴（今江西奉新县）人，唐代诗人。

② 邑：城市，都城。

③ 筵：酒宴。

④ 霁（jì）：本意指雨雪停止，天空放晴，也比喻怒气消散。

⑤ 物色。指风物，景色。

⑥ 斯文：指很有涵养，文质彬彬，懂得尊重人的意思。

【译文】

在京城时感叹自己不入主流，
今天有幸在江楼上巧遇上君。
摆酒宴迎嘉宾欣逢重阳佳节，
酒杯斟满看天上飘着的白云。
酒兴所致清朗咏颂山川晴好，
高声吟唱世间万物焕然一新。
请君体会我酒后的真情实意，
吟诵发自内心不肯丧失斯文。

岑参（四首）

【作者简介】

岑参（cén shēn）（约715年—770年），荆州江陵（湖北江陵）人。二十岁至长安，献书求仕无成，奔走京洛，漫游河朔。天宝三年（744年），登进士第，授右内率府兵曹参军。天宝年间（742年—756年），两度出塞，居边塞六年。安史乱起，岑参东归勤王，杜甫等推荐他为右补阙。由于"频上封章，指述权佞"，乾元二年（759年）改任起居舍人。不满一月，贬谪虢州长史。后又任太子中允、虞部、库部郎中，出为嘉州（今四川乐山）刺史，因此人称"岑嘉州"。与高适齐名，并称"高岑"，同为盛唐边塞诗派的代表。《全唐诗》收存其诗四卷。

送蜀郡李掾①

饮酒俱未醉，
一言聊赠君。
功曹善为政，②
明主还应闻。③

夜宿剑门月，④

朝行巴水云。⑤

江城菊花发，

满道香氛氲。⑥

载《全唐诗》卷二○○（第三册2077页）

【注释】

①　蜀郡：中国古代的行政区划之一。蜀郡以成都一带为中心，所辖范围随时间而有不同。掾（yuàn）：原为佐助的意思，后为副官佐或官署属员的通称。

②　功曹：古代官名。汉代、北齐和唐代都设有该职。唐时，在府的称为功曹参军，在州的称为司功。为政：处理政事。

③　明主：贤明的君主。

④　剑门：即大剑山，在今四川剑阁县。大小剑山间，有栈道七十里，叫作剑阁。据《大清一统志》载："四川保宁府，大剑山在剑州北二十五里。其山削壁中断，两崖相嵌，如门之辟，如剑之植，故又名剑门山。"李白诗云："剑阁峥嵘而崔嵬。一夫当关，万夫莫开。"

⑤　巴：巴国，周朝时期位处今中国西南、长江上游地区的一个姬姓国家。国都为江州，即今重庆市江北区。其疆域囊括了今重庆全境、湖北恩施、川东北部分地区。巴水，泛指巴国地域里的水系。

⑥　氲：即氤氲的缩写，也作"烟煴""絪缊"，指湿热飘荡的云气，烟云弥漫的样子。

【译文】

今天我们举杯畅饮但都还没醉，

有一句知心的话儿想赠送给您。

当官要为民着想妥善处理政事，

贤明的圣上远隔千里也能听闻。

夜间休眠于崇山峻岭陪伴孤月，

白天行走在巴水之间纵观风云。

您的令名将像江城盛开的菊花，

大街小巷都会飘溢浓郁的清芬。

奉陪封大夫九日登高①

九日黄花酒，②

登高会昔闻。③

霜威逐亚相，④

杀气傍中军。⑤

横笛惊征雁，⑥

娇歌落塞云。⑦

边头幸无事，

醉舞荷吾君。⑧

载《全唐诗》卷二○○（第三册2089页）

【注释】

① 封大夫：即封常清（690年—756年），蒲州猗氏（今山西省临猗县）人，唐朝名将。以军功擢安西副大都护、安西四镇节度副大使、知节度事，后又升任北庭都护，持节安西节度使。岑参曾较长时间在封常青身边任幕僚，对封常清十分崇敬，有多篇诗作对其进行颂扬。这首诗作于天宝十四年（755年），封常清时任御史大夫。

② 黄花酒：即菊花酒。

③ 会：聚合，合拢。昔闻：以前听说的，指传统。

④ 霜威：威严如霜。亚相：御史大夫的别称。

⑤ 杀气：军旅杀伐的气氛。傍：依附。中军：主将的代称。春秋时期，行军作战分左、右、中或上、中、下三军，主将在中军指挥，后世遂以"中军"其称主将。

⑥ 征雁：南飞的大雁。

⑦ 落：降落，落下。塞云：塞外的行云。

⑧ 荷：承蒙，承受。吾君：对封常清的尊称。

【译文】

重阳佳节大家一起喝菊花酒，

登高远眺传统习俗早就传闻。

封将军治军如秋霜威严峻厉，

居中军常让人感到杀气凛凛。

横笛凄厉惊动了南飞的大雁，

歌声娇美令边塞行云被吸引。

所幸边塞连年平安没有战事，

人们欢舞酣醉全赖封大将军。

九日使君席奉饯卫中丞赴长水①

节使横行西出师，②

鸣弓擐甲羽林儿。③

台上霜风凌草木，

军中杀气傍旌旗。④

预知汉将宣威日，⑤

正是胡尘欲灭时。⑥

为报使君多泛菊，⑦

更将弦管醉东篱。⑧

载《全唐诗》卷二〇一（第三册2099页）

【注释】

① 使君：汉以后用作对州郡长官的尊称。奉：恭敬、尊重。饯：设酒食送行。中丞：官名。长水：地名。唐朝因避唐高祖李渊名讳，唐武德元年（公元618年），改长渊县为长水县（长水县今为长水乡，属洛阳市洛宁县）。

② 节使：节度使的省称。应为安西节度使封常清。横行：纵横驰骋，所向无阻。西出师：率军西征。岑参曾作《走马川行奉送封大夫出师西征》诗。

③ 鸣弓：即"鸣镝"，响箭。《史记·匈奴列传》记载了"鸣镝"的来历：冒顿乃作鸣镝，鸣为响声，镝为箭头，鸣镝就是响箭，它射出时箭头能发出响声。擐（huàn）：穿，贯。羽林：汉代禁卫军。西汉武帝时选拔陇西、天水、安定、北地、上郡、西河等六郡之良家子，守卫建章宫，初称为建章营骑，后改称羽林骑，其意为国羽翼，如林之盛。东汉称为羽林郎。唐初的左右羽林军，首领北衙禁军，也是高宗、则天等朝的重要军事力量。喻精兵强将。

④ 旌旗：旗帜。

⑤ 汉将：唐朝大将。唐朝人仰慕大汉雄风，因而多喜欢称本朝为汉，在文学创作中常常以汉称唐，例如白居易在《长恨歌》中就将唐明皇称作汉皇。

⑥ 胡尘：胡人兵马扬起的沙尘。喻胡兵的凶焰。

⑦ 泛菊：宴饮菊花酒。

⑧ 弦管：弦乐器和管乐器。泛指歌吹弹唱。

【译文】

节度使率领大军即将出师西征，

将士们装备精良俱是羽林健儿。

塞外朔风凛冽寒霜铺地草木衰，

军队同仇敌忾杀敌豪气绕旌旗。

可以料知唐朝大将宣示天威日，

即是西域侵犯疆土胡人灭绝时。

为报使君恩情大家畅饮菊花酒，

更在乐声中醉倒在地傍着东篱。

行军九日思长安故园①

强欲登高去，②

无人送酒来。③

遥怜故园菊，④

应傍战场开。⑤

载《全唐诗》卷二〇一（第三册2105页）

【注释】

① 原诗题注："时未收长安。"唐玄宗天宝十四载（755年），安禄山起兵叛乱，次年长安被攻陷。唐肃宗至德二载（757年）二月肃宗由彭原行军至凤翔，岑参随行。九月二十八日，唐军收复长安，此诗可能是当年重阳节在凤翔写的。

② 强：勉强。

③ 送酒：即"王弘送酒"。

④ 故园：即唐朝京都长安。

⑤ 傍：接近，挨着。

【译文】

正值重阳勉强想要登高饮酒，

却无昔时王弘及时把酒送来。

遥想长安故园中可怜的菊花，

此时应紧挨着战场孤寂绽开。

沈宇

【作者简介】

沈宇，生卒年、籍贯均不详。天宝初任太子洗马。《全唐诗》收存其诗三首。

武阳送别①

菊黄芦白雁初飞，②

羌笛胡笳泪满衣。③

送君肠断秋江水，

一去东流何日归。

载《全唐诗》卷二〇二（第三册2111页）

【注释】

① 武阳：地名。具体指何处不详。

② 芦：芦苇。多年水生或湿生的高大禾草，生长在灌溉沟渠旁、河堤沼泽地。秋季开花，花呈白色穗状。

③ 羌（qiāng）笛：羌笛是我国古老的单簧气鸣乐器，已有2000多年历史，流行在四川北部阿坝藏羌自治州羌族居住之地。胡笳（hú jiā）：蒙古族边棱气鸣乐器，民间又称潮尔、冒顿潮尔。流行于内蒙古自治区、新疆维吾尔族自治区伊犁哈萨克自治州阿勒泰地区。

【译文】

秋菊已黄芦花正白大雁开始南飞，

吹响羌笛胡笳令人伤感泪满秋衣。

不舍与君分别似愁肠痛断秋江水，

君今一去如东逝水何日才能回归？

包佶

【作者简介】

包佶（jí），生卒年不详，字幼正，润州延陵（今江苏省丹阳市）人，天宝六年（747年）进士。累官至谏议大夫，交好宰相元载。唐代宗大历十二年（777年），元载全家坐罪赐死。包佶受牵连贬谪岭南，后刘晏举荐其为汴东两税使。刘晏被罢官后，以包佶充任诸道盐铁轻货钱物使，迁刑部侍郎，改任秘书监，封丹阳郡公。为官谨慎笃实，所在有政声，后因疾辞官，卒于故里。与刘长卿、窦叔向诸公皆莫逆之交，与其兄包何俱以诗扬名，时称"二包"。《全唐诗》收存其诗一卷。

对酒赠故人

扶起离披菊，①
霜轻喜重开。
醉中惊老去，
笑里觉愁来。
月送人无尽，
风吹浪不回。
感时将有寄，②
诗思涩难裁。③

载《全唐诗》卷二〇五（第三册2141页）

【注释】

① 离披：亦作"离掀"，分散下垂貌。
② 感：感念，感想。寄：寄托。
③ 裁：安排取舍。

【译文】

小心扶起园中分散下垂的菊花，
虽经微霜仍继续开放令人开怀。

经常畅饮酣醉忽惊觉人已老去，

开心愉悦时也常感到忧愁袭来。

明月之下送别友人竟成为常事，

风吹水面友人如浪花一去不回。

心中感念思绪万千想有所抒发，

只是作诗灵感涩滞实难以安排。

李嘉祐（二首）

【作者简介】

李嘉祐，生卒年不详，字从一，赵州(今河北省赵县)人。天宝七年（748年）进士，授秘书正字。因获罪贬谪鄱阳，后出任江阴令。上元年间，出为台州刺史。大历年间，又转为袁州刺史。与李白、刘长卿、钱起、皇甫曾和皎然相熟。是中唐肃宗、代宗两朝时期的才子，是继郑虔之后向台州传播盛唐文化的第二位著名文人。《全唐诗》收存其诗二卷。

九日送人

晴景应重阳，

高台怆远乡。①

水澄千室倒，②

雾卷四山长。③

受节人逾老，④

惊寒菊半黄。

席前愁此别，⑤

未别已沾裳。

载《全唐诗》卷二〇六（第三册2158页）

【注释】

① 怆：悲伤，悲怆。

② 澄：水静而清。倒（dào）：位置上下前后翻转。
③ 卷：裹挟带动。长：与"短"相对，指空间，亦指时间。
④ 受节：指时令交替。
⑤ 席：酒筵，成桌的饭菜。

【译文】

今日天色晴好恰逢重阳佳节，
登上高台悲从中来遥望故乡。
江水清澄排排屋宇倒映水中，
云雾缭绕遮挡群山显得狭长。
时令交替光阴荏苒人愈见老，
寒霜已降菊花半黄令人感伤。
酒宴上深为即将分别而忧愁，
虽然暂未分别泪水已湿衣裳。

游徐城河忽见清淮因寄赵八①

自缘迟暮忆沧洲，②
翻爱南河浊水流。③
初过重阳惜残菊，
行看旧浦识群鸥。④
朝霞映日同归处，
暝柳摇风欲别秋。⑤
长恨相逢即分首，⑥
含情掩泪独回头。

载《全唐诗》卷二〇七（第三册2164页）

【注释】

① 寄：托人递送。赵八：即赵涓，生卒年不详，冀州人，官至尚书左丞，逝后赠户部尚书。

② 缘：因由，因为。迟暮：指黄昏，比喻晚年，暮年。沧州：沧州是运河古郡，历史名城，因东临渤海而得名，意为沧海之州。现属河北省。

③ 翻：表示转折，相当于"反而""却"。南河：疑指南运河。沧州属海河流域，南运河是五大支流之一。

④ 鸥：鸟类的一科，羽毛多为白色，嘴扁平，前趾有蹼，翼长而尖。生活在湖海上，捕食鱼、螺等。

⑤ 暝（míng）：黄昏。

⑥ 长恨：指千古之遗恨，喻长久的伤痛。分首：指离别。

【译文】

因为自感年老常会想起沧州，

改变前嫌反爱上南河浊水流。

重阳已过菊花凋萎令人怜惜，

河滩漫步似曾相识水边群鸥。

朝霞映着日光难忘同归之处，

晚风中柳条摇曳欲告别晚秋。

刚见面就离别真是长久遗憾，

饱含深情掩着泪水独自回头。

皇甫曾

【作者简介】

皇甫曾，生卒年不详，字孝常，润州丹阳人，祖籍甘肃泾州。天宝十二年（753年）进士。历官侍御史，后因他人获罪受牵连被贬舒州司马，移阳翟令。出王维之门，与其兄皇甫冉俱能诗，并称"二皇甫"。《全唐诗》收存其诗一卷，《全唐诗外编》补诗二首。

酬窦拾遗秋日见呈①

孤城永巷时相见，②

衰柳闲门日半斜。

欲送近臣朝魏阙，③

犹怜残菊在陶家。

【注释】

① 原诗题注："时此公自江阴令除谏官。"酬：指酬和，用诗词应答。窦拾遗：即窦叔向，字遗直，京兆（今陕西省扶风）人。唐代宗朝工部尚书。《全唐诗》收存其诗十首。拾遗：唐代谏官名。武则天垂拱元年（685年）置左右拾遗分属门下、中书两省，职掌与左右补阙相同，同掌供奉讽谏、荐举人才。

② 孤城：唐朝帝都长安。安史之乱时，长安曾沦陷。永巷：皇宫中的长巷，是未分配到各宫去的宫女的集中居住处，也是幽禁失势或失宠妃嫔的地方。

③ 近臣：君主所亲近的臣子。魏阙：指宫门上巍然高出的观楼。其下常悬挂法令，后用作朝廷的代称。

【译文】

当年在长安皇宫长巷中经常相遇，
曾见京城衰柳悠闲门庭夕阳西斜。
真想送窦公赴任去京城朝拜皇上，
还是怜惜残菊就陪她们待在陶家。

高适（二首）

【作者简介】

高适（704年—765年），字达夫，一字仲武，渤海蓨（今河北沧州）人。曾任封丘尉、左拾遗、监察御史、谏议大夫、淮南节度使。因敢于直言，贬官为太子詹事。后出任彭州刺史、蜀州刺史、剑南节度使，六十一岁迁刑部侍郎，转散骑常侍，进封渤海县侯，世称"高常侍"。逝后赠礼部尚书，谥号忠。作为著名边塞诗人，高适与岑参并称"高岑"，与岑参、王昌龄、王之涣合称"边塞四诗人"。《全唐诗》收存其诗四卷。

九日酬颜少府①

檐前白日应可惜，②
篱下黄花为谁有。

行子迎霜未授衣，　③
主人得钱始沽酒。　④
苏秦憔悴人多厌，　⑤
蔡泽栖迟世看丑。　⑥
纵使登高只断肠，
不如独坐空搔首。　⑦

载《全唐诗》卷二一三（第三册2218页）

【注释】

① 少府：唐时指县尉。

② 白日：阳光，指光阴。可惜：爱惜，怜惜。

③ 行子：路上的行人。授衣：谓制备寒衣。

④ 沽酒：买酒，卖酒。此处指卖酒。

⑤ 苏秦（？—前284年）：字季子，雒阳（今河南洛阳）人，战国时期著名的纵横家、外交家和谋略家。苏秦跟随鬼谷子学习纵横之术。学成后，外出游历多年，潦倒而归，家人不喜。随后刻苦攻读《阴符》，一年后游说列国，提出合纵六国以抗秦的战略思想，并最终组建合纵联盟，任"从约长"，兼佩六国相印，使秦十五年不敢出函谷关。

⑥ 蔡泽：生卒年不详，战国燕国纲成（今河北万全）人，善辩多智，游说诸侯。蔡泽在走投无路时入秦，经范雎推荐，被秦昭王任为相，随后在秦孝文王、秦庄襄王、秦始皇四朝任职。栖迟：飘泊失意。

⑦ 搔首：用手指梳理头发。

【译文】

屋前和煦的阳光应当爱惜，
篱边开放的菊花为谁拥有？
路人踏霜而行未制备寒衣，
店主得到酒钱才能够卖酒。
苏秦潦倒亲人看见都厌恶，
蔡泽失意世人遇到皆嫌丑。
穷困时即使登高也是痛苦，
不如一人独处搔首解忧愁。

同崔员外綦毋拾遗九日宴京兆府李士曹[①]

今日好相见，

群贤仍废曹。[②]

晚晴催翰墨，[③]

秋兴引风骚。[④]

绛叶拥虚砌，[⑤]

黄花随浊醪。

闭门无不可，

何事更登高。

载《全唐诗》卷二一四（第三册2230页）

【注释】

① 崔员外：即崔颢（704年—754年），汴州（今河南开封市）人。唐玄宗开元十一年（723年）进士，官至太仆寺丞，天宝中为司勋员外郎。有著名的《黄鹤楼》传世，《全唐诗》收存其诗四十二首。綦毋（qí wú，亦作"綦母"，复姓）拾遗：即綦毋潜，生卒年不详，字孝通，虔州（今江西赣州）人。约开元十四年（726年）前后进士及第，授宜寿（今陕西周至）尉，迁右拾遗，终官著作郎。《全唐诗》收存其诗一卷。李士曹：即李翥（zhù）。

② 曹：管某事的官职（曹主、曹郎）和相应职务（曹务）。

③ 晚晴：傍晚雨后初晴。翰墨：原指文辞，后世亦泛指诗文书画。三国魏曹丕《典论·论文》："古之作者，寄身于翰墨，见意于篇籍。"

④ 秋兴：秋日的情怀和兴会。风骚：《诗经·国风》和《楚辞·离骚》的并称。后来把关于诗文写作的事叫风骚。

⑤ 绛：大红色。砌：台阶。

【译文】

今天过重阳群贤难得相见，

都放下手中事聚会意气豪。

黄昏雨晴催各位舞文弄墨，

金秋逸兴引大家尽吐风骚。

红叶飘落围绕着园中台阶，

黄菊花瓣在浊酒之中浮漂。

过重阳闭门相聚亦无不可，

无事不一定要去揽胜登高。

杜甫（十五首）

【作者简介】

　　杜甫（712年—770年），字子美，本襄阳人，后徙河南巩县，自号少陵野老，是唐代伟大的现实主义诗人。少时生活优裕，曾先后游历吴越和齐赵。两次参加应试，均落第。客居长安十年，仕途失意，郁郁不得志，过着贫困的生活。直到天宝十四年（755年），杜甫年已44岁，为生计而接受了右卫率府兵曹参军的低阶官职。随即，安史之乱爆发，杜甫先后辗转多地。后被唐肃宗授左拾遗，但一直不受重用。入后蜀，友人严武推荐他做剑南节度府参谋，加检校工部员外郎。故后世又称他杜拾遗、杜工部，也称他杜少陵、杜草堂。他与李白合称"李杜"。杜甫在中国古典诗歌中的影响非常深远，被后人称为"诗圣"，他的诗被称为"诗史"。杜甫共有约一千五百首诗歌被保留了下来，《全唐诗》收存其诗十九卷。

叹庭前甘菊花①

檐前甘菊移时晚，②
青蕊重阳不堪摘。③
明日萧条醉尽醒，④
残花烂熳开何益。⑤
篱边野外多众芳，⑥
采撷细琐升中堂。⑦
念兹空长大枝叶，⑧
结根失所缠风霜。⑨

【注释】

①　庭：堂阶前的院子。

②　甘菊：又名真菊、家菊，花黄，茎紫，花气香而味甘，可食用，叶亦可作羹食。时：时令节气。

③　堪：能。

④　萧条：寂寥。

⑤　烂熳：颜色绚丽多彩。

⑥　众芳：各种野菊。

⑦　采撷（xié）：摘取。中堂：正中的厅堂。

⑧　兹：此。

⑨　失所：不得其应处之所。

【译文】

庭前的甘菊花移载时错过时令，
重阳节时花蕊青绿尚不能撷芳。
节后秋景萧瑟人们从醉中醒来，
过时残花再烂漫只能令人心伤。
篱笆边上的田野开了许多野菊，
现只能采些小菊摆在中堂观赏。
我感叹你空长枝叶不及时开花，
全因根系未得其所又遇上风霜。

九日曲江①

绶席茱萸好，②
浮舟菡萏衰。③
季秋时欲半，④
九日意兼悲。
江水清源曲，⑤
荆门此路疑。⑥
晚来高兴尽，⑦

摇荡菊花期。⑧

【注释】

① 曲江：位于今陕西省西安市城区东南部，为唐代著名的皇家园林所在地。

② 缀：点缀，装饰。

③ 菡萏：荷花的别称，又称莲花，古称芙蓉、菡萏、芙蕖。

④ 季秋：农历九月，秋季的最后一个月。

⑤ 清源：水质清澄。

⑥ 荆门：江陵府龙山上有孟嘉落帽台，其地在荆门东。

⑦ 高兴：兴致。

⑧ 摇荡：摇摆晃荡，形容心情复杂。菊花期：《荆楚岁时记》是南朝梁代宗懔撰写的一部记载荆楚岁时习俗的著作，也是我国现存最早的一部专门记载古代岁时节令的专著。书中说到："九日为菊花会，故云菊花期。"

【译文】

酒席宴上装饰的茱萸真是好看，

泛舟曲江曾经的荷花却已衰败。

现已是晚秋季节一年已经过半，

重阳节不光是高兴还有些伤悲。

曲江水面清澈河道却弯弯曲曲，

孟嘉荆门获赏的路子令人怀疑。

天色将晚已经没有观赏的兴致，

心情复杂地度过菊花节把家归。

初月

光细弦岂上，①

影斜轮未安。②

微升古塞外，③

已隐暮云端。

河汉不改色，④

关山空自寒。⑤

庭前有白露，

暗满菊花团。

载《全唐诗》卷二二五（第四册2424页）

【注释】

①　细：微弱。弦：指弦月。分为上弦月、下弦月。

②　轮：圆形。指满月。

③　古塞外：指西方。新月过后，可看到弯弯的娥眉月。这种娥眉月只能在傍晚的西方天空中看到。

④　河汉：银河。

⑤　关山：关隘山岭。

【译文】

月光细微无法看到上弦月，

月相歪斜不可能观赏月圆。

刚升起在古塞之外的西方，

就已经被天边的暮云遮掩。

看银河仍很清晰未受影响，

山川大地却显得冰冷凉寒。

庭院中已经降下一层白露，

露水悄无声息浸满菊花团。

九日登梓州城①

伊昔黄花酒，②

如今白发翁。

追欢筋力异，

望远岁时同。

弟妹悲歌里，③

朝廷醉眼中。④

兵戈与关塞，

此日意无穷。

【注释】

①　《全唐诗》中共收录杜甫两首同名为"九日登梓州城"的五言律诗。宋《黄鹤集注》称，"宝应元年及广德元年，公皆在梓州"，此诗创作年代也应该在这段时间。梓州：隋开皇十八年（598年）改新州为梓州（以梓潼水命名），治城在今潼川镇。现为四川省三台县。

②　伊昔：从前。

③　悲歌：悲壮或哀痛的歌。

④　醉眼：醉后迷糊的眼睛。

【译文】

从前过重阳总要畅饮菊花酒，

如今已经是白发苍苍的老翁。

想要寻找欢乐已是力不从心，

但望远所见倒与前大致相同。

弟妹颠沛流离于痛苦悲歌里，

朝廷整天沉溺在醉生梦死中。

关塞还在激战百姓生灵涂炭

重阳想起这些令人悲愤无穷。

九日

去年登高郪县北，　①

今日重在涪江滨。　②

苦遭白发不相放，

羞见黄花无数新。

世乱郁郁久为客，

路难悠悠常傍人。

酒阑却忆十年事，　③

肠断骊山清路尘。　④

【注释】

① 郪（qī）县：西汉置县，属广汉郡，治所在今四川三台县南九十里郪江镇。因郪江水为名。南朝梁废。

② 涪江：长江支流嘉陵江的右岸最大支流，因流域内绵阳在汉高祖时称涪县而得名。

③ 阑：残，将尽。

④ 骊（lí）山：位于陕西省西安市临潼区城南，是秦岭山脉的一个支脉，海拔1302米，远望宛如一匹苍黛色的骏马而得名。周、秦、汉、唐以来，这里一直作为皇家园林地，离宫别墅众多。盛唐时，唐玄宗与杨贵妃在此演绎了一段凄美的爱情故事。清路尘：典出曹植的《七哀诗》，"……君若清路尘，妾若浊水泥。浮沉各异势，会合何时谐"，形容盛衰殊异。

【译文】

去年重阳节时我在郪县城北登高，
今天过重阳节我又来到涪江之滨。
颠簸流离的生活令白发日日生长，
面对无数新开的菊花实羞愧伤心。
世道混乱令人郁闷长久滞留他乡，
人生道路十分艰难常常依靠别人。
酒将喝完突然想起十年前的往事，
骊山当年盛况不再令人悲痛万分。

云安九日郑十八携酒陪诸公宴 ①

寒花开已尽，

菊蕊独盈枝。

旧摘人频异，②

轻香酒暂随。

地偏初衣夹，③

山拥更登危。④

万国皆戎马，⑤

酣歌泪欲垂。

载《全唐诗》卷二二九（第四册2493页）

【注释】

① 云安：公元前314年，秦灭巴国后在原巴国置巴郡，在云阳地域建县名"朐忍"。北周天和三年（568年），县治迁汤口（今云阳镇），更县名"云安"，隶巴东郡。唐朝曾设云安郡。现为重庆市云阳县。郑十八：有注家称，郑十八，名贲，云安人。

② 旧摘：重阳采菊是民间习俗，历史悠久。

③ 初衣夹：开始穿上夹衣夹袄。

④ 危：高，陡。

⑤ 万国：万邦，天下，各国。戎马：战乱，战争。

【译文】

晚秋天气转寒百花都已凋谢，

唯独菊花迎寒开放芳菲满枝。

以往共同采菊之人频频变换，

菊香之中相陪饮酒暂且相随。

云安地偏天寒人已穿上夹衣，

群山簇拥大家登高却不惧危。

只是现在天下大乱战火四起，

让人悲痛长歌当哭热泪欲垂。

秋兴八首（其一）①

玉露凋伤枫树林，②

巫山巫峡气萧森。③

江间波浪兼天涌，

塞上风云接地阴。④

丛菊两开他日泪，⑤

孤舟一系故园心。⑥

寒衣处处催刀尺，⑦

白帝城高急暮砧。⑧

【注释】

① 《秋兴八首》是杜甫晚年为逃避战乱而寄居夔州时的代表作品，作于大历元年（公元766年），诗人时年56岁。全诗八首蝉联，前呼后应，脉络贯通，组织严密，既是一组完美的组诗，而又各篇各有所侧重。

② 玉露：秋天的霜露，因其白，故以玉喻之。凋伤：使草木凋落衰败。

③ 巫山巫峡：指夔州（今奉节）一带长江的山峰和峡谷。萧森：萧瑟阴森。

④ 塞上：指巫山。

⑤ 两开：两度开花。

⑥ 故园：此处当指长安。

⑦ 刀尺：剪刀和尺，指服装的制作。

⑧ 白帝城：即今奉节城，在瞿塘峡上口北岸的山上，与夔门隔岸相对。

【译文】

深秋的霜露使枫林树叶衰败飘零，
巫山和巫峡也雾气笼罩萧瑟阴森。
峡谷山高江窄水流湍急波浪滔天，
巫山云雾压向地面天地一片阴沉。
菊花两度开放以往困苦令人泪下，
一叶孤舟系岸边牵动我思乡之心。
天气开始寒冷到处都在赶制寒衣，
高耸的白帝城捣衣砧声响彻黄昏。

复愁十二首（其十一）①

每恨陶彭泽，②
无钱对菊花。
如今九日至，
自觉酒须赊。③

85

【注释】

① 复愁：一愁未消，一愁又至。《复愁十二首》是杜甫的组诗作品。这组诗当作于唐代宗大历二年（767年）秋天。杜甫其时几乎是无日不愁。

② 每：常常。恨：遗憾。

③ 赊：买卖货物时延期付款或收款。

【译文】

常常为陶渊明感到遗憾，

无钱买酒时常空对菊花。

未料今天我也碰到重阳，

方知晓过节须先把酒赊。

夜①

露下天高秋水清，

空山独夜旅魂惊。

疏灯自照孤帆宿，②

新月犹悬双杵鸣。③

南菊再逢人卧病，

北书不至雁无情。④

步蟾倚杖看牛斗，⑤

银汉遥应接凤城。⑥

载《全唐诗》卷二三〇（第四册2526页）

【注释】

① 原诗题注："一作秋夜客舍。"

② 疏：稀疏，零星。

③ 杵：捣衣杵。

④ 书：书信。雁：指书信。《汉书·苏武传》有载雁足传书的故事。

⑤ 蟾：蟾宫，指月亮。牛斗：即牵牛星和北斗星，指天空。

⑥ 银汉：即银河。凤城：汉武帝曾在长安皇宫中造凤阙，故凤城是长安代称。

【译文】

露水降临天空高远秋水清澄，
独处空山周遭寂静令人魂惊。
稀疏灯光照着江中孤帆入眠，
新月高挂天上远处传来杵声。
南方菊花再次碰到我患重病，
北方亲朋无信皆因鸿雁无情。
踏着月光拄着拐杖仰望星空，
银河像座天桥遥遥连接皇城。

九日五首（其一）①

重阳独酌杯中酒，
抱病起登江上台。
竹叶于人既无分，②
菊花从此不须开。
殊方日落玄猿哭，③
旧国霜前白雁来。④
弟妹萧条各何往，
干戈衰谢两相催。⑤

载《全唐诗》卷二三一（第四册2534页）

【注释】

①　九日五首：《九日五首》是杜甫在唐代宗大历二年（767年）九月九日于夔州时的登高之作。

②　分：同"份"。

③　殊方：远方，异域。东汉班固《西都赋》："逾昆仑，越巨海，殊方异类，至于三万里。"玄：黑色。

④　旧国：指故乡。

⑤　干戈：干、戈均为古代兵器，引申为战争。催：催促逼迫。

【译文】

重阳节里独斟独饮杯中浊酒，

抱病起身勉强登上江边高台。

竹叶虽然翠绿与人却无缘分，

菊花让人忧愁从此不必再开。

远方太阳落山听到黑猿悲啼，

故乡严霜已降大雁结阵飞来。

山河破碎弟妹不知飘零何方，

只痛感战乱和病老日益相催。

九日五首（其二）

旧日重阳日，

传杯不放杯。①

即今蓬鬓改，②

但愧菊花开。

北阙心长恋，③

西江首独回。④

茱萸赐朝士，⑤

难得一枝来。

载《全唐诗》卷二三一（第四册2534页）

【注释】

① 放杯：宴饮中传递酒杯劝酒。

② 蓬鬓：鬓发散乱。

③ 北阙：宫禁或朝廷的别称。

④ 西江：长江的西段。首：脑袋。

⑤ 朝士：朝廷之士，泛指中央官员。

【译文】

记得当年在京城欢度重阳节时，

酒宴上畅饮只见传杯未见放杯。
现经战乱百般潦倒鬓发常散乱，
客居他乡落魄过节愧对菊花开。
念念不忘北方朝廷忠诚心长恋，
人到西江魂系故乡悲哀首自回。
昔日重阳皇上会赐茱萸给百官，
如今想求一枝只能是梦中得来。

九日五首（其三）

旧与苏司业，①
兼随郑广文。②
采花香泛泛，
坐客醉纷纷。
野树歌还倚，
秋砧醒却闻。
欢娱两冥漠，③
西北有孤云。④

载《全唐诗》卷二三一（第四册2534页）

【注释】

① 旧：原先，过去。与：相与，交往。苏司业：即苏源明（？—约764年），初名预，字弱夫，京兆武功（今陕西省咸阳市武功县附近）人，生平不详，中唐时期诗人。曾与杜甫交游。《全唐诗》收存其诗二首。

② 郑广文：指郑虔（691年—759年），字趋庭，又字若齐。开元中，任协律郎，为宫廷文艺总管，甚得唐玄宗赞赏，御署"郑虔三绝"（诗书画），并为之更置广文馆，虔为博士。广文博士一职自郑虔始设。从此扬名天下，史称"名士""高士"。《全唐诗》收存其诗一首。

③ 冥漠：死亡。仇兆鳌（清朝著名学者，著有《杜诗详注》）注："冥漠，谓苏郑俱亡。"

④ 西北：疑指蜀地。当时作者客居于今四川、重庆的一些地方。孤云：比喻贫寒或客居的人。作者自喻。

【译文】

过去曾与苏司业一起交游不断，

也追随过郑广文相互往来频频。

重阳时一起采菊芳香四处飘溢，

酒宴时宾客开怀畅饮酣醉纷纷。

斜靠着野树趁着酒兴放声高歌，

酒醒后却听到寒夜捣砧的声音。

如今苏郑已逝无法再参加欢娱，

此处仅剩我一个贫寒交迫之人。

九日五首（其四）①

故里樊川菊，②

登高素浐源。③

他时一笑后，

今日几人存。

载《全唐诗》卷二三一（第四册2534页）

【注释】

① 原诗题注："吴若本注，阙一首。赵次公以风急天高一首足之，云未尝阙。"一般认为，"九日五首"实为四首诗，缺一首。其四应为："故里樊川菊，登高素浐源。他时一笑后，今日几人存。巫峡蟠江路，终南对国门。系舟身万里，伏枕泪双痕。为客裁乌帽，从儿具绿尊。佳辰对群盗，愁绝更谁论。"另有一说认为《登高》诗实是其中的第六首，即"赵次公以风急天高一首足之，云未尝阙"一说。今人作家白保迎认为，后十二句作为一首诗，不符合诗词格律。这十二句诗应为一首五言绝句和一首五言律诗。五言绝句："故里樊川菊，登高素浐源。他时一笑后，今日几人存。"五言律诗："巫峡蟠江路，终南对国门。系舟身万里，伏枕泪双痕。为客裁乌帽，从儿具绿尊。佳辰对群盗，愁绝更谁论。"此处取白说。

② 故里：杜甫故里位于河南郑州巩义市站街镇南瑶湾村，是杜甫出生和少年时期生活的地方。安史之乱前，杜甫曾客居长安十年，此处指长安。樊川：樊川，地名，是西安城南少陵原与神禾原之间的一片平川。汉高祖刘邦曾将这条川道封为武将樊哙的食邑，樊川由此得名。

③ 素浐：地名，浐水的别名。旧时关中八川之一。因水色素白，故称。

【译文】

时常想起故乡长安樊川的菊花，

重阳节曾登过浐水山中的源头。

当年一起登高欢笑游览的人们，

如今还有几人侥幸在世上存留？

九日诸人集于林^①

九日明朝是，

相要旧俗非。^②

老翁难早出，

贤客幸知归。^③

旧采黄花剩，

新梳白发微。

漫看年少乐，^④

忍泪已沾衣。^⑤

载《全唐诗》卷二三一（第四册2534页）

【注释】

① 集：聚合，会合。

② 要（yāo）：古同"邀"，约请。

③ 贤客：有德才的宾客。归：返回，回到本处。

④ 漫：随便；随意。

⑤ 沾：浸湿。

【译文】

明天是重阳节亲朋一起登高游览，

众人相邀聚会是旧俗但物是人非。

我现年老身衰体弱难以早起外出，

幸亏贤良的客人体谅取消了约会。

往年过节时采摘菊花总剩下许多，

现在梳理头发看到白发越来越稀。

随意观看年轻人们在尽情地欢乐，

尽管控制悲伤感情还是泪湿秋衣。

九日登梓州城 ①

客心惊暮序，②
宾雁下襄州。③
共赏重阳节，
言寻戏马游。④
湖风秋戍柳，⑤
江雨暗山楼。
且酌东篱菊，
聊祛南国愁。⑥

载《全唐诗》卷二三四（第四册2586页）

【注释】

① 唐朝诗人张均曾作《九日巴丘登高》诗（《全唐诗》卷九十，第二册979页），内容与本诗基本相同。

② 暮序：岁序之末，指暮冬。

③ 宾雁：鸿雁。语出《礼记·月令》："鸿雁来宾，爵入大水为蛤。"襄州：古代地方行政区。南朝宋元嘉二十六年（449年），划出荆州的襄阳、南阳、顺阳、新野、随等五郡为侨置雍州的实土，州治在襄阳城内。梁朝时萧詧以襄阳降西魏，西魏改称襄州。

④ 戏马：指当地的戏马台。

⑤ 戍：守卫边疆。

⑥ 祛：除去，驱逐。南国：四川省南充市的别称，出产红豆杉。王维《相思》诗："红豆生南国，春来发几枝。愿君多采撷，此物最相思。""南国红豆"喻相思。

【译文】

宾客深感光阴如梭将到年末，

雁阵掠过天空南下飞向襄州。

大家登高远眺共度重阳佳节，
又复提出寻找戏马旧址一游。
秋风吹动湖畔军士般的柳树，
江雨欲来昏暗雾气包围山楼。
还是一起举杯畅饮菊花美酒，
聊以祛除这浓烈的思乡忧愁。

贾至

【作者简介】

贾至（718年—772年）唐代文学家。字幼邻（或麟、隣）。天宝末任中书舍人。安史乱起，随玄宗奔四川。乾元元年（758年）春，出为汝州刺史，后贬岳州司马。代宗宝应元年（762年），复为中书舍人。广德初，为礼部侍郎，封信都县伯。后封京兆尹，兼御史大夫。逝后，赠礼部尚书，谥号"文"。与李白、王维、杜甫、岑参、高适、独孤及等交游，有诗酬唱。《全唐诗》收存其诗一卷。

初至巴陵与李十二白裴九同泛洞庭湖三首（其三）①

江畔枫叶初带霜，
渚边菊花亦已黄。
轻舟落日兴不尽，
三湘五湖意何长。②

载《全唐诗》卷二三五（第四册2593页）

【注释】

①　巴陵：湖南岳阳的古称，又名岳州。李十二白：李白的别称。泛：泛舟。洞庭湖：在湖南岳阳。

②　三湘：湖南省别称。五湖：指洞庭湖。

【译文】

深秋霜降江畔枫叶已经变红，

湖畔菊花凌寒盛开一片金黄。

泛舟洞庭夕阳将落兴致不减，

友情就像三湘江湖源远流长。

钱起（六首）

【作者简介】

钱起（约722年—780年），字仲文，吴兴（今浙江湖州市）人。早年数次赴试落第，唐天宝十年（751年）进士，大书法家怀素和尚之叔。初为秘书省校书郎、蓝田县尉，后任司勋员外郎、考功郎中、翰林学士等。因曾任考功郎中，故世称"钱考功"。他是"大历十才子"之一，被誉为"大历十才子之冠"。又与郎士元齐名，称"钱郎"，当时称为"前有沈宋，后有钱郎。"《全唐诗》收存其诗四卷。

送马明府赴江陵

陶令南行心自永，①

江天极目澄秋景。

万室遥方犬不鸣，②

双凫下处人皆静。③

清风高兴得湖山，

门柳萧条双翟闲。④

黄花满把应相忆，

落日登楼北望还。

载《全唐诗》卷二三六（第四册2600页）

【注释】

① 陶令：指马明府。永：通"咏"，吟咏，咏诵。
② 方：地方，方圆。
③ 凫：野鸭。
④ 翟（dí）：长尾山雉（野鸡）。

【译文】

明府南行心中自会吟咏诗篇，
放眼江天一片秋色清澄美景。
地方虽遥万户安宁家犬不吠，
两只野鸭戏水四周人声皆静。
清风柔和高兴拂过大地湖山，
门外柳树萧条唯有野鸡悠闲。
手握满把黄菊当会遥相记忆，
黄昏登楼向北眺望惆怅而还。

九日闲居寄登高数子

初服栖穷巷，①
重阳忆旧游。
门闲谢病日，②
心醉授衣秋。③
酒尽寒花笑，④
庭空暝雀愁。⑤
今朝落帽客，
几处管弦留。⑥

载《全唐诗》卷二三七（第四册2626页）

【注释】

① 初服：开始或首先履行、从事某项事务。栖：居留，停留。
② 谢病：托病谢绝会客。

③ 授衣：官家分发冬衣。

④ 寒花：经霜的菊花。

⑤ 暝：天色昏暗。引申为日落、黄昏。

⑥ 管弦：指管乐器与弦乐器，亦泛指乐器。

【译文】

刚入仕途只能栖居穷街陋巷，

今逢重阳不由想起当年苦忧。

门庭冷落托病谢绝来访客人，

官家发放过冬寒衣心如醉酒。

可怜过节无酒菊花也在嘲笑，

院中空荡无食黄昏归雀亦愁。

今天幸有孟嘉般的机缘遭遇，

所到之处都有管弦锦食相留。

九日登玉山①

霞景青山上，

谁知此胜游。

龙沙传往事，

菊酒对今秋。

步石随云起，

题诗向水流。

忘归更有处，

松下片云幽。

载《全唐诗》卷二三七（第四册2638页）

【注释】

① 玉山：在今陕西西安市蓝田县境内。玉山是蓝田境内第一高山，作为蓝田象征，故又名蓝田山。因山顶平坦，状如覆车，又名平顶山、覆车山。"玉山并秀"为"蓝田八景"之一。

【译文】

在蓝田彩云缭绕的玉山之上，
谁知有如此美丽的风光可游。
塞外的荒漠传说着千古往事，
欢饮菊花美酒笑对金色晚秋。
随着涌动的云气在石路漫步，
题写精美诗篇面对潺潺水流。
身处美好景色之中流连忘返，
松林下面几朵白云漂浮悠悠。

九日寄侄籴箕等①

采菊偏相忆，
传香寄便风。
今朝竹林下，②
莫使桂尊空。③

载《全唐诗》卷二三九（第四册2676页）

【注释】

① 籴：篍籴（lín yū），古书上说的一种竹子，叶薄而宽。箕：用竹篾、柳条或
铁皮等制成的扬去糠麸或清除垃圾的器具。
② 竹林：叔侄的雅称。因竹林七贤中阮籍和阮咸为叔侄关系，故后人称之。
③ 桂尊：盛着桂花酒的酒杯。

【译文】

重阳节摘采菊花偏想起昔时，
送回清淡花香特地托付秋风。
今天叔侄难得一起欢度重阳，
大家畅饮桂花酒莫使酒樽空。

晚过横灞寄张蓝田

乱水东流落照时，^①
黄花满径客行迟。
林端忽见南山色，
马上还吟陶令诗。

载《全唐诗》卷二三九（第四册2682页）

【注释】

① 乱水：奔腾湍急的河水。落照：落日的余晖，同"夕照"。

【译文】

夕阳的余晖下湍急河水向东流去，
小路长满菊花客人欣赏流连忘返。
透过树林上端忽见南山秀丽景色，
骑马不忘吟诵陶渊明咏菊的诗篇。

九日田舍^①

今日陶家野兴偏，^②
东篱黄菊映秋田。
浮云暝鸟飞将尽，^③
始达青山新月前。

载《全唐诗》卷二三九（第四册2682页）

【注释】

① 田舍：农家。野兴：指对郊游的兴致或对自然景物的情趣。
② 陶家：原指陶渊明家，此处指种菊人家。
③ 暝：黄昏。

【译文】

重阳节到菊农家赏菊的兴致正浓，

庭院盛开的菊花衬托着秋天农田。

空中浮云和黄昏归鸟将消逝殆尽，

刚刚到达葱郁青山和初升新月前。

张继

【作者简介】

张继，生卒年不详，字懿孙，湖北襄州（今湖北襄阳）人。天宝十二年（753年）进士。与皇甫冉、窦叔向等关系密切。大历中，以检校祠部员外郎为洪州（今江西南昌市）盐铁判官，到任一年多病逝于任上。他最著名的诗是《枫桥夜泊》，奠定了他作为唐朝一流诗人的地位。《全唐诗》收存其诗一卷。

九日巴丘杨公台上宴集①

凄凄霜日上高台，

水国秋凉客思哀。②

万叠银山寒浪起，

一行斜字早鸿来。

谁家捣练孤城暮，③

何处题衣远信回。④

江汉路长身不定，

菊花三笑旅怀开。

载《全唐诗》卷二四二（第四册2714页）

【注释】

①　李群玉亦作同名诗（《全唐诗》卷五六九，第九册6652页），全诗有二字

之差。巴丘：古地名。在今岳阳楼一带，赤壁大战中曹军进退都经过巴丘。大战后，周瑜于此暴疾而死。鲁肃接任率万人驻守巴丘，在洞庭湖操练水军，筑巴丘城，建阅军楼。相传此即为今岳阳楼的前身。杨公台：旧址在今岳阳楼景区。宴集：指宴饮集会。

② 水国：多河流、湖泊的地方。

③ 捣练：捣洗煮过的熟绢。

④ 题衣：指记事于衣的故事。后以"题衣"为负笈游学之典。

【译文】

在秋霜降临的重阳日登上高台观景，
湖滨高台秋风送寒寄宾客乡思之哀。
波涛像银山般后浪推前浪汹涌而至，
大雁斜排成一行在长空中早早飞来。
谁家捣练的声音回响在黄昏的孤城，
可是远方家人千里迢迢题衣寄信回？
江湖道路崎岖难行自己也难以把握，
看到菊花盛开郁闷心结也得以解开。

韩翃

【作者简介】

韩翃（hóng），生卒年不详，字君平，南阳（今河南南阳）人，是"大历十才子"之一。天宝十三年（754年）考中进士。建中初，以诗得到德宗的赏识，被授予驾部郎中、知制诰等官爵，最后官至中书舍人。《全唐诗》收存其诗三卷。

赠张五諲归濠州别业①

常知罢官意，
果与世人疏。
复此凉风起，

仍闻濠上居。

故山期采菊，

秋水忆观鱼。

一去蓬蒿径，

羡君闲有余。

【注释】

① 张五諲（yīn）：即张諲，生卒年未详，排行第五，又称张五，永嘉人。官至刑部员外郎。濠州：古地名，治所在今安徽省凤阳县。郎士元亦作同名诗（《全唐诗》卷二四八，第四册2776页），内容相同。

【译文】

常听说您有罢官去职的意向，

果然看到您与世人逐渐生疏。

年复一年秋风渐起天气变凉，

听说您还是在濠州乡野隐居。

面对故乡青山期待采摘芳菊，

看到秋天绿水回忆池旁观鱼。

告别官场回到山野路径之中，

真羡慕您生活悠闲时间宽余。

独孤及

【作者简介】

独孤及（725年—777年），字至之，洛阳（今河南洛阳）人。天宝十三年（754年），进士及第，历任华阴县尉、左拾遗、太常博士、礼部员外郎等职，出任濠、舒二州刺史。后以治课加检校司封郎中，赐金印紫绶；继而徙常州刺史，卒于任上，谥号为宪。独孤及古文与萧颖士齐名，为古文运动先驱作家。韩愈为古文，以其为法，并曾从其徒游。《全唐诗》收存其诗二卷。

九月九日李苏州东楼宴

是菊花开日，

当君乘兴秋。①

风前孟嘉帽，

月下庾公楼。

酒解留征客，②

歌能破别愁。

醉归无以赠，

只奉万年酬。③

载《全唐诗》卷二四七（第四册2768页）

【注释】

① 当：面对着。

② 解：高兴，开心。征客：作客他乡的人。

③ 酬：酬唱，指用诗词互相赠答。

【译文】

今天是重阳正值菊花盛开日，

面对李君盛邀乘兴欢度金秋。

仿佛看到龙山风吹落孟嘉帽，

又如相约月下齐登上庾公楼。

酒喝开心能留住外来的客人，

借酒放歌能消除离别的忧愁。

酣醉归去没有什么可以赠送，

只奉上可传万年的诗篇唱酬。

郎士元

【作者简介】

　　郎士元，生卒年不详，字君胄，中山（今河北定县）人。天宝十五年（756年）进士。宝应元年（762年）补渭南尉，历任拾遗、补阙、校书等职，官至郢州刺史。郎士元与钱起齐名，世称"钱郎"。《全唐诗》收存其诗一卷。

盩厔县郑礒宅送钱大①

　　　　　　暮蝉不可听，②
　　　　　　落叶岂堪闻。
　　　　　　共是悲秋客，③
　　　　　　那知此路分。
　　　　　　荒城背流水，
　　　　　　远雁入寒云。④
　　　　　　陶令门前菊，
　　　　　　余花可赠君。

载《全唐诗》卷二四八（第四册2776页）

【注释】

　　① 原诗题注："一作送别钱起，又作送友人别。"盩厔（zhōu zhì）：县名，在陕西省，今作周至。
　　② 暮蝉：秋蝉。
　　③ 悲秋：宋玉代表作《九辩》，是中国文学史上第一篇情深意长的悲秋之作，被誉为"千古悲秋之祖"，"宋玉悲秋"也成为千古绝唱。
　　④ 远雁：远去的鸿雁。寒云：寒天的云。

【译文】

　　林间秋蝉的悲鸣不忍辛听，
　　风吹落叶的声音哪堪相闻。

秋天来临大家都很是伤感，
哪知从此天各一方长离分。
河水背向小县城呜咽而去，
远飞的大雁逐渐隐入寒云。
送别无礼物只有眼前菊花，
为表深情折几枝聊以赠君。

皇甫冉（四首）

【作者简介】

皇甫冉（约718年—约771年），字茂政，祖籍甘肃泾州，出生于润州丹阳（今江苏镇江）。天宝十五年（756年）考中进士第一（状元）。历官无锡尉、左金吾兵曹、左拾遗、右补阙等职。十岁便能作文写诗，张九龄呼为小友。《全唐诗》收存其诗二卷。

九日寄郑丰

重阳秋已晚，

千里信仍稀。

何处登高望，

知君正忆归。

还当采时菊，

定未授寒衣。

欲识离居恨，^①

郊园正掩扉。^②

载《全唐诗》卷二四九（第四册2793页）

【注释】

① 离居：离开居处，流离失所。

② 郊园：城外的园林，指城外的居所。扉：门扇。

【译文】

正值重阳深秋时令已很晚，
遥隔千里关山阻隔音信稀。
不知您在何处登高望家乡，
只知您正急切考虑故里归。
或许还在山中田边摘鲜菊，
此时肯定还未做好御寒衣。
要想知道流离失所痛与恨，
郊外住户柴门紧闭心凄凄。

秋日东郊作

闲看秋水心无事，
卧对寒松手自栽。
庐岳高僧留偈别，①
茅山道士寄书来。②
燕知社日辞巢去，③
菊为重阳冒雨开。
浅薄将何称献纳，
临岐终日自迟回。④

载《全唐诗》卷二四九（第四册2803页）

【注释】

① 庐岳：指庐山。偈（jì）：佛教术语，即佛经中的唱词。汉语意译为"颂"，是一种近似于诗的有韵文辞，通常以四句为一偈。

② 书：信。

③ 社日：是古代农民祭祀土地神的节日。汉以前只有春社，汉以后开始有秋社。自宋代起，以立春、立秋后的第五个戊日为社日。

④ 岐：岐山。因山有两枝，故名。在今陕西省岐山县东北。

【译文】

悠闲地观赏秋水心中十分平静，
卧躺所对的松树当年亲手所栽。
庐山高僧来访留下偈语而辞行，
茅山道士也为商讨事情写信来。
燕子知道秋季社日将临而南飞，
菊花也为重阳佳节到来冒雨开。
才识浅薄拿什么作为忠言献出？
登临岐山冥思整日无果迟迟回。

重阳日酬李观①

　　　　不见白衣来送酒，
　　　　但令黄菊自开花。
　　　　愁看日晚良辰过，
　　　　步步行寻陶令家。②

　　　　　　　载《全唐诗》卷二五〇（第四册2822页）

【注释】

　　①　李观：唐朝李观可考者有二，一为唐代诗人李观（766年—794年），字元宾，先为陇西人，后家江东；二为唐朝将领李观（？—789年），洛阳（今河南洛阳）人，祖籍赵郡。前者从年龄上看，可能性不大。因作者大历初入河南节度使王缙幕，与后者有交集的可能。

　　②　陶令：陶渊明。指类似陶渊明家可畅饮菊花酒的地方。

【译文】

欣逢重阳不见有人送酒，
只看到黄菊自顾自开花。
愁看天色将晚良辰已过，
且继续前行寻找陶潜家。

寄权器

露湿青芜时欲晚，^①

水流黄叶意无穷。

节近重阳念归否，

眼前篱菊带秋风。

载《全唐诗》卷二五〇（第四册2822页）

【注释】

① 青芜：意指杂草丛生的草地，形容杂草丛生貌。

【译文】

寒露打湿田野杂草天色已晚，

水漂黄叶让人忧愁思绪无穷。

重阳将临不知你是否想回来，

眼前菊傍东篱摇曳于秋风中。

王之涣

【作者简介】

王之涣（688年—742年），字季凌，蓟门人，一说晋阳（今山西太原）人。早年由并州（山西太原）迁居至绛州（今山西新绛县），曾任冀州衡水主簿。因被人诬谤，乃拂衣去官，后复出担任文安县尉，在任内去世。他性格豪放不羁，常击剑悲歌，其诗多被当时乐工制曲歌唱，名动一时。他常与高适、王昌龄等相唱和，以善于描写边塞风光著称。其代表作有《登鹳雀楼》《凉州词》等。章太炎推《凉州词》为"绝句之最"。《全唐诗》收存其诗六首。

九日送别

蓟庭萧瑟故人稀，①
何处登高且送归。
今日暂同芳菊酒，
明朝应作断蓬飞。②

载《全唐诗》卷二五三（第四册2842页）

【注释】

① 蓟（jì）：为菊科蓟属植物，多年生，花紫色，可入药。

② 断蓬：犹飞蓬，比喻漂泊无定。

【译文】

蓟草丛生庭院萧瑟朋友来往稀，

友人将往何处登高且热情送归。

今天我们还可一起畅饮菊花酒，

明晨分手就像断蓬一样各处飞。

刘眘虚

【作者简介】

刘眘虚（约714年—约767年），字全乙，洪州新吴（今江西奉新县）人。20岁中进士，22岁参加吏部宏词科考试，得中，初授左春坊司经局校书郎，为皇太子校勘经史；旋转崇文馆校书郎，为皇亲国戚的子侄们校勘典籍，均为从九品的小吏。官洛阳尉及夏县令。壮年辞官归田，寄意山水，与孟浩然、王昌龄等诗人相友善，互唱和。后人曾将他与贺知章、包融、张旭称吴中四友。《全唐诗》收存其诗一卷。

九日送人

海上正摇落，^①
客中还别离。
同舟去未已，^②
远送新相知。
流水意何极，
满尊徒尔为。^③
从来菊花节，^④
早已醉东篱。

载《全唐诗》卷二五六（第四册2861页）

【注释】

① 海上：海边，海面上。摇落：凋残，零落。
② 未已：不止，未毕。
③ 尔：如此。
④ 菊花节：即重阳节。

【译文】

晚秋的海边景物正在萧瑟凋零，
客人们还在不停告别感伤分离。
那边同舟共渡之人陆续地离去，
这里我也在送别远行的新相知。
流水不停地带走客人不知何意，
酒杯倒满迎送客人也只能如此。
历来重阳节人们总是尽情欢乐，
观赏菊花开怀畅饮醉卧在东篱。

秦系

【作者简介】

　　秦系，生卒年不详，字公绪，越州会稽（今浙江绍兴）人。天宝末年，秦系携带妻儿到剡溪避乱。仆射薛兼训奏请朝廷授予秦系"右卫率府仓曹参军"，他"意所不欲，以疾辞免"。建中元年（780年），秦系隐居于泉州南安丰州九日山，读注老子《道德经》，终年不出，自号"东海钓客"。隐居十二年后，唐朝宰相姜公辅被贬为泉州别驾，也上九日山。两人结邻而居，饮酒赋诗，评史论文，十分投契，一起生活十三年。秦系逝后，泉州人在九日山建亭纪念，称"秦君亭"；他隐居的西峰号"高士峰"。《全唐诗》收存其诗一卷。

答泉州薛播使君重阳日赠酒①

欲强登高无力也，

篱边黄菊为谁开。

共知不是浔阳郡，②

那得王弘送酒来。

载《全唐诗》卷二六○（第四册2892页）

【注释】

　　① 李嘉祐亦作同名诗（载《全唐诗》卷二〇七，第三册2169页），内容有一字之差。泉州：古地名，辖地多有变化。今有泉州市，属福建省。薛播：生卒年不详，河中宝鼎人，天宝中举进士。曾为中书舍人，出汝州刺史，以公事贬泉州刺史。建中初（781年—782年），泉州刺史薛播常上山拜会秦系，逢年过节馈送牲礼酒食，但秦系从不到城里，仅作此诗答复。

　　② 浔阳：即浔城、浔阳城，今江西省九江市的古称。西晋惠帝永兴元年（304年），立寻阳（浔阳）郡。彭泽县隶属浔阳郡。

【译文】

　　想要勉强登高已无能为力，

　　看篱边黄菊不知为谁盛开。

　　都知道此处不是浔阳故郡，

　　哪能得王弘派人送酒前来？

严武

111

【作者简介】

严武（726年—765年），字季鹰。华州华阴（今陕西华阴）人。曾任给事中、绵州刺史，迁东川节度使、侍御史、京兆尹。后出任成都府尹兼御史大夫、充剑南节度使。宝应元年（762年）回京，入为太子宾客，迁京兆尹兼御史大夫。唐代宗广德二年（764年）初第三次入蜀，再任成都尹、剑南节度使。严武两次镇蜀，以军功封郑国公。逝后追赠尚书左仆射。严武虽是武将，亦能诗。他与杜甫交好，常与其诗歌唱和。《全唐诗》收存其诗六首。

巴岭答杜二见忆①

卧向巴山落月时，
两乡千里梦相思。②
可但步兵偏爱酒，③
也知光禄最能诗。④
江头赤叶枫愁客，⑤
篱外黄花菊对谁。
跛马望君非一度，⑥
冷猿秋雁不胜悲。⑦

载《全唐诗》卷二六一（第四册2901页）

【注释】

① 巴岭：巴地的山岭。杜二：即杜甫。因杜甫排行第二，故称之。见忆：敬语，指被别人想起、牵挂。

② 两乡：语出仇兆鳌《杜诗详注》："此严武在巴山而答诗也。梓在东，巴在西，故曰两乡。"

③ 可但：岂止。步兵：指阮籍。《晋书·阮籍传》："籍闻步兵厨营人善酿，有贮酒三百斛，乃求为步兵校尉，遗落世事，虽去佐职，恒游府内，朝宴必与焉。"

④ 光禄：指南朝宋文学家颜延之（384年—456年），曾任金紫光禄大夫。后世称其"颜光禄"。其与谢灵运齐名，史称"颜谢"。颜延之和陶渊明私交甚笃。

⑤ 江头：江边，江岸。

⑥ 跂（qǐ）：抬起脚后跟站着。跂马：犹言勒马站住。

⑦ 萧绎（南朝梁元帝）《折杨柳》诗有句："寒夜猿声彻。"

【译文】

在巴山就寝正值月亮降落时，

你我两地遥隔千里魂梦相思。

岂止知道阮籍甚是喜欢饮酒，

也明白颜延之最为擅长写诗。

江边枫树叶红寄托思客愁绪，

篱外菊花鲜妍绽放又是为谁？

不止一次地勒马向远方眺望，

只听冷猿寒雁哀鸣不胜伤悲。

112

严维

【作者简介】

严维，生卒年不详，字正文，越州（今浙江绍兴）人。唐肃宗至德二年（757年），以"词藻宏丽"进士及第。官授诸暨尉，后来担任秘书郎，又转任余姚令，后复任并官终秘书郎。工诗，与当时名辈岑参、刘长卿、皇甫冉、韩翃、李端等交游唱和。大历中，曾与郑概、裴冕、徐嶷、王纲等宴于园宅，联句赋诗，世称"浙东唱和"。章八元、诗僧灵澈曾向其求学，均有名于世。《全唐诗》收存其诗一卷。

九月十日即事

家贫惟种竹，

时幸故人看。

菊度重阳少，

林经闰月寒。①

宿醒犹落帽，②

华发强扶冠。③

美景良难得，

今朝更尽欢。

载《全唐诗》卷二六三（第四册2916页）

【注释】

① 闰月：是一种历法置闰方式。为了协调回归年与汉历年的矛盾，防止汉历年月与回归年及四季脱节，每二至三年置一闰，为了合上地球围绕太阳运行周期即回归年，每隔二到四年，增加一个月，增加的这个月为闰月，因此农历的闰年为十三个月。

② 醒（chéng）：喝醉了神志不清。

③ 华发：花白的头发。

【译文】

家境贫寒只有多种竹子，

幸运的是故人常来相看。

重阳一过菊花日渐稀少，

经过闰月树林更添冷寒。

宿醉帽子歪斜如风吹落，

头发花白勉强以手正冠。

重阳节美景实在是难得，

今天更要尽兴不醉不欢。

顾况（二首）

【作者简介】

顾况，生卒年不详，字逋翁，号华阳真逸（一说华阳真隐），晚年自号悲翁，唐朝海盐（今在浙江海宁境内）人。唐代画家、鉴赏家。唐肃宗至德二年（757年）登进士第，曾任韩滉幕府判官、著作郎，因作诗嘲讽权贵获罪，贬饶州司户参军。大历六年（771年），任永嘉监盐官。晚年定居茅山。《全唐诗》收存其诗三卷。

闲居自述

荣辱不关身，
谁为疏与亲。
有山堪结屋，①
无地可容尘。②
白发偏添寿，
黄花不笑贫。
一樽朝暮醉，
陶令果何人。

载《全唐诗》卷二六六（第四册2945页）

【注释】

① 结屋：指构筑屋舍。
② 尘：尘土，尘埃。

【译文】

荣辱和自己无关不再放心上，
也不再管谁与自己远近疏亲。
有山林美景可以考虑建房舍，
如无立锥之地难容一粒灰尘。
鹤发童颜老人偏偏健康长寿，
菊花灿烂面世不笑穷人家贫。
期盼手端酒杯朝暮畅饮酣醉，
陶令喜酒爱菊真乃避世高人！

黄菊湾①

时菊凝晓露，②
露华滴秋湾。③

仙人酿酒熟，

醉里飞空山。

载《全唐诗》卷二六七（第四册2953页）

【注释】

①　湾：指河水弯曲处，也指海岸凹入陆地、便于停船的地方。
②　时：节令，季节。
③　露华：露水。

【译文】

秋天里的菊花凝结着寒露，

露水洒在盛开菊花的山湾。

仙人备好佳酿让我们畅饮，

酒醉恍然觉得像飞越空山。

耿湋（二首）

【作者简介】

耿湋（wéi），生卒年不详，字洪源，河东（今属山西）人。"大历十才子"之一。唐代宗宝应元年（762年）登进士第，官右拾遗。工诗，与钱起、卢纶、司空曙诸人齐名。《全唐诗》收存其诗二卷。

寒蜂采菊蕊^①

游飏下晴空，^②

寻芳到菊丛。

带声来蕊上，

连影在香中。

去住沾余雾，^③

高低顺过风。

终惭异蝴蝶，^④

不与梦魂通。

【注释】

① 寒蜂：秋天的密蜂。

② 游飏（yáng）：轻盈飘动貌。

③ 住：长期居留或短暂歇息。

④ 蝴蝶：化用庄周梦蝶的典故，典出《庄子·齐物论》，是战国时期道家学派主要代表人物庄子所提出的一个的哲学命题。

【译文】

蜜蜂从晴空中轻盈地飞来，

寻找菊花芳香降落在菊丛。

发出嗡嗡声在花蕊上采蜜，

身影像融化在浓郁花香中。

无论去留蜂翼都沾了薄雾，

飞行高低也要选择顺着风。

蜂若有灵会愧与蝴蝶不同，

无法像蝴蝶和人魂梦相通。

九日①

重阳寒寺满秋梧，

客在南楼顾老夫。

步蹇强登游藻井，②

发稀那更插茱萸。

横空过雨千峰出，

大野新霜万叶枯。

更望尊中菊花酒，

殷勤能得几回沽。③

【注释】

① 耿㳠题为《九日》的诗共有两首，另一首为："九日强游登藻井，发稀那敢插茱萸。横空过雨千峰出，大野新霜万壑铺。更望尊中菊花酒，殷勤能得几回沽。"（载《全唐诗》卷八八三，第十三册10049页）疑为此诗的初稿。

② 蹇：跛，行走困难。藻井：通常位于室内的上方，呈伞盖形，由细密的斗拱承托，象征天宇的崇高，藻井上一般都绘有彩画、浮雕。

③ 沽：买酒。

【译文】

重阳秋寒寺庙落满梧桐的树叶，
客人未观景而在南楼照顾老夫。
步履艰难勉强登高去观赏藻井，
鬓发稀疏哪还插得住辟邪茱萸？
长空雨后群峰似浴后清新而出，
广袤田野因降新霜而万叶尽枯。
更希望大家都斟满杯中菊花酒，
能有几次机会待客殷勤把酒沽？

戎昱

【作者简介】

戎昱（yù）（744年—800年），荆州（今湖北江陵）人。少年举进士落第，游名都山川，后中进士。唐德宗建中三年（782年）居长安，任侍御史。翌年贬为辰州刺史，后又任虔州刺史。晚年在湖南零陵任职，流寓桂州而终。《全唐诗》收存其诗一卷。

九日贾明府见访①

独掩衡门秋景闲，②
洛阳才子访柴关。③

莫嫌浊酒君须醉，

虽是贫家菊也斑。④

同人愿得长携手，

久客深思一破颜。⑤

却笑孟嘉吹帽落，

登高何必上龙山。

载《全唐诗》卷二七〇（第四册3016页）

【注释】

①　见访：称别人访问自己。

②　衡门：横木为门，指简陋的屋舍。

③　柴关：本意柴门，指寒舍。

④　斑：灿烂多彩。

⑤　破颜：露出笑容。

【译文】

独自掩上破旧房门不再看秋景，

未料洛阳才子亲来访轻叩柴关。

屋里只有浊酒君勿嫌弃须一醉，

家中虽贫但园中菊花开得斑斓。

但愿同事间和睦相处长相携手，

我久客居终想明此理欢欣开颜。

却笑孟嘉苦等风吹落帽的机遇，

有君提携我求前程何必去龙山？

卢纶（六首）

【作者简介】

卢纶（739年—799年），字允言，河中蒲州（今山西永济县）人。"大历十才子"之一。唐玄宗、唐代宗朝多次应举，屡试不第。唐代宗大历六年（771年），经宰相元载举荐，授阌乡尉；后由宰相王缙荐为集贤学士，秘书省校书郎，升监察御史，出为陕州户曹、河南密县令。之后元载、王缙获罪，遭到牵连。唐德宗朝，复为昭应县令，出任河中元帅浑瑊府判官，官至检校户部郎中。卢纶的边塞诗名气很大，如《塞下曲》等，风格雄浑，情调慷慨，历来为人传诵。《全唐诗》收存其诗五卷。

晚次新丰北野老家书事呈赠韩质明府①

机鸣舂响日暾暾，②
鸡犬相和汉古村。③
数派清泉黄菊盛，④
一林寒露紫梨繁。
衰翁正席矜新社，⑤
稚子齐襟读古论。⑥
共说年来但无事，
不知何者是君恩。

载《全唐诗》卷二七八（第五册3154页）

【注释】

① 次：旅行所居止之处所。新丰：古县名，县治在今陕西西安临潼区。新丰之名，起于汉代，新丰城系刘邦所建。公元前200年，刘邦改秦故骊邑为新丰县，至北宋真宗大中祥符八年（1015年）始称临潼县。明府："明府君"的略称。汉人用为对太守的尊称。唐以后多用以称县令。

② 机：织布的机器。舂（chōng）：把东西放在石臼（jiù）或乳钵里捣，使破碎或去皮壳。暾（tūn）：形容日光明亮温暖。

③ 汉古村：汉高祖刘邦打下江山后，按老家丰邑镇子原样在长安附近专为太上皇建造了一座城镇。其父去世后，刘邦就把这座镇定名为新丰镇。

④ 派：水的支流。

⑤ 衰翁：老翁。正席：按规定摆正坐席。矜（jīn）：庄重。社：古代指土地神和祭祀土地神的地方、日子以及祭礼。

⑥ 稚子：儿童。襟：指上衣或袍子前面的部分。

【译文】

织机作鸣舂米声响阳光温暖，

鸡犬安宁一片祥和汉代古村。
几股清泉穿村而过黄菊盛开，
紫梨虽沾寒露却已成熟满林。
老人正庄重地主持秋社活动，
儿童衣着整洁一起诵读古文。
村民都说一年顺利平安吉祥，
不知何事才能体现您的大恩。

秋中过独孤郊居①

开园过水到郊居，②
共引家童拾野蔬。③
高树夕阳连古巷，
菊花梨叶满荒渠。
秋山近处行过寺，
夜雨寒时起读书。
帝里诸亲别来久，
岂知王粲爱樵渔。④

载《全唐诗》卷二七八（第五册3159页）

【注释】

① 原诗题注："即公主子"。公主：即信成公主，唐玄宗李隆基之女，生母阎才人。开元二十五年（737年）封信成公主。下嫁银青光禄大夫、秘书大监、武阳县开国侯独孤明。郊居：郊区的住所。

② 过水：通过一段渠道将水引到另一段渠道。

③ 野蔬：野菜。

④ 王粲（177年—217年）：字仲宣，山阳郡高平县（今山东微山两城镇）人。东汉末年文学家，"建安七子"之一。此为作者自喻。

【译文】

打开果园门过水到郊区住所，
一起带童仆在果园摘拾野蔬。

夕阳西下映着高树连接古巷，
菊花开放梨叶飘落覆满荒渠。
秋山行路觉远就近经过寺院，
夜雨天寒难耐起来苦读诗书。
与长安诸多亲人离别已日久，
怎知我学王粲乐作樵人渔夫？

九日奉陪侍郎登白楼①

碧霄孤鹤发清音，②
上宰因添望阙心。③
睥睨三层连步障，④
茱萸一朵映华簪。⑤
红霞似绮河如带，⑥
白露团珠菊散金。
此日所从何所问，
俨然冠剑拥成林。⑦

载《全唐诗》卷二七九（第五册3163页）

【注释】

① 侍郎：原校作"侍中"，即浑瑊（jiān）（736年—800年），本名日进，铁勒族浑部皋兰州（今宁夏青铜峡南）人。唐朝名将。

② 碧霄：蓝天。清音：清越的声音。

③ 上宰：宰辅，亦泛称辅政大臣。望阙：仰望宫阙，喻怀念天子。

④ 睥睨（pì nì）：窥视，不敢仰视。步障：用以遮蔽风尘或视线的一种屏幕。

⑤ 华簪（zān）：华贵的冠簪。华簪为贵官所用，故常用以指显贵的官职。

⑥ 绮：有纹彩的丝织品。

⑦ 俨然：宛然，仿佛。冠剑：古代官员戴冠佩剑，指官职或官吏。

【译文】

万里碧空上孤鹤发出清越的啼音，
辅政大臣因此倍添怀念天子的心。

皇宫用三层步障遮掩而只敢偷窥，
鬓角插一朵茱萸将华丽发簪映衬。
天边红霞如彩练眼前河流像玉带，
寒露凝成团团珍珠菊花开胜散金。
要问今天跟随观赏的都有哪些人，
官员蜂拥而至好像平地生出树林。

九日奉陪令公登白楼同咏菊①

琼尊犹有菊，

可以献留侯。②

愿比三花秀，③

非同百卉秋。

金英分蕊细，④

玉露结房稠。⑤

黄雀知恩在，⑥

衔飞亦上楼。

载《全唐诗》卷二七九（第五册3164页）

【注释】

① 令公：古代对中书令的尊称。此处指浑瑊。

② 留侯：即张良（约前250年—前186年），字子房，河南颍川城父（今河南宝丰）人，秦末汉初杰出的谋士、大臣，与韩信、萧何并称为"汉初三杰"。留侯是张良封号。

③ 三花：道教指人的精气神。

④ 金英：指菊花。

⑤ 房：花房，花蕾。

⑥ 黄雀知恩：传说东汉时期，名儒杨震的父亲杨宝九岁时救了一只受伤的黄雀，鸟伤好后就飞走了。当晚有一自称是西王母使者的黄衣童子登门向杨宝致谢，并送白环四枚相报。后以"衔环报恩"等喻感恩图报。

【译文】

玉杯中斟满了醇香的菊花酒，

可以将菊花美酒献给汉留侯。

寒菊真可与人的精气神相比，

百花却难和菊花同开在金秋。

菊花花蕊开得这么清奇细密，

白露中菊花花蕾结得这样稠。

黄雀尚且知道有恩必须报答，

为表谢意衔着玉环飞上高楼。

九日同司直九叔崔侍御登宝鸡南楼①

把菊叹将老，

上楼悲未还。

短长新白发，

重叠旧青山。

霜气清襟袖，②

琴声引醉颜。

竹林唯七友，

何幸亦登攀。

载《全唐诗》卷二七九（第五册3168页）

【注释】

① 司直：唐朝时，司直为六品，奉旨巡察四方，复核各地的案件。如果大理寺
中有疑狱，则负责参议。

② 襟袖：衣襟衣袖，亦借指胸怀。

【译文】

观赏把玩菊花叹息自己将老，

登楼远眺悲哀心情难以平还。

头上参差不齐长出许多白发，

遥看远处层层叠叠无数青山。
深秋的霜气可荡涤人的胸怀，
悠扬琴声引发人们酒上醉颜。
竹林虽广唯七贤乃真心朋友，
我何幸也陪同贵宾共同登攀。

赠别司空曙 ①

有月曾同赏，

无秋不共悲。

如何与君别，

又是菊花时。

载《全唐诗》卷二八〇（第五册3182页）

【注释】

① 司空曙作《别卢纶》诗（《全唐诗》卷二九三，第五册3333页），与本诗有一字不同。

【译文】

曾经一同观赏过明月，

没有哪个秋天不同悲。

无奈又要与君惜相别，

又到重阳菊花盛开时。

李益（三首）

【作者简介】

李益（约750年—约830年），字君虞，祖籍凉州姑臧（今甘肃武威市凉州区），后迁河南郑州。唐代宗大历四年（769年）进士，初任郑县（今陕西华县）尉，久不得升迁，后弃官在燕赵一带漫游。唐德宗建中四年（782年）李益在长安再次参加制科考试，登第。元和初，宪宗召李益回京，任都官郎中。后官中书舍人，出为河南尹。后任秘书少监、太子右庶子、右散骑常侍，以礼部尚书退休。李益以边塞诗作名世，擅长绝句，尤其工于七绝。《全唐诗》收存其诗二卷。

九月十日雨中过张伯佳期柳镇未至以诗招之 ^①

柳吴兴近无消息，^②
张长公贫苦寂寥。^③
唯有角巾沾雨至，^④
手持残菊向西招。

载《全唐诗》卷二八三（第五册3219页）

【注释】

①　过：前往拜访，探望。张伯佳：作者友人。柳镇（739年—793年）：柳宗元之父，官终侍御史。

②　柳吴兴：即柳恽，字文畅，生于南朝宋泰始元年（465年），南朝梁著名诗人、音乐家、棋手。曾两次出任吴兴（今浙江吴兴县太守。此处借指柳镇。

③　张长公：即张挚，字长公，西汉名士，西汉名臣张释之之子。"官至大夫，免。以不能取容当世，故终身不仕。"《史记·张释之冯唐列传》）此处借指张伯佳。

④　角巾沾雨：东汉郭太，字林宗，名重一时。一日道路遇雨，头巾沾湿，一角折叠。时人效之，故意折巾一角，称"林宗巾"。后泛指文士之冠。

【译文】

与柳镇有一段时间未曾谋面，
张伯佳生活却穷困孤苦潦倒。
我冒雨前来欲与老友一相晤，
君却未至唯持菊望西手空招。

重阳夜集兰陵居与宣上人联句①

蟋蟀催寒服，②

茱萸滴露房。

酒巡明刻烛，③

篱菊暗寻芳。——李益④

新月和秋露，⑤

繁星混夜霜。⑥

登高今夕事，

九九是天长。——广宣⑦

载《全唐诗》卷七八九（第十一册8981页）

【注释】

① 宣上人：即诗僧广宣。联句：古代作诗的一种方式，是指一首诗由两人或多人共同创作，每人一句或数句，联结成一篇。

② 蟋蟀：亦称促织，俗名蛐蛐、夜鸣虫（因为它在夜晚鸣叫）、将军虫、秋虫等，是古今人们游戏玩斗的对象。寒服：御寒的衣服。

③ 巡：酒席上给在座的人依次斟酒一遍。刻烛：古人刻度数于烛，烧以计时。

④ 李益：上四句为李益所作。

⑤ 和（huó）：掺合，混杂。

⑥ 混：混同，混合。

⑦ 广宣：后四句为广宣所作。

【译文】

蟋蟀的哀鸣催促人们添衣御寒，

晶莹的露珠凝结在茱萸的子房。

点满刻烛的席间一轮轮地饮酒，

酒歇时到篱边去寻找菊花暗香。（李益）

新月散发柔光与秋露悄然结合，

繁星点缀夜空默默融合于秋霜。

登高远眺欢聚畅饮是今晚事情，

重阳节这天时间显得格外漫长。（广宣）

天津桥南山中各题一句①

野坐分苔席，（李益）②

山行绕菊丛。（韦执中）③

云衣惹不破，（诸葛觉）④

秋色望来空。（贾岛）

载《全唐诗》卷七八九（第十一册8981页）

【注释】

① 天津桥：隋唐洛阳城中轴建筑群中的"七天建筑"之一（"七天"建筑是位于隋唐洛阳城中轴建筑群上的七个天字建筑，分别对应天上的七个星座，从北到南依次为：天堂、天宫〈明堂〉、天枢、天津〈天津桥〉、天门〈应天门〉、天街、天阙〈伊阙〉），废于元代。初为浮桥，后为石桥。隋唐时，天津桥横跨于穿城而过的洛河上，为连接洛河两岸的交通要道。

② 苔席：以生长青苔之地为席。

③ 韦执中：生卒年不详，京兆（今陕西西安）人，曾任河南县令、泉州刺史。《全唐诗》收存其诗一首。

④ 云衣：云气。诸葛觉：亦作诸葛珏。生卒年不详，曾为越僧，名淡然。

【译文】

以青苔为席在荒野中围坐，（李益）

登山开心游览绕行菊花丛。（韦执中）

山中云气缭绕总不得清朗，（诸葛觉）

登高放眼看秋色云净天空。（贾岛）

李端（十二首）

【作者简介】

李端（737年—784年），字正已，赵州（今河北赵县）人。少居江西庐山，师事诗僧皎然。离庐山后，曾在江西弋阳当过小吏。大历五年（771年）进士，是"大历十才子"之一。与宰相元载子弟和驸马郭暖关系密切，仕途上得他们援引。曾任秘书省校书郎、杭州司马。晚年辞官隐居湖南衡山，自号衡岳幽人。《全唐诗》收存其诗三卷。

野亭三韵送钱员外^①

野菊开欲稀，
寒泉流渐浅。
幽人步林后，^②
叹此年华晚。
倚杖送行云，
寻思故山远。^③

载《全唐诗》卷二八四（第五册3230页）

【注释】

① 员外：古指正员以外官员。隋开皇六年（568年），在尚书省二十四司各置员外郎一人，为各司次官。唐、宋、辽、金、元、明、清沿其制，以郎中、员外郎为六部各司正副主官。时号"员外"，实已在编制定员之内。

② 幽人：幽隐、幽居之人士。

③ 故山：故乡，旧山。

【译文】

山上的野菊开得较稀疏，
山中的寒泉越流越清浅。
隐居人在林中踱步之后，
感叹时光飞逝人到晚年。
挂着拐杖目送行云飞去，
怀念故乡只惜相隔太远。

九日赠司空文明^①

我有惆怅词，^②
待君醉时说。

长来逢九日，③
难与菊花别。
摘却正开花，
暂言花未发。

【注释】

① 司空文明：即司空曙。
② 惆怅：伤感，失意，迷茫。
③ 长：遥远。

【译文】

我心中郁闷有许多话想倾诉，
请君开怀畅饮醉时再对您说。
您从遥远地方赶来恰逢重阳，
不能只呆一天就和菊花告别。
把已经盛开的菊花一起摘掉，
暂说菊花尚未开放只为留客。

129

雨后游辋川①

骤雨归山尽，
颓阳入辋川。②
看虹登晚墅，
踏石过青泉。
紫葛藏仙井，③
黄花出野田。
自知无路去，
回步就人烟。④

【注释】

①　辋（wǎng）川：辋川位于陕西西安蓝田县南十余里。因辋河水流潆洄，波纹旋转如辋（旧式车轮周围的框子），故名辋川。"辋川烟雨"为蓝田八景之冠。

②　颓阳：落日。

③　紫葛：中药名。仙：超越凡品的人或事物。

④　人烟：住户的炊烟，亦广泛借指人家、住户。

【译文】

骤雨袭来下到山里就停歇了，

落日余晖照射在黄昏的辋川。

傍晚登上别墅观看美丽彩虹，

踏着涧中石头走过清澈山泉。

紫葛生长茂盛竟然藏入仙井，

黄花盛开在河畔两边的野田。

再往前十分偏僻已无路可走，

还是转身回来移步靠近人烟。

茂陵山行陪韦金部①

宿雨朝来歇，

空山秋气清。

盘云双鹤下，②

隔水一蝉鸣。

古道黄花落，

平芜赤烧生。③

茂陵虽有病，

犹得伴君行。

载《全唐诗》卷二八五（第五册3242页）

【注释】

①　原诗题注："一作招金部韦员外。"唐朝诗人祖咏曾作《赠苗发员外》诗

（《全唐诗》卷一三一，第二册1332页），内容相同。茂陵：汉武帝刘彻的陵墓，位于陕西省咸阳兴平市，是汉代帝王陵墓中规模最大、修造时间最长、陪葬品最丰富的一座，被称为"中国的金字塔"。韦金部：金部员外郎，简称韦金部，疑为韦士模。《郎官石柱题名新着录》金部员外郎第七行有韦士模；《新唐书·宰相世系四上》韦氏小逍遥公房："士模，彭州刺史。"

② 盘云：盘旋于云霄。

③ 平芜：草木丛生的平旷原野。赤烧：指晚霞，夕照。

【译文】

雨下了一晚上清晨停歇，
秋天山谷空荡空气澄清。
双鹤在云彩中盘旋而下，
隔着溪水听见一蝉啼鸣。
古道两旁菊花开始凋落，
平坦原野已为晚霞染红。
我虽然在茂陵不幸染病，
所幸还能坚持伴君同行。

冬夜寄韩弇 ①

独坐知霜下，
开门见木衰。
壮应随日去，
老岂与人期。②
废井虫鸣早，
阴阶菊发迟。③
兴来空忆戴，④
不似剡溪时。⑤

载《全唐诗》卷二八五（第五册3245页）

【注释】

① 原诗题注："一作秋夜寄司空文明。"韩弇（yǎn）（753年—787年）：河南

河阳人。韩愈族兄。唐德宗贞元（785年—805年）间，累官殿中侍御史。从浑瑊至平凉，与吐蕃会盟。后吐蕃劫盟，韩弇被擒后殉国。《全唐诗》收存其诗一首。

② 期：期望，希望。

③ 阴阶：背阴的台阶。

④ 兴来：兴致来时，比喻心潮起伏。忆戴：比喻想念友人。

⑤ 剡（shàn）溪：浙江省绍兴市嵊州境内主要河流，由南来的澄潭江和西来的长乐江会流而成。

【译文】

冬夜独坐感到寒霜的降临，
打开房门看见树已随秋衰。
壮年随着时间已不断流逝，
老年想留住光阴而不可期。
废井里的昆虫鸣叫比较早，
阴阶边的菊花开得相对迟。
心潮动相见难只能遥相忆，
不像以往我们都在剡溪时。

送客赴江陵寄郢州郎士元①

露下晚蝉愁，
诗人旧怨秋。
沅湘莫留滞，②
宛洛好遨游。③
饮马逢黄菊，
离家值白头。
竟陵明月夜，④
为上庾公楼。⑤

载《全唐诗》卷二八五（第五册3247页）

【注释】

① 江陵：又名荆州城，位于湖北省中部偏南，南临长江，北依汉水，西控巴

蜀，南通湘粤，古称"七省通衢"。郢（yǐng）州：古代楚国的都城，在今湖北省江陵县附近；其时还有一地也称郢州，在今湖北武汉市武昌区。

② 沅（yuán）湘：指沅江和湘江。沅江，发源于贵州省，流经湖南省入洞庭湖。湘江，长江流域洞庭湖水系，是湖南省最大河流。沅湘泛指湖南。

③ 宛洛：今河南南阳、洛阳的简称。泛指河南。

④ 竟陵：今湖北天门市古名。

⑤ 庾（yǔ）公楼：庾公，指东晋时期外戚、名士庾亮（289年—340年），字元规，颍川鄢陵（今河南鄢陵北）人。

【译文】

寒露已降秋蝉发出凄苦的悲鸣，
诗人也曾经抱怨过萧瑟的晚秋。
沅湘一带风光虽好切莫多流连，
尽早赶回宛洛我们一起去悠游。
归来饮马还可看到金菊的盛开，
离家时已不再年轻白发上了头。
遥想昔时竟陵秋高风爽明月夜，
朋友欢聚畅叙友谊齐登庾公楼。

送丘丹归江东①

故山霜落久，
才子忆荆扉。②
旅舍寻人别，
秋风逐雁归。
梦愁枫叶尽，
醉惜菊花稀。
肯学求名者，
经年未拂衣。③

载《全唐诗》卷二八五（第五册3248页）

【注释】

① 丘丹：生卒年不详（约780年前后在世），苏州嘉兴（今浙江嘉兴市南）人。初为诸暨令。历检校尚书户部员外郎，兼侍御史。《全唐诗》收存其诗十一首。江东：古时指长江下游芜湖、南京以下的南岸地区，也泛指长江下游地区。

② 荆扉：柴门。

③ 拂衣：振衣而去，喻归家。

【译文】

遥远的故乡寒霜降临已有时日，
才子经常回忆家乡陋室的柴扉。
来到旅舍寻找友人不舍得告别，
秋风中追逐着南飞的雁群回归。
睡梦里忧愁家乡的红叶将落尽，
酒醉时怜惜篱旁的寒菊花已稀。
离家在外勤奋求学博取功名人，
整年潜心学问不敢有归家预期。

晚秋旅舍寄苗员外 ①

争途苦不前，②
贫病遂连牵。
向暮同行客，③
当秋独长年。④
晚花唯有菊，
寒叶已无蝉。
吏部逢今日，⑤
还应瓮下眠。⑥

载《全唐诗》卷二八五（第五册3254页）

【注释】

① 苗员外：即苗发，生卒年不详，潞州壶关人，"大历十才子"之一。初为乐平

令，授兵部员外郎，迁驾部员外郎。仕终都官郎中。《全唐诗》收存其诗二首。

② 争途：亦作"争涂"，抢占道路。喻争夺地位。

③ 向暮：逐渐老去。

④ 长年：指长寿。

⑤ 吏部：吏部是中国古代官署之一。隋、唐、五代，列为尚书省六部之首，长官称为吏部尚书。掌管天下文官的任免、考课、升降、勋封、调动等事务。

⑥ 瓮下眠：谓醉于酒瓮下。

【译文】

苦于争夺权位的路上总是落后，
于是贫病总是与自己苦苦纠缠。
过去曾经的同事现已渐渐老去，
面对晚秋身体康健我独得长年。
深秋百花俱凋萎只有菊花绽放，
寒叶飘落时已不见悲鸣的秋蝉。
今天喜逢吏部员外大人正难得，
理当畅饮一番醉倒在酒瓮旁边。

夜宴虢县张明府宅逢宇文评事^①

虢田留古宅，
入夜足秋风。
月影来窗里，
灯光落水中。
征诗逢谢客，^②
饮酒得陶公。^③
更爱疏篱下，
繁霜湿菊丛。

载《全唐诗》卷二八五（第五册3255页）

【注释】

① 虢（guó）县：古县名。秦武公十一年（公元前687年）置，治所在今宝鸡市陈

仓区虢镇。宇文：复姓。评事：官名，隋朝始置，直至民国时期，主要负责案件审理。

② 谢客：指南朝宋谢灵运，著名诗人。

③ 陶公：指陶渊明。

【译文】

虢县还留有历史古宅令人惊奇，

入夜以后不停刮来惬意的秋风。

皓月当空皎洁的月光照进窗里，

灯光摇曳落在波光粼粼的水中。

县令设宴征诗助兴碰上谢灵运，

开怀畅饮一醉方休恰逢陶渊明。

我更喜欢庭院稀疏的篱笆墙下，

霜露降临已悄悄打湿了菊花丛。

送司空文明归江上旧居

野菊有黄花，

送君千里还。

鸿来燕又去，

离别惜容颜。

流水通归梦，

行云失故关。①

江风正摇落，②

宋玉莫登山。③

载《全唐诗》卷二八五（第五册3257页）

【注释】

① 故关：在古代诗词中也可指"故乡"。

② 摇落：凋残，零落。《楚辞·九辩》："悲哉秋之为气也！萧瑟兮草木摇落而变衰。"

③ 宋玉（约前298年—约前222年）：又名子渊，古代著名辞赋家，被誉为中国古代四大美男之一。登山：宋玉《九辩》有句，"登山临水兮送将归"。

【译文】

田中野菊绽开金色的花朵，

依依不舍送君归家千里还。

转眼间大雁飞来燕子离去，

离别在即何时再睹君容颜？

滔滔江水连通归家的魂梦，

飘飘行云渐失家乡的田园。

江上秋风使草木凋残零落，

送亲友莫像宋玉临水登山。

和张尹忆东篱菊 ①

传书报刘尹，②

何事忆陶家。③

若为篱边菊，

山中有此花。

载《全唐诗》卷二八六（第五册3273页）

【注释】

① 尹：官名，如令尹、府尹、京兆尹。张尹，即张镒（？—781年），字季权，一字公度，吴郡昆山人。唐代中期经学家、宰相。

② 传书：传递书信。

③ 陶家：指陶渊明。

【译文】

写封书信报给刘尹，

不知因何想起陶家。

如为欣赏篱边香菊，

其实山中就有菊花。

重送郑宥归蜀因寄何兆①

黄花西上路何如，②
青壁连天雁亦疏。③
为报长卿休涤器，④
汉家思见茂陵书。⑤

载《全唐诗》卷二八六（第五册3276页）

【注释】

① 何兆：唐朝诗人，生卒年月、籍贯生平均不详。《全唐诗》收存其诗二首。

② 何如：如何，怎么样。

③ 青壁：青色的山壁。

④ 长卿：即司马相如（约前179年—前118年），字长卿，蜀郡成都人，西汉辞赋家，中国文化史文学史上杰出的代表。鲁迅曾指出："武帝时文人，赋莫若司马相如，文莫若司马迁。" 涤器：卓文君与司马相如私奔到成都后，生活穷困，卖掉车马开了一家酒店。卓文君当垆卖酒，掌管店务；司马相如系着围裙，帮助洗涤杯盘瓦器。

⑤ 汉家：汉朝天子，指汉武帝。茂陵书：元狩五年（前118年），司马相如家住茂陵。汉武帝担心司马相如逝去所著书籍散轶，遂派人去他家取书。

【译文】

西去的路旁长满野菊此行会如何？
青色的石壁连接天空大雁也稀疏。
为报答司马相如不应让他洗餐具，
连汉朝天子都想亲览他所写的书。

司空曙（二首）

【作者简介】

司空曙（约720年—790年），字文明，或作文初。广平（今河北永年县东南）人，"大历十才子"之一。永泰二年（766年）至大历二年（767年），为左拾遗，后贬为长林丞。贞元初，以水部郎中衔在剑南四川节度使韦皋幕中任职。官至虞部郎中。在长安与卢纶、独孤及和钱起吟咏相和。《全唐诗》收存其诗二卷。

别张赞

今日山晴后，
残蝉菊发时。
登楼见秋色，
何处最相思。

载《全唐诗》卷二九二（第五册3318页）

【译文】

今天群山一片阳光灿烂之后，
正是秋蝉衰亡菊花盛开之时。
登上高楼观赏秋天美丽景色，
真不知什么地方最寄托相思。

过阎采病居

每逢佳节何曾坐，
唯有今年不得游。
张邴卧来休送客，①
菊花枫叶向谁秋。

载《全唐诗》卷二九三（第五册3324页）

【注释】

① 张邴：汉张良和邴汉的并称。邴汉：琅琊人，西汉末年以清行而见称的名士，曾官至京兆尹及太中大夫。二人均弃官归隐。

【译文】

每年逢此佳节从不在家停留，

只有今年不能出去赏秋漫游。

就像张良邴汉病卧不能送客，

可菊花枫叶又向谁展现金秋？

崔峒

【作者简介】

崔峒（dòng，一作洞），生卒年不详，今保定定州市人。登进士第，任过县官，被调入集贤院，授拾遗集贤学士。大历中曾任拾遗、补阙、润州刺史等职。"大历十才子"之一。《全唐诗》收存其诗一卷。

题桐庐李明府官舍①

讼堂寂寂对烟霞，②

五柳门前聚晓鸦。③

流水声中视公事，

寒山影里见人家。

观风竞美新为政，④

计日还知旧触邪。⑤

可惜陶潜无限酒，

不逢篱菊正开花。

载《全唐诗》卷二九四（第五册3341页）

【注释】

① 原诗题注："一作赠同官李明府。"桐庐：今属浙江省杭州市。官舍：官署，衙门。

② 讼堂：指旧时审理诉讼案件的场所。烟霞：烟雾和云霞，也指"山水胜景"。

③ 五柳：陶渊明自号"五柳先生"。晓鸦：早晨的乌鸦。

④　观风：观察民情。为政：处理政事。

⑤　计日：形容短暂，为时不远。触邪：谓辨触奸邪。古代传说中有神羊，名獬豸，能辨邪触不正者。《晋书·束皙传》："朝养触邪之兽，庭有指佞之草。"

【译文】

公堂静悄悄地面对着山水胜景，

清晨的衙门前聚集着一群乌鸦。

潺潺流水声中从容地处理公事，

青翠寒山影里悠闲地遥望人家。

观察民情竞相媲美可见新气象，

民众很快知晓县令正气敢触邪。

犹惜陶令空有许多好酒难畅饮，

只因为重阳节未至篱菊未开花。

王建（三首）

【作者简介】

王建（768年—835年），字仲初，颍川（今河南许昌）人。出身寒微，一生潦倒。曾一度从军，约四十六岁始入仕，曾任昭应县丞、太常寺丞等职。八年后，迁太府寺丞，转秘书郎。大和初，再迁太常寺丞。后出为陕州司马，世称王司马。约六十四岁为光州刺史。在长安时，与张籍、韩愈、白居易、刘禹锡、杨巨源等均有往来。他的乐府与张籍齐名，世称"张王乐府"。《全唐诗》收存其诗六卷。

野菊

晚艳出荒篱，　①

冷香著秋水。　②

忆向山中见，

伴蛩石壁里。　③

载《全唐诗》卷三〇一（第五册3415页）

【注释】

① 出：胜过，超过。

② 著：显明，显出。

③ 蛩（qióng）：蟋蟀。

【译文】

开花虽晚但艳丽超出家菊，

清冷芳香明显飘溢在秋水。

记得以往登高在山中见过，

悄然伴着蟋蟀长在石缝里。

晚蝶①

粉翅嫩如水，

绕砌乍依风。②

日高山露解，③

飞入菊花中。

载《全唐诗》卷三〇一（第五册3415页）

【注释】

① 晚蝶：晚秋的蝴蝶。

② 乍：伸开，张开。

③ 解：解除，消失。

【译文】

蝴蝶粉翅似水娇嫩无力，

绕阶飞舞双翼依托轻风。

太阳升起山里露水消失，

悠扬自在飞入菊花丛中。

九日登丛台①

平原池阁在谁家，
双塔丛台野菊花。
零落故宫无入路，
西来涧水绕城斜。②

载《全唐诗》卷三〇一（第五册3434页）

【注释】

① 丛台：在河北省邯郸市。因楼榭台阁众多而"连聚非一"，故名"丛台"。台上原有天桥、雪洞、花苑、妆阁诸景，结构严谨，装饰美妙，曾名扬列国。相传它始建于赵武灵王时期（前325—前299年），故称武灵丛台。

② 斜：不正，不直。

【译文】

谁在平原上修建许多池苑楼台，
丛台只剩双塔遗址长满野菊花。
过去的楼台成为废墟无路可走，
西来涧水绕着城墙随地势倾斜。

刘商

【作者简介】

刘商，字子夏，生卒年不详，徐州彭城县人。大历（766年—779年）年间进士。能文善画，诗以乐府见长。唐德宗贞元年间，累官比部员外郎，改虞部员外郎。数年后，迁检校兵部郎中。后出为汴州观察判官，因病辞官，重操旧业（画松石树木）。《全唐诗》收存其诗二卷。

143

重阳日寄上饶李明府^①

重阳秋雁未衔芦，^②

始觉他乡节候殊。

旅馆但知闻蟋蟀，

邮童不解献茱萸。^③

陶潜何处登高醉，

倦客停桡一事无。^④

来岁公田多种黍，^⑤

莫教黄菊笑杨朱。^⑥

载《全唐诗》卷三○三（第五册3453页）

【注释】

① 上饶：指上饶县，今属江西省上饶市。

② 衔芦：语出《淮南子·修务训》，"夫雁顺风，以爱气力，衔芦而翔，以备
矰（zēng）弋"。高诱注："矰，矢。弋，缴。衔芦，所以令缴不得截其翼也。"

③ 邮：传递，邮寄。

④ 桡（ráo）：划船用的桨，楫。

⑤ 来岁：来年。公田：国家直接控制的土地。黍（shǔ）：一年生草本植物，叶
线形，子实淡黄色，去皮后称黄米，比小米稍大，煮熟后有黏性。

⑥ 杨朱：（约前395年—约前335年，一说约前450年—约前370年），字子居，
魏国（一说秦国）人，战国初期伟大的思想家、哲学家，是道家杨朱学派的创始人，
反对儒墨，主张贵生，重己。

【译文】

重阳节看到大雁并未衔芦飞翔，

感到此地气候特征与家乡有殊。

旅馆老板只晓晚秋可闻蟋蟀鸣，

送信少年不晓佩插茱萸的风俗。

谁知昔时陶潜在何处登高酣醉，

但见今日游客疲倦停船一事无。

来年应让农夫在公田里多种粮，
别让田中茂盛的黄菊嘲笑杨朱。

范灯

【作者简介】

范灯，生卒年、籍贯均不详，唐代宗贞元（785年—804年）时人。《全唐诗》收存其词二首。

忆长安·九月①

忆长安，九月时，
登高望见昆池。②
上苑初开露菊，③
芳林正献霜梨。④
更想千门万户，
月明砧杵参差。⑤

载《全唐诗》卷三○七（第五册3488页）

【注释】

①　忆长安：词牌名。九月：词名。

②　昆池：昆明池的简称。西汉元狩四年（前119年），汉武帝在上林苑之南引丰水而筑成昆明池，周围四十里。唐朝时，昆明池大规模疏浚整修后，依然发挥着汉时的作用。

③　上苑：又称上林苑。上林苑是汉武帝刘彻于建元三年（前138年）在秦代的一个旧苑址上扩建而成的宫苑，规模宏伟，宫室众多，有多种功能和游乐内容。隋唐时期修整扩建后，遍布长安城及东郊骊山、乐游原，南郊至终南山，西郊昆明池等。

④　芳林：芳林园的简称。芳林园建于东汉，三国魏避齐王芳讳，改名华林园。故址在今河南故洛阳城中。借指皇家园林。

⑤　砧杵：指捣衣石和棒槌，亦指捣衣。参差：长短、高低不齐的样子。

【译文】

回忆皇都长安的九月时节，
登高远眺扑面而来昆明池。
上林苑金菊刚遇寒露开放，
芳林园正献出经霜的香梨。
由此想到京城的千家万户，
月光下的捣衣声高低不齐。

朱 放

【作者简介】

朱放，生卒年不详，字长通，襄州南阳人。初居汉水滨，后以避岁馑迁隐剡县剡溪、镜湖间。与刘长卿、顾况、武元衡、皎然、女诗人李冶等皆有唱和往来。大历中，任江西节度参谋。贞元二年（786年），朝廷诏举"韬晦奇才"，下聘礼，拜左拾遗，辞不就。《全唐诗》收存其诗一卷。

剡山夜月①

月在沃洲山上，②
人归剡县溪边。③
漠漠黄花覆水，④
时时白鹭惊船。

载《全唐诗》卷三一五（第五册3541页）

【注释】

① 原诗题注："一题剡溪舟行。"

② 沃州山：沃洲山与天姥山，两山对峙，均在今新昌县境内。

③ 剡（shàn）县：即今浙江省绍兴市嵊县、新昌县。溪：剡溪为浙江省绍兴市嵊州境内主要河流，由南来的澄潭江和西来的长乐江会流而成。

④ 漠漠：寂静无声貌。覆：覆盖。

【译文】

月亮高挂在沃洲山上，
人乘船回到剡溪水边。
岸边黄菊倒伏覆水面，
时有白鹭被船惊不安。

武元衡（二首）

【作者简介】

武元衡（758年—815年），字伯苍，缑氏（今河南偃师东南）人。武则天曾侄孙。唐德宗建中四年（783年），登进士第，位列进士榜首，任华原县令。德宗李适很欣赏他的才能，召授比部员外郎。岁内，三迁至右司郎中，很快又升为御史中丞。顺宗立（805年），罢为太子右庶子。宪宗即位（806年），复前官，进户部侍郎。元和二年，拜门下侍郎平章事，出为剑南节度使。元和八年，征还秉政，早朝路上被平卢节度使李师道遣刺客刺死。赠司徒，谥"忠愍"。《全唐诗》收存其诗二卷。

秋灯对雨寄史近崔积

坐听宫城传晚漏，①
起看衰叶下寒枝。
空庭绿草结离念，②
细雨黄花赠所思。
蟋蟀已惊良节度，③
茱萸偏忆故人期。
相逢莫厌尊前醉，
春去秋来自不知。

【注释】

① 漏：古代计时器，铜制有孔，可以滴水或漏沙，有刻度标志以计时间。

② 离念：离开的念头。

③ 良节：指重阳节。

【译文】

坐在宫中倾听铜漏发出的声音，

起身察看枯叶飘下寒天的树枝。

空旷庭院里的绿草产生了离念，

细雨中黄菊花也仿佛若有所思。

蟋蟀非常惊恐重阳节已经度过，

看到茱萸偏想起故人相见日期。

朋友相逢莫厌烦举杯畅饮酣醉，

光阴如箭春去秋来自己竟不知。

秋日出游偶作

> 黄花丹叶满江城，①
>
> 暂爱江头风景清。
>
> 闲步欲舒山野性，
>
> 貔貅不许独行人。②

载《全唐诗》卷三一七（第五册3573页）

【注释】

① 丹叶：红的树叶。

② 貔貅（pí xiū）：别称"辟邪、天禄、百解"，是中国古代神话传说中的一种神兽，龙头、马身、麟脚，形似狮子，毛色灰白，会飞。貔貅凶猛威武，它在天上负责巡视工作，阻止妖魔鬼怪、瘟疫疾病扰乱天庭。古时候人们常用貔貅来作为军队的称呼。此处指守城军士。

【译文】

放眼江城到处都是菊花和红叶，

心中更喜欢江边安静风景幽清。

闲下来想到山野漫步放松心情，

无奈守城军士不许我外出独行。

郑絪

【作者简介】

郑絪（yīn）（752年—829年），幼有奇志，善属文，所交皆天下名士。擢进士、宏辞高第。累迁中书舍人。宪宗即位，拜同中书门下平章事，升任门下侍郎。居相位四年。后自河中节度入为检校尚书左仆射。《全唐诗》收存其诗六首。

九日登高怀邵二①

> 簪茱泛菊俯平阡，②
> 饮过三杯却惘然。③
> 十岁此辰同醉友，④
> 登高各处已三年。

载《全唐诗》卷三一八（第五册3585页）

【注释】

① 欧阳詹曾作《九日广陵登高怀邵二先辈》一诗，内容与此诗相同。邵二：即邵楚苌（762年—846年），字待伦，闽县邵岐乡人（今福州仓山区城门镇绍岐村）。贞元十五年（799年）进士，后官至校书郎。《全唐诗》收存其诗一首。

② 平阡：田间的平坦小路。

③ 惘然：失意、迷惑的样子。

④ 此辰：辰，用以纪日，指重阳节。

【译文】

佩戴茱萸端菊酒杯俯瞰田间小路，

酒过三巡之后心中不由感到怅然。

连续十年重阳节同醉的知心老友，

如今分离各处自行登高已整三年。

权德舆

【作者简介】

权德舆（759年—818年），字载之，天水略阳（今甘肃秦安东北）人。唐朝文学家、宰相。自幼聪明好学，十五岁有才名。780年开始在地方机构担任幕僚。792年，唐德宗闻其才，召为太常博士，改左补阙，兼制诰，进中书舍人，历任礼部侍郎，转兵、户、吏三曹侍郎、太子宾客，迁太常卿。唐宪宗时，累迁礼部尚书、同平章事。后坐事罢相，任东都留守。复拜太常卿，徙刑部尚书，出为山南西道节度使。逝后追赠左仆射，谥号"文"，后人称为权文公。《全唐诗》收存其诗十卷。

过张监阁老宅对酒奉酬见赠①

里仁无外事，②

徐步一开颜。③

荆玉收难尽，④

齐竽喜暂闲。⑤

秋风倾菊酒，

霁景下蓬山。⑥

不用投车辖，⑦

甘从倒载还。⑧

载《全唐诗》卷三二一（第五册3618页）

【注释】

① 原诗题注："其年停贡举。"张监：即张荐（744年—804年），字孝举，深州陆泽人，敏锐有文辞，专治《周官》《左氏春秋》，占对详辨，为颜真卿叹赏。曾任秘书少监，为裴延龄所忌。三使回纥、回鹘、吐蕃，累宫御史中丞。《全唐诗》收

存其诗三首。阁老：唐代对中书舍人中年资深久者及中书省、门下省属官的敬称。见赠：赠送给我。

② 里仁：《里仁》是《论语》第四篇。

③ 徐步：缓慢步行。

④ 荆玉：本意为荆山之玉，即和氏璧，喻美质贤才。

⑤ 齐竽：典出"滥竽充数"，指不学无术的人。

⑥ 霁景：雨后晴明的景色。蓬山：即蓬莱山，传说中的海上仙山。

⑦ 车辖：典出《诗经·小雅》中的《车辖》诗。全诗五章，皆以男子的口吻写娶妻途中的喜乐及对佳偶的思慕之情。

⑧ 倒载：醉酒后躺倒在车上。形容烂醉不醒，亦谓沉醉之态。典出《世说新语·任诞》，记述山简醉酒之事。

【译文】

里仁篇所论都是修心养性的内容，

跟您慢步行走静听教诲欢喜开颜。

世间美质良才很多无法网罗干净，

朝中滥竽充数之人可以暂去休闲。

秋风送爽倾尽菊花美酒开怀畅饮，

雨后初晴景色美丽如登蓬莱仙山。

我无法用语言表达敬仰思慕之情，

甘愿仿效山简一醉方休倒载而还。

羊士谔（二首）

【作者简介】

羊士谔（762年—819年），泰安泰山（今山东）人。贞元元年（785年）登进士第。顺宗（805年）时，累至宣歙巡官，为王叔文所恶，贬汀州宁化尉。唐宪宗元和初（806年为元和元年），为宰相李吉甫所赏识，擢为监察御史，掌制诰。后出为资州刺史（资州为蜀中地名，州治变化频繁）。《全唐诗》收存其诗一卷。

永宁小园即事①

萧条梧竹下，②

秋物映园庐。③

宿雨方然桂，④

朝饥更摘蔬。

阴苔生白石，

时菊覆清渠。

陈力当何事，⑤

忘言愧道书。⑥

载《全唐诗》卷三三二（第五册3698页）

【注释】

① 即事：面对眼前事物。多用为诗词题目。

② 梧竹：梧、竹都是至清、至幽之物，古人认为"凤凰非梧桐不栖，非竹实不食。"（《庄子·秋水》）

③ 秋物：秋季的农作物。庐：简陋居室，如庐舍，草庐。

④ 宿雨：久雨，多日连续下雨。然：古同 "燃"。然桂：谓以桂作薪，亦形容物价昂贵。语出《战国策·楚策三》："楚国之食贵于玉，薪贵于桂。"

⑤ 陈力：喻竭尽才力。

⑥ 道书：道家或佛家的典籍。

【译文】

秋风萧瑟吹荡着梧桐树和竹林，

秋天的作物映衬着园中的草庐。

久雨后物价连续上涨已很昂贵，

早上起来饥难忍只能煮些菜蔬。

园中阴凉之处的白石长满青苔，

盛开的菊花覆盖了流淌的清渠。

虽然竭尽全力能当得了什么事？

面对现实已忘言深感愧对道书。

郡中即事三首（其三）①

登临何事见琼枝，②

白露黄花自绕篱。

惟有楼中好山色，

稻畦残水入秋池。③

载《全唐诗》卷三三二（第五册3699页）

【注释】

① 原诗题注："一作寄裴校书。"《全唐诗》另收存一首《寄裴校书》（《全唐诗》卷三三二，第五册3716页），有两字不同。

② 登临：登山临水。此处指登楼。琼枝：传说中的玉树。此处指挂霜的树枝。

③ 畦（qí）：田园中分成的小区，如畦田，菜畦。

【译文】

不知何事登楼却见楼外霜枝，

白露中的黄菊自行绕着院篱。

只有登楼才能看到山光水色，

远处稻田残水缓缓流入秋池。

杨巨源（二首）

【作者简介】

杨巨源，生卒年不详，字景山，后改名巨济。河中治所（今山西永济）人。贞元五年（789年）进士。初为张弘靖（藩镇节度使、宰相）从事，由秘书郎擢升太常博士，迁虞部员外郎。出为凤翔少尹，复召授国子司业。长庆四年（824年），辞官退休，执政请以为河中少尹，食其禄终身。杨巨源与白居易、元稹、刘禹锡、王建等人交好，甚受尊重。《全唐诗》收存其诗一卷。

153

登宁州城楼①

宋玉本悲秋，
今朝更上楼。
清波城下去，
此意重悠悠。
晚菊临杯思，
寒山满郡愁。②
故关非内地，③
一为汉家羞。④

载《全唐诗》卷三三三（第五册3724页）

【注释】

① 宁州：甘肃省宁县古称，今甘肃庆阳宁县。

② 郡：古代行政区域，始见于战国时期。秦代以前比县小，从秦代起比县大。隋朝废郡制，以县直隶于州。明清称府。此处指郡城，即郡治的城垣。

③ 故关：指故乡。

④ 汉家：指唐朝。因汉朝的强盛，唐朝常以汉家自称。

【译文】

千年之前宋玉已作悲秋绝唱，
今朝我更感秋悲又登上城楼。
一湾河水绕着城墙向下流去，
忧伤感觉充满胸臆此恨悠悠。
晚菊侧畔端着酒杯陷入沉思，
寒山下的郡城陷入深深哀愁。
战乱四起故乡已沦叛军之手，
这真是大唐皇朝的奇耻大羞。

题贾巡官林亭 ①

白鸟闲栖亭树枝，

绿樽仍对菊花篱。②

许询本爱交禅侣，③

陈寔由来是好儿。④

明月出云秋馆思，

远泉经雨夜窗知。

门前长者无虚辙，⑤

一片寒光动水池。⑥

载《全唐诗》卷三三三（第五册3733页）

【注释】

① 巡官：官名。唐时节度观察团练防御使僚属，位居判官推官之次。林亭：园林中的亭子。

② 绿樽：酒杯。

③ 许询：东晋文学家，字玄度，生卒年不详。祖籍高阳（今属河北），寓居会稽（今浙江绍兴）。他终身不仕，好游山水，善析玄理，是当时清谈家的领袖之一。禅侣：僧侣，指佛教僧徒。

④ 陈寔（shí）（104年—187年）：字仲弓，颍川许县（今河南许昌长葛市）人。东汉时期官员、名士。由来：历来，自始以来。好儿：有作为的儿辈。

⑤ 长者：指德高望重的人。辙：车轮碾过的痕迹。本句典出《史记·陈平传》："门外多长者车辙。"

⑥ 寒光：指清冷的月光。

【译文】

白鸟悠闲地栖息在亭边树枝上，

宾客手持酒杯笑对菊花开满篱。

许询原本就爱结交僧侣游山水，

陈寔历来注重修养人夸好男儿。

明月穿过浮云晚秋馆中人沉思，

远处泉水雨声透过夜窗清可知。

生平结交往来都是德高望重人，

如同高天明月皎洁寒光照秋池。

令狐楚

【作者简介】

令狐楚（766或768年—837年），字壳士，自号白云孺子。宜州华原（今陕西铜川市耀州区）人。唐朝宰相、文学家。唐德宗贞元七年（791年）进士。唐宪宗时，擢职方员外郎，知制诰。后被任命为翰林学士。出为华州刺史，拜河阳节度使。入为中书侍郎，同平章事。宪宗去世，为山陵使，因亲吏赃污事贬衡州刺史。唐敬宗继位后，又重新提拔他为户部尚书、东都留守、天平军节度使、吏部尚书，累升至检校尚书右仆射，封彭阳郡公。后以山南西道节度使致仕。逝后，追赠司空，谥号"文"。累赠太尉。他常与刘禹锡、白居易等人唱和。其诗"宏毅阔远"，尤长于绝句。《全唐诗》收存其诗一卷。

九日言怀

二九即重阳，①

天清野菊黄。

近来逢此日，

多是在他乡。

晚色霞千片，

秋声雁一行。

不能高处望，

恐断老人肠。

载《全唐诗》卷三三四（第五册3749页）

【注释】

① 二九：重阳节是农历九月九日，故称"二九"。

【译文】

九月九日就是重阳节，

天色晴朗野菊花金黄。

近年多次遇到这一天，

过节基本在异地他乡。

晚霞千片染红了天际，

秋风声中长空雁成行。

面对此景不敢登高望，

老来思乡恐愁断悲肠。

韩愈（二首）

【作者简介】

　　韩愈（768年—824年），字退之。河南河阳（今河南省孟州市）人。自称"郡望昌黎"，世称"韩昌黎""昌黎先生"。唐代杰出的文学家、思想家、哲学家、政治家。贞元八年（792年），韩愈登进士第，两任节度推官，累官监察御史。后因论事而被贬阳山，历都官员外郎、史馆修撰、中书舍人等职。晚年官至吏部侍郎，人称"韩吏部"。韩愈是唐代古文运动的倡导者，被后人尊为"唐宋八大家"之首，与柳宗元并称"韩柳"。病逝后，追赠礼部尚书，谥号"文"，故称"韩文公"。《全唐诗》收存其诗十卷。

晚菊

少年饮酒时，

踊跃见菊花。

今来不复饮，

每见恒咨嗟。①

伫立摘满手，②

行行把归家。③

此时无与语，

弃置奈悲何。④

【注释】

① 恒：经常。咨嗟：叹息。

② 伫立：长时间地站立着。

③ 行行（xíng）：不断地行走。把：拿着。

④ 弃置：指抛弃，扔在一边。

【译文】

年轻遇到开怀畅饮之时，

很高兴看到绽放的菊花。

现在年事渐高不再饮酒，

看到菊花常叹已逝年华。

满手摘满菊花长久站立，

手抱着菊花缓缓走回家。

此时惆怅不知说什么好，

弃置菊花悲痛无以复加。

祖席前字①

祖席洛桥边，②

亲交共黯然。③

野晴山簇簇，④

霜晓菊鲜鲜。⑤

书寄相思处，

杯衔欲别前。⑥

淮阳知不薄，⑦

终愿早回船。

【注释】

① 原诗题注："送王涯徙袁州刺史作。" 贞元八年（729年），王涯进士及第，和韩愈同登"龙虎榜"。祖席：饯别的宴席，又称"祖饯"。古代饯行的一种隆重仪式，祭路神后，在路上设宴为人送行。徙：迁移。袁州：袁州古时也称宜春，辖地主要在今江西省宜春市范围。

② 洛桥：即天津桥。

③ 亲交：亲戚和知交。黯然：指情绪低落、心情沮丧的样子。

④ 簇簇：一丛丛，一堆堆，形容连绵不绝。

⑤ 鲜鲜：好貌，鲜丽貌。

⑥ 杯衔：衔杯，指饮酒。

⑦ 淮阳：指淮阳郡。薄：轻视，看不起。汉武帝曾任命汲黯为淮阳郡太守，汲黯多病，不愿去，汉武帝说："你看不起这个职务吗（君薄淮阳邪）？"汲黯遂上任。

【译文】

饯别的盛宴摆在洛桥边上，
送行的亲友人人神色黯然。
天色晴好看群山重重叠叠，
凌晨新霜让菊花更加娇妍。
捎带书信寄往相思的地方，
殷勤敬酒敬在将分别之前。
王刺史不会轻视朝廷重任，
为赶路匆匆告别早早回船。

王涯

【作者简介】

王涯（764年—835年）字广津，山西太原人。唐宪宗、唐文宗时两度为相，并进封代国公，食邑二千户。唐穆宗、唐敬宗时，较长时期在剑南东川（治在四川绵阳)和山南西道(治在陕西汉中）任节度使。文宗时，以吏部尚书代王播总盐铁，为政刻急，开始变法，增加税赋，使得民众生存艰难。"甘露之变"发生，王涯被禁军抓获，腰斩于子城西南隅独柳树下。《全唐诗》收存其诗一卷。

宫词三十首（其二十三）①

银瓶泻水欲朝妆，②
烛焰红高粉壁光。
共怪满衣珠翠冷，③
黄花瓦上有新霜。

载《全唐诗》卷三四六（第六册3887页）

【注释】

① 原诗题注："存二十七首。"宫词：古代的一种诗体，多写宫廷生活琐事，一般为七言绝句，唐代诗歌中较为多见。

② 银瓶：银制的瓶。朝妆：早晨梳妆。

③ 珠翠：珍珠和翡翠，泛指用珍珠翡翠做成的各种装饰品。

【译文】

从银瓶中倒水准备梳理晨妆，
蜡烛焰红高照寝室粉壁发光。
穿衣时都奇怪身上珠翠冰凉
原来菊花和瓦上都覆满新霜。

陈羽

【作者简介】

陈羽，生卒年不详，江东人。贞元八年（792年）登进士第，与韩愈、王涯等共为龙虎榜。后仕历东宫卫佐。《全唐诗》收存其诗一卷。

九月十日即事

汉江天外东流去，①
巴塞连山万里秋。②

节过重阳人病起，

一枝残菊不胜愁。③

载《全唐诗》卷三四八（第六册3902页）

【注释】

① 汉江：又称汉水，为长江最大的支流。
② 塞：边界险要的地方。
③ 不胜：无法承担，承受不了。

【译文】

汉江似天外来水浩荡向东流，

巴山险峻山相连万里皆金秋。

重阳刚过人就生病卧床不起，

手捧一枝残菊心中许多忧愁。

欧阳詹

【作者简介】

欧阳詹（755年—800年），字行周，福建晋江潘湖欧厝人。欧阳詹从小勤奋好读，得到福建观察使常衮和前后两任泉州刺史薛播、席相的赏识、鼓励和器重，赴京参加科举考试。在长安苦读六年后，贞元八年（792年），欧阳詹终于与贾稜、韩愈等二十二人同登金榜，当时称"龙虎榜"（贾稜第一名，欧阳詹第二名，韩愈第三名）。他生活在安史之乱后的中唐，一生没有离开国子监四门助教这个官职。他对福建产生了深远的影响，闽南考中进士者，从欧阳詹开始。被称为"八闽文化先驱者"。《全唐诗》收存其诗一卷。

九日广陵同陈十五先辈登高怀林十二先辈①

客路重阳日，②

登高寄上楼。③

风烟今令节，④

台阁古雄州。⑤

泛菊聊斟酒，

持萸懒插头。

情人共惆怅，⑥

良久不同游。

载《全唐诗》卷三四九（第六册3917页）

【注释】

① 广陵：今江苏扬州。陈十五：《唐人行第录》疑为陈羽。林十二：即林藻。林藻，生卒年不详，字纬乾，莆田人，为欧阳詹的妻兄，官至岭南节度副使。《全唐诗》收存其诗三首。

② 客路：行客前进的路。

③ 寄：寄托，寄怀。

④ 风烟：景象，风光。令：美好，佳。

⑤ 雄州：威武雄伟的城市。

⑥ 情人：指感情深厚的友人。惆怅：因失意或失望而伤感、懊恼。

【译文】

旅行的路上恰逢重阳节，

寄托思念感情登上高楼。

眺望风光今天欢度佳节，

眼前城池曾是历史雄州。

端着酒杯频添菊花美酒

手持茱萸却懒得插上头。

友人分隔两地共同惆怅，

已经很久没有一起出游。

刘禹锡（三首）

【作者简介】

刘禹锡（772年—842年），字梦得，晚年自号庐山人，河南洛阳人。唐朝文学家、哲学家。贞元九年（793年），与柳宗元同榜进士及第，初在淮南节度使杜佑幕府中任记室，为杜佑所器重，后从杜佑入朝，为监察御史。贞元末，与柳宗元、陈谏、韩晔等结交于王叔文，形成了一个以王叔文为首的政治集团，因永贞革新（又称"二王八司马事件"）失败，被贬谪外放二十三年，历任朗州司马、连州刺史、夔州刺史、和洲刺史、苏州刺史等职。会昌时，加检校礼部尚书。逝后赠户部尚书，世称刘宾客、刘尚书。刘禹锡诗文俱佳，涉猎题材广泛，与柳宗元并称"刘柳"，与韦应物、白居易合称"三杰"，并与白居易合称"刘白"，有"诗豪"之称。《全唐诗》收存其诗十二卷。

酬令狐相公庭前白菊花谢偶书所怀见寄①

数丛如雪色，
一旦冒霜开。②
寒蕊差池落，③
清香断续来。
思深含别怨，
芳谢惜年催。④
千里难同赏，
看看又早梅。

载《全唐诗》卷三五八（第六册4041页）

【注释】

① 令狐相公：即令狐楚。
② 旦：早晨。
③ 差池（cī chí，古代读音）：参差不齐之意。
④ 年：时光。

【译文】

相公庭院中有数丛白菊洁白如雪，
一天早晨突然冒着严霜鲜妍盛开。
带着寒气的花蕊参差不齐地凋落，
菊花独有的清香断断续续地飘来。

思念深切包含着久藏心头的别怨，
鲜花凋谢令人惋惜时光不停相催。
花景虽娇美但身隔千里难以同赏，
没多久又可看到迎雪绽开的早梅。

秋中暑退赠乐天①

暑服宜秋著，②
清琴入夜弹。
人情皆向菊，
风意欲摧兰。
岁稔贫心泰，③
天凉病体安。
相逢取次第，④
却甚少年欢。⑤

载《全唐诗》卷三五八（第六册4044页）

【注释】

① 乐天：即白居易。
② 著：同"着"。
③ 稔（rěn）：庄稼成熟。
④ 次第：常态。
⑤ 甚：超过。

【译文】

夏天穿的衣服适宜秋天接着穿，
清越的琴声应该入夜以后再弹。
人们心情都期待秋天菊花盛开，
初秋凉风却似要摧残兰草一般。
丰收年景贫穷百姓心中很舒泰，
天气转凉久病身体感觉也康安。

重新相逢应情绪平和心态守常，
现在却比少年更激动近乎狂欢。

始闻秋风

昔看黄菊与君别，①
今听玄蝉我却回。②
五夜飕飗枕前觉，③
一年颜状镜中来。④
马思边草拳毛动，⑤
雕眄青云睡眼开。⑥
天地肃清堪四望，⑦
为君扶病上高台。⑧

载《全唐诗》卷三五九（第六册4060页）

【注释】

① 君：即秋风对作者的称谓。
② 玄蝉：即秋蝉，黑褐色。我：秋风自称。
③ 五夜：一夜分为五个更次，此指五更。飕飗（sōu liú）：风声。
④ 颜状：容貌。
⑤ 拳毛：卷曲的马毛。
⑥ 雕：猛禽。眄（miǎn）：斜视，一作"盼"。
⑦ 肃清：形容秋气清爽明净。
⑧ 扶病：带病。

【译文】

去年看黄菊与秋风告别，
今年听到蝉叫我却返回。
五更秋风声响枕上察觉，
一年容貌变化镜中看来。
战马思念边草拳毛抖动，
大雕顾盼青云睡眼睁开。

秋高气爽正好极目远望，
我为秋风抱病登上高台。

张籍（二首）

【作者简介】

张籍（约766年—约830年），字文昌，和州乌江（今安徽和县乌江镇）人。贞元十五年（799年）进士及第。历任太常寺太祝、国子监助教、秘书郎、国子博士、水部员外郎、主客郎中、国子司业等职。世称"张水部""张司业"。张籍与王建、孟郊、韩愈（为其大弟子）、白居易交往密切，其乐府诗与王建齐名，并称"张王乐府"。《全唐诗》收存其诗五卷。

重阳日至峡道①

> 无限青山行已尽，
> 回看忽觉远离家。
> 逢高欲饮重阳酒，
> 山菊今朝未有花。

载《全唐诗》卷三八六（第六册4368页）

【注释】

① 峡道：峡谷中的道路。

【译文】

眼前无限青山路似已经走完，
回看来路忽觉已经远远离家。
登临高处欲饮佳酿庆贺重阳，
遗憾的是山菊今天尚未开花。

闲游

老身不计人间事，

野寺秋晴每独过。①

病眼校来犹断酒，②

却嫌行处菊花多。

载《全唐诗》卷三八六（第六册4370页）

【注释】

① 每：经常。

② 校：校正，校验。引申为治疗、调养。

【译文】

我自年老以后不再过问世事，

秋日晴朗常在野寺独自度过。

眼睛生病需要调养已经断酒，

却嫌行处菊花耀眼生长太多。

元稹（三首）

【作者简介】

元稹（779年—831年），字微之，别字威明，河南府东都洛阳（今河南洛阳）人。元稹聪明机智过人，少时即有才名，十五岁参加朝廷举办的"礼记、尚书"考试，实现两经擢第；二十三岁登吏部科后，历任秘书省校书郎、左拾遗、河南县尉、监察御史、中书舍人、翰林承旨学士、工部侍郎、宰相。出任同州刺史、浙东观察使兼越州刺史，复入朝为尚书左丞，再出任检校户部尚书，兼鄂州刺史、御史大夫、武昌军节度使。逝后追赠尚书右仆射。元稹与白居易二人为生死不渝的好友，共同倡导新乐府运动，世称"元白"，诗作号为"元和体"。《全唐诗》收存其诗二十八卷。

饮新酒

闻君新酒熟，^①

况值菊花秋。

莫怪平生志，^②

图销尽日愁。^③

载《全唐诗》卷四一〇（第六册4562页）

【注释】

① 熟：好，成功。

② 怪：怨，责备。

③ 销：通"消"，消除，消散。尽日：终日，整天。

【译文】

听说您家里的新酒已经酿成，

况且正赶上菊花盛开的晚秋。

畅饮时莫怪与平生志向不符，

一醉方休全为消除整日忧愁。

菊花

秋丛绕舍似陶家，^①

遍绕篱边日渐斜。

不是花中偏爱菊，

此花开尽更无花。

载《全唐诗》卷四一一（第六册4568页）

【注释】

① 秋丛：指菊花。

【译文】

秋菊丛丛绕房舍真像陶潜家，

菊花围绕篱笆太阳逐渐西斜。

不是因为各种花中更爱秋菊，

只因菊花谢后再无其他鲜花。

奉和严司空重阳日同崔常侍崔郎中及诸公登龙山落帽台佳宴①

谢公愁思渺天涯，②

蜡屐登高为菊花。③

贵重近臣光绮席，④

笑怜从事落乌纱。⑤

萸房暗绽红珠朵，

茗碗寒供白露芽。⑥

咏碎龙山归去号，⑦

马奔流电妓奔车。⑧

载《全唐诗》卷四一三（第六册4584页）

【注释】

① 令狐楚亦作《奉和严司空重阳日同崔常侍崔郎及诸公登龙山落帽台佳宴》诗（载《全唐诗》卷三三四，第五册3750页），有三处不同。严司空：即严绶，唐代中期名臣。唐代宗大历年间进士及第，历任要职，官至尚书左、右仆射、太子少保、司空、太傅。封扶风郡公、郑国公。崔常侍：即崔潭峻，为内常侍知省事，元和九年九月严绶任山南东道节度使率军征讨淮西吴元济叛乱时，任监军。其时元稹随军行动。本诗应在此期间所作。

② 谢公：指南朝诗人谢灵运。谢灵运（385年—433年），原名公义，字灵运，以字行于世，小名客儿，世称谢客。南北朝时期杰出的诗人、文学家、旅行家。渺：茫茫然，看不清楚。天涯：天的边缘，喻距离很远。

③ 蜡屐：《南史·谢灵运传》记载：谢灵运游山，必到幽深高峻的地方。他备有一种特制的木屐，屐底装有活动的齿，上山时去掉前齿，下山时去掉后齿。

④ 绮席：盛美的筵席。

⑤ 从事：指孟嘉。乌纱：乌纱是古代帽的一种，隋唐时，为正式官服的一个组

成部分，天子百官士庶都戴乌纱帽。整句参见"风吹落帽"典故。

⑥ 茗：指茶。白露芽：白露期间采摘制作的茶叶。

⑦ 咏碎：吟诗唱和尽兴。号：呼号，喊叫。

⑧ 流电：形容骑马奔驰的速度飞快。车奔：飞奔的车辆。

【译文】

谢灵运悲秋的诗情飘荡天涯，

换上木屐登高只为观赏菊花。

高官近臣竞相出席光耀盛宴，

笑怜当年孟嘉龙山风吹乌纱。

茱萸的花房结出红色的果实，

天气虽凉茶碗盛满白露香茶。

龙山吟诗尽兴人们呼喊归去，

骑士策马如电艺妓飞快驱车。

白居易（二十首）

【作者简介】

白居易（772年—846年），字乐天，号香山居士，又号醉吟先生，生于河南新郑。官至翰林学士、左赞善大夫，以刑部尚书致仕。逝后，赠尚书右仆射，谥号"文"。白居易是唐代伟大的现实主义诗人，唐代三大诗人之一。白居易与元稹共同倡导新乐府运动，世称"元白"，与刘禹锡并称"刘白"。白居易的诗歌题材广泛，形式多样，语言平易通俗，有"诗魔"和"诗王"之称。唐宣宗李忱诗赞："童子解吟《长恨》曲，胡儿能唱《琵琶》篇。"《全唐诗》收存其诗三十九卷。

禁中九日对菊花酒忆元九①

赐酒盈杯谁共持，

官花满把独相思。②

相思只傍花边立，

尽日吟君咏菊诗。

载《全唐诗》卷四三七（第七册4855页）

【注释】

① 禁中：指帝王所居宫内，也作"禁内"。元九：唐代诗人元稹的别称。元排行第九，因以称之。

② 宫花：宫中特制的花，供装饰之用。此处指菊花。满把：陶渊明九月九日无酒，於宅边菊丛中摘盈把，坐其侧，得王弘送酒。之后，摘菊盈把和白衣送酒成典。

【译文】

斟满御赐菊酒可与谁共饮，

手摘满把菊花无言独相思。

相思之时只是站在菊花旁，

终日吟诵元君所作咏菊诗。

171

送王十八归山寄题仙游寺①

曾于太白峰前住，②

数到仙游寺里来。③

黑水澄时潭底出，④

白云破处洞门开。⑤

林间暖酒烧红叶，

石上题诗扫绿苔。

惆怅旧游那复到，

菊花时节羡君回。

载《全唐诗》卷四三七（第七册4855页）

【注释】

① 王十八：即王质夫，生卒年不详，祖籍山东琅琊。其时于陕西周至县太白山仙游寺附近隐居，是作者好友，曾鼓动作者创作出千古绝唱《长恨歌》。

② 太白峰：即太白山，又名太乙山、太一山，秦岭主峰，在今陕西眉县、太白

县、周至县交界处。山峰极高，常有积雪，故名太白。

③ 仙游寺：位于周至县城南十七公里的黑水峪口。始建于隋文帝开皇十八年（598年），相传秦穆公之女弄玉与萧史的爱情故事发生在这里。

④ 黑水：即黑河，黄河支流渭河的右岸支流，流域全在周至县境内。古称芒水，以其出秦岭芒谷而得名；又因其水色黑，故称黑河。

⑤ 洞门：山洞口。开：显现。

【译文】

曾经在太白峰前居住过，

也曾数次到仙游寺里来。

黑河清澄时水潭底可见，

白云飘开处山洞门方开。

林中暖酒捡拾焚烧红叶，

石上题诗清扫干净绿苔。

心中惆怅何时旧地重游？

菊开时节羡慕君可返回。

晚秋夜

碧空溶溶月华静，①

月里愁人吊孤影。②

花开残菊傍疏篱，

叶下衰桐落寒井。

塞鸿飞急觉秋尽，③

邻鸡鸣迟知夜永。④

凝情不语空所思，⑤

风吹白露衣裳冷。

载《全唐诗》卷四三七（第七册4860页）

【注释】

① 溶溶：形容宽广的样子。月华：月光，月色。

② 月里愁人：指嫦娥。

③ 塞鸿：塞外的鸿雁。自北方南飞的雁群。

④ 永：本义为水流长。毛传称，"永，长"。形容永久、长久。

⑤ 凝情：情意专注。

【译文】

夜空宽广月光如水显得十分安静，

月中只看到嫦娥孤独愁苦的身影。

菊花开过又谢留些残花傍着疏篱，

桐树的叶子飘落掉进寒冷的水井。

塞外鸿雁感到秋将逝去匆匆飞过，

邻居鸡鸣的推迟是因为长夜难明。

不言不语地专注思考却不得头绪，

秋风吹袭白露相侵衣薄感到寒冷。

九日寄行简①

摘得菊花携得酒，

绕村骑马思悠悠。

下邽田地平如掌，②

何处登高望梓州。③

载《全唐诗》卷四三七（第七册4868页）

【注释】

① 行简：白行简（776年—826年），字知退，白居易之弟。元和二年（807年）进士，授秘书省校书郎，累迁司门员外郎，主客郎中等职。《全唐诗》收存其诗七首。

② 下邽（guī）：地名，在中国陕西省渭南县。

③ 梓州：今四川省三台县。唐至德二年（757年）分剑南为东川、西川，各置节度使。东川治梓州（今四川三台），辖区在四川盆地中部，大致包括今三台、中江、安岳、遂宁、重庆等。元和中，卢坦出任东川节度使，召白行简为掌书记。

【译文】

摘好了菊花带上了美酒，

骑马绕行村子思绪悠悠。

家乡田野象手掌般平坦，

何处登高可以眺望梓州？

秋晚

篱菊花稀砌桐落，

树阴离离日色薄。 ①

单幕疏帘贫寂寞， ②

凉风冷露秋萧索。

光阴流转忽已晚，

颜色凋残不如昨。

莱妻卧病月明时， ③

不捣寒衣空捣药。 ④

载《全唐诗》卷四三九（第七册4902页）

【注释】

① 离离：隐约貌。

② 单幕：单层的帷幕。疏帘：稀疏的竹织窗帘。

③ 莱妻：据汉刘向《列女传·贤明》载，莱子逃世耕于蒙山之阳，楚王遣使聘其出仕。其妻曰："妾闻之，可食以酒肉者，可随以鞭捶；可授以官禄者，可随以鈇鉞。今先生食人酒肉，受人官禄，为人所制也，能免於患乎？妾不能为人所制。"遂行不顾，至江南而止。老莱子乃随其妻而居之。后因以"莱妻"作为贤妇的代称。

④ 捣衣：即妇女把织好的布帛铺在平滑的砧板上，用木棒敲平，以求柔软熨贴，好裁制衣服，称为"捣衣"。多于秋夜进行。

【译文】

篱边菊花已稀阶旁梧桐叶落，

院中树阴隐约黄昏日色淡薄。

单层幕竹帘稀家居贫穷落寞，

凉风袭冷露侵遍野秋意萧索。

时间过得很快转眼就已天晚，

颜色憔悴灰暗竟是今不如昨。

贤妻生病卧床于秋高月明时，

没时间捣寒衣只能空捣苦药。

九日题涂溪①

蕃草席铺枫叶岸，②

竹枝歌送菊花杯。③

明年尚作南宾守，④

或可重阳更一来。

载《全唐诗》卷四四一（第七册4937页）

【注释】

① 涂溪：据《丰都县志》称，"涂溪，治南七十里"。"治"指县城。

② 蕃草：茂盛的芳草。

③ 竹枝歌：指当时流行于四川东部一带的民歌，形式多是七言绝句，其语言通俗，音调轻快。

④ 南宾守：即南宾太守。南宾郡，今重庆忠县，唐天宝初年（742年）改忠州为南宾郡。据《白居易年谱》，元和十五年（820年）夏，白居易任南宾太守。

【译文】

涂溪岸边枫树下草地铺上席子，

竹枝歌声中共饮菊酒高举酒杯。

如果明年我还继续任南宾太守，

或可与大家共度重阳再次前来。

寄王秘书①

霜菊花萎日，

风梧叶碎时。②

怪来秋思苦，

缘咏秘书诗。

载《全唐诗》卷四四二（第七册4958页）

【注释】

① 王秘书：即王建，他曾任秘书郎一职。

② 梧：梧桐。

【译文】

菊花在寒霜中枯萎之日，

正是梧叶风中破碎之时。

奇怪秋思为何这样痛苦？

只缘吟咏秘书所作的诗。

河亭晴望①

风转云头敛，②

烟销水面开。③

晴虹桥影出，④

秋雁橹声来。

郡静官初罢，⑤

乡遥信未回。

明朝是重九，

谁劝菊花杯。

载《全唐诗》卷四四七（第七册5056页）

【注释】

① 原诗题注："九月八日。"

② 敛：收起，收住。

③ 烟：云气。销：通"消"，消失，消散。

④ 晴虹：雨后天晴出现的彩虹。

⑤ 郡：此处形容官场。

【译文】

风儿调转方向天上云头收起，

河上云气消失水面清朗廓开。

雨后彩虹河上桥梁交互显现，

长空雁鸣河面橹声竞入耳来。

官场攻讦渐平身居职务已罢，

家乡相距遥远至今尚无信回。

明天就是亲人团聚的重阳节，

不知谁在劝大家频举菊花杯。

重阳席上赋白菊

满园花菊郁金黄，①

中有孤丛色似霜。②

还似今朝歌酒席，

白头翁入少年场。③

载《全唐诗》卷四五〇（第七册5105页）

【注释】

① 郁金黄：花名，即金桂。形容菊花的颜色似金桂一般鲜艳。

② 孤丛：孤独的一丛。

③ 白头翁：老人。诗人自谓。

【译文】

满园菊花盛开像金桂般金黄，

中间却有一丛菊花洁白如霜。

宛如今天奏乐曲的丰盛酒席，

白发老人误入少年人的专场。

酬皇甫郎中对新菊花见忆^①

爱菊高人吟逸韵，^②

悲秋病客感衰怀。^③

黄花助兴方携酒，

红叶添愁正满阶。^④

居士荤腥今已断，^⑤

仙郎杯杓为谁排。^⑥

愧君相忆东篱下，

拟废重阳一日斋。^⑦

载《全唐诗》卷四五五（第七册5179页）

【注释】

① 皇甫郎中：即皇甫曙，字朗之，唐朝诗人，与白居易是亲家、酒友，两人屡有唱和，《全唐诗》收存其诗一首。见忆：敬辞。称别人回忆自己。

② 逸韵：高超的诗歌。

③ 病客：作者自称。衰怀：衰老、衰弱的情绪。

④ 阶：台阶。

⑤ 居士：通常将在家信众称为居士，即所谓居家修道之士。白居易晚年笃信佛教，号香山居士。

⑥ 仙郎：唐人对尚书省各部郎中、员外郎的惯称。杓（sháo）：同"勺"。

⑦ 拟：打算。

【译文】

君为爱菊高人正在吟咏高超诗句，

我乃悲秋病客深感衰老病弱悲哀。

新菊绽放助雅兴您携酒邀我前往，

红叶飘落增烦愁无意中已满台阶。

我已笃信佛教吃斋多年荤腥早断，

仙郎桌上酒具餐具不知为谁安排？

愧对您回忆当年东篱赏菊的情状，

重阳节我破例开斋与您畅饮开怀。

题龙门堰西涧^①

东岸菊丛西岸柳，

柳阴烟合菊花开。

一条秋水琉璃色，^②

阔狭才容小舫回。^③

除却悠悠白少傅，^④

何人解入此中来。

载《全唐诗》卷四五六（第七册5195页）

【注释】

① 龙门：在河南洛阳伊河边。

② 琉璃：亦作"瑠璃"。中国古代最初制作琉璃的材料，是从青铜器铸造时产生的副产品中获得的，经过提炼加工然后制成琉璃。琉璃的颜色多种多样，古人也叫它"五色石"。由于民间很难得到，所以当时人们甚至把琉璃看得比玉器还要珍贵。

③ 舫：能在湖里荡漾、装饰精丽的小游船，又称"画舫"。

④ 白少傅：即白居易，他晚年曾任太子少傅。

【译文】

东岸菊丛遍布西岸栽满柳树，

柳荫像云气合拢菊花已盛开。

秋天的堰西涧水似琉璃一般，

宽窄只能容一条小画舫往来。

除了悠闲自在的白少傅以外，

还有谁能来此流连观赏开怀？

和令公问刘宾客归来称意无之作^①

水南秋一半，^②

风景未萧条。

皂盖回沙苑，^③

蓝舆上洛桥。④

闲尝黄菊酒，

醉唱紫芝谣。⑤

称意那劳问，

请钱不早朝。⑥

载《全唐诗》卷四五六（第七册5197页）

【注释】

① 令公：即裴度（765年—839年），字中立，河东闻喜（今山西闻喜东北）人。唐代中期杰出的政治家、文学家。历仕穆宗、敬宗、文宗三朝，数度拜相。功封晋国公，世称"裴晋公"。逝后获赠太傅，谥号"文忠"，加赠太师。晚年留守东都时，与白居易、刘禹锡等唱酬甚密。《全唐诗》收存其诗一卷。刘宾客：即刘禹锡。

② 水南：洛阳在黄河以南。此处指洛阳地区。

③ 皂盖：古代官员所用的黑色蓬伞。沙苑：地名，疑指住所。

④ 舆：肩舆，即轿子。起初只是作为山行的工具，后来走平路也以它为代步工具。初期的肩舆为二长竿，中置椅子以坐人，其上无覆盖，很像四川现代的"滑竿"。后来，椅子上下及四周增加覆盖遮蔽物，其状有如车厢（舆），并加种种装饰，乘坐舒适。这种轿子就是"轿舆"，唐宋以后盛行。

⑤ 紫芝谣：即《紫芝曲》。传说是秦朝末年，由隐居在商山的"商山四皓"（分别为东园公、绮里季、夏黄公、甪里先生）所作。宋《乐府诗集·琴曲歌辞二》有名为《采芝操》的两个版本的诗歌。《紫芝曲》也泛指隐逸避世的歌或词。

⑥ 请钱：领受俸禄。

【译文】

洛阳地区秋天已过一半，

所幸风景依旧没有萧条。

随从撑伞一起回到沙苑，

接着乘坐蓝舆登上洛桥。

闲时邀好友品尝菊花酒，

醉了就一起吟唱《紫芝谣》。

何须劳您问什么叫称意？

领受俸禄而不用上早朝。

酬梦得穷秋夜坐即事见寄①

焰细灯将尽，②

声遥漏正长。

老人秋向火，③

小女夜缝裳。

菊悴篱经雨，

萍销水得霜。

今冬暖寒酒，

先拟共君尝。

载《全唐诗》卷四五六（第七册5197页）

【注释】

① 梦得：即刘禹锡。穷秋：晚秋，深秋。指农历九月。

② 焰：油灯的火焰。

③ 向火：面向火堆靠近取暖，即烤火，在中国北方地区的冬季犹为常见。

【译文】

灯芯的火焰变得细小即将熄灭，

夜间声音传得遥远而秋夜漫长。

晚秋天气变冷老人已开始烤火，

小女儿坐在灯下缝制过冬衣裳。

菊花憔悴凋萎因篱笆历经秋雨，

浮萍消失无踪缘池水铺满寒霜。

寒冬将至离不开每日温酒小酌，

还是准备先请您前来共同品尝。

与梦得沽酒闲饮且约后期①

少时犹不忧生计，

老后谁能惜酒钱。

共把十千沽一斗，②

相看七十欠三年。③

闲征雅令穷经史，④

醉听清吟胜管弦。⑤

更待菊黄家酝熟，⑥

共君一醉一陶然。

载《全唐诗》卷四五七（第七册5216页）

【注释】

① 沽：买。后期：后会之期。

② 十千：古时以一千文钱用绳穿起为一贯。十千，即十贯，亦称万钱。斗：量酒容器。古时斗的容量标准不一。曹植《名都篇》："归来宴平乐，美酒斗十千。"斗酒十千，形容酒的名贵。

③ 七十欠三年：白居易、刘禹锡都生于772年，写此诗时两人已六十七岁。

④ 雅令：中国民间饮酒时一种助兴取乐的游戏。酒令的一类，即文雅的酒令。它要求即席构思，或即兴创作诗词曲文、咏诵古人诗词歌赋。穷：穷尽，完结。经史：经，指经书，即儒家经典著作；史，指史书，即正史。经史子集，泛指我国古代典籍。

⑤ 清吟：清雅的吟诵。管弦：指管弦乐。

⑥ 酝：酿酒。

【译文】

少年时节不知为生计而忧虑，

老年已至谁还吝惜些许酒钱？

你我争拿十千钱买一斗好酒，

相顾双方都离七十还差三年。

闲来征求酒令穷究经典名籍，

微醺聆听吟咏胜过欣赏管弦。

待到菊花黄时自家酿酒成熟，

我再与君一醉方休共乐陶然。

九月八日酬皇甫十见赠①

君方对酒缀诗章，②
我正持斋坐道场。③
处处追游虽不去，④
时时吟咏亦无妨。
霜蓬旧鬓三分白，⑤
露菊新花一半黄。
惆怅东篱不同醉，
陶家明日是重阳。

载《全唐诗》卷四五七（第七册5217页）

【注释】

① 皇甫十：即皇甫曙。见赠：即赠送给我。
② 缀：连接，连缀。比如缀文，即作文章。
③ 持斋：指遵行戒律不用荤食。佛教修行制度之一。道场：佛、道二教诵经、修道的场所，亦指佛教徒诵经、修道的行为。
④ 追游：指寻胜而游；追随游览。
⑤ 鬓：脸旁靠近耳朵的头发，如鬓发、鬓角、鬓丝。

【译文】

君在边饮美酒边缀华美诗章，
我却持斋诵经修行坐在道场。
外出到处揽胜虽然不能前去，
随时吟咏作诗还是可行无妨。
寒霜已降映衬鬓角三分白发，
晨露沾湿菊花新蕾绽出半黄。
遗憾不能同赴东篱一起酣醉，
明天即陶潜当年醉酒的重阳。

杪秋独夜^①

无限少年非我伴，

可怜清夜与谁同。^②

欢娱牢落中心少，^③

亲故凋零四面空。

红叶树飘风起后，

白须人立月明中。

前头更有萧条物，

老菊衰兰三两丛。

载《全唐诗》卷四五七（第七册5218页）

【注释】

① 杪秋：晚秋。

② 清夜：清静的夜晚。

③ 牢落：犹寥落。形容稀疏零落貌。中心：即心中。

【译文】

成群结队的少年不是我的同伴，

可怜清静的夜晚无人在旁陪同。

欢场娱乐已寥落心中想得很少，

亲戚老友半凋零环顾四周皆空。

红叶飘落离树皆因秋风刮起后，

白须老人孤独地站在月光之中。

前面更有令人伤感的萧条物体，

三三两两的老菊衰兰惨对秋风。

酬梦得暮秋晴夜对月相忆

霁月光如练，①
盈庭复满池。
秋深无热后，
夜浅未寒时。
露叶团荒菊，②
风枝落病梨。
相思懒相访，
应是各年衰。

载《全唐诗》卷四五七（第七册5219页）

【注释】

① 霁月：指明月。练：白绢。
② 团：把东西揉成球形。

【译文】

夜空中月光如同白绢，
洒满庭院也洒满水池。
正值秋深不再炎热后，
也是秋凉未感寒冷时。
白露打叶团弄着荒菊，
秋风扫枝吹落了病梨。
相互思念却懒得相访，
应都是年老体力不支。

李留守相公见过池上泛舟举酒话及翰林旧事因成四韵以献之①

引棹寻池岸，②
移尊就菊丛。③

何言济川后，④
相访钓船中。
白首故情在，
青云往事空。
同时六学士，⑤
五相一渔翁。⑥

载《全唐诗》卷四五九（第七册5254页）

【注释】

① 李留守：即李程（766年—842年），字表臣，陇西成纪（今甘肃秦安西北）人。曾任唐朝宰相。《全唐诗》收存其诗五首。翰林：我国古代官名。唐玄宗时，从文学侍从中选拔优秀人才，充任翰林学士，专掌内命由皇帝直接发出的极端机密的文件，如任免宰相、宣布讨伐令等。由于翰林学士参与机要，有较大实权，当时号称"内相"。

② 棹（zhào）：划船的一种工具，形状和桨差不多。

③ 移尊：端着酒杯移动座位。

④ 济川：犹渡河。语出《书·说命上》："爰立作相，王置诸其左右。命之曰：'朝夕纳诲，以辅台德。若金，用汝作砺；若济巨川，用汝作舟楫。'"后多以"济川"比喻辅佐帝王。

⑤ 同时六学士：指李程及王涯、裴垍、李绛、崔群，与白居易同为翰林学士。

⑥ 五相一渔翁：六学士中除白居易外均担任过宰相。渔翁：白居易自谦之词。

【译文】

池中划船向岸边靠去，
端酒杯落座面对菊丛。
谁说宰相经国栋梁材，
竟然屈尊相访钓船中。
虽然年老感情依旧在，
志曾凌云往事已成空。
当年翰林同时六学士，
共出五个宰相一渔翁。

闰九月九日独饮^①

黄花丛畔绿尊前，

犹有些些旧管弦。

偶遇闰秋重九日，

东篱独酌一陶然。^②

自从九月持斋戒，

不醉重阳十五年。

载《全唐诗》卷四五九（第七册5254页）

【注释】

① 闰九月九日：闰月的重阳节。

② 陶然：喜悦、快乐貌。

【译文】

在盛开的菊花丛边端着酒杯，

耳畔似乎响起筵席上的管弦。

闰秋重阳节实在是难以相逢，

面对东篱独自饮酒我心陶然。

自从当年九月吃斋修行之后，

重阳节不再酣醉已有十五年。

重阳日

敬亭山外人归远，^①

峡石溪边水去斜。

茅屋老妻良酿酒，

东篱黄菊任开花。

载《全唐诗续拾》卷二八（第十五册11302页）

【注释】

① 敬亭山：位于安徽省宣城市区北郊，原名昭亭山，晋初为避帝讳，易名敬亭山，属黄山支脉，东西绵亘十余里。

【译文】

敬亭山外的人们从远方归来，
峡谷的溪水弯曲着流向山外。
农家老妇善于酿造香醇美酒，
东篱的黄菊花自由自在盛开。

杨衡

【作者简介】

杨衡，生卒年不详，字仲师，吴兴人。唐玄宗天宝年间（742年—756年），避世隐居至江西，与符载、李群、李渤（全唐诗作符载、崔群、宋济。此从《唐才子传》）等同隐庐山，结草堂于五老峰下，号"山中四友"。"四友"诗多写琴酒风月，遣怀寓意较清新流畅，以杨衡为好。其诗声韵奇拔，曾以"——鹤声飞上天"句闻名京都。《全唐诗》收存其诗一卷。

九日

黄菊紫菊傍篱落，
摘菊泛酒爱芳新。
不堪今日望乡意，①
强插茱萸随众人。

载《全唐诗》卷四六五（第七册5319页）

【注释】

① 不堪：难以承当，不可忍受。

【译文】

金菊紫菊挨着篱墙日渐衰落，
采菊制酒人们皆爱新鲜菊花。
重阳思乡的愁绪真难以忍受，
控制情绪强插茱萸跟随大家。

李德裕

【作者简介】

李德裕（787年—850年），字文饶，赵郡赞皇（今河北赞皇）人，唐代政治家、文学家、战略家，历任校书郎、监察御史、翰林学士、中书舍人、浙西观察使、兵部侍郎、郑滑节度使、西川节度使、兵部尚书、中书侍郎、镇海节度使、淮南节度使等职。他历仕宪宗、穆宗、敬宗、文宗、武宗、宣宗六朝，两次入朝为相，被拜为太尉，封卫国公。因党争倾轧，多次被排挤出京，最终被贬为崖州同户参军，逝于任上。逝后十年，唐懿宗恢复李德裕太子少保、卫国公的官爵，并加赠左仆射。《全唐诗》收存其诗一卷。

题罗浮石①

清景持芳菊，②
凉天倚茂松。③
名山何必去，
此地有群峰。

载《全唐诗》卷四七五（第七册5431页）

【注释】

① 原诗题注："刻于石上。"
② 清景：清丽的景色。
③ 茂：形容草木旺盛。

【译文】

手持芳菊欣赏清丽的景色，

天气凉爽背靠高大的青松。

游览为什么一定要去名山？

这里就有十分美丽的群峰。

李绅（二首）

【作者简介】

　　李绅（772年—846年），字公垂。祖籍亳州谯县（今安徽省亳州市谯城区）。出任端州（今广东肇庆）司马、江州刺史、滁州刺史、寿州刺史浙东观察使、汴州刺史、宣武军节度使、宋亳汴颖观察使，后入朝任中书侍郎、同中书门下平章事、尚书右仆射门下侍郎，封赵国公，居相位四年。逝后追赠太尉，谥号"文肃"。青年时写出了千古传诵的《悯农》诗二首，被誉为"悯农诗人"。李绅与元稹、白居易交游甚密，为新乐府运动的参与者。《全唐诗》收存其诗四卷。

重到惠山①

碧峰依旧松筠老，②

重得经过已白头。

俱是海天黄叶信，

两逢霜节菊花秋。③

望中白鹤怜归翼，

行处青苔恨昔游。

还向窗间名姓下，

数行添记别离愁。

载《全唐诗》卷四八二（第八册5521页）

【注释】

① 原诗题注："再到石泉寺内，有禅师鉴玄影堂，在寺南峰下。顷年与此僧同在惠山十年，鉴玄在寿春相访，因追旧欢。"诗尾有注："《万首绝句》分为二首。"惠山：坐落于江苏无锡西郊，属于浙江天目山由东向西绵延的支脉，南朝称历山，相传舜帝曾躬耕于此山。山有九陇，俗谓九龙山。惠山九峰中最著名的有三个山峰，即头茅峰、二茅峰、三茅峰。最高峰为三茅峰，海拔328.98米，周围约20平方公里。

② 筠：本义为竹子的青皮，借指竹子。

③ 霜节：指重阳节。

【译文】

青山依旧青翠松树竹林俱已见老，
重到惠山不复年轻已是白发满头。
两次皆是海天间黄叶飘落报秋信，
恰好都遇重阳节登高采菊赏金秋。
望长空白鹤南飞可怜归程路漫漫，
看行处青苔长满几多遗憾昔日游。
还是在墙壁上别人留言的空白处，
添上几行诗句寄托自己的离别愁。

入扬州郭①

菊芳沙渚残花少，
柳过秋风坠叶疏。
堤绕门津喧井市，②
路交村陌混樵渔。③
畏冲生客呼童仆，④
欲指潮痕问里闾。⑤
非为掩身羞白发，
自缘多病喜肩舆。

【注释】

① 原诗题注："潮水旧通扬州郭内，大历以后，潮信不通。李顾诗：'鸬鹚山头片雨晴，扬州郭里见潮生。'此可以验。"郭：在城的外围加筑的一道城墙，即外城。泛指城市。

② 门津：城门码头。井市：做买卖的市街。古代因井为市，故称。

③ 陌：田间东西方向的道路，泛指田间小路。渔樵：渔人和樵夫。

④ 畏冲：谨慎，谦虚。

⑤ 潮痕：潮退后留下的痕迹。里间：里巷，乡里。泛指民间。

【译文】

江中沙洲菊花飘香但开始凋落，
秋风吹过柳树树叶已日渐稀疏。
堤绕城门码头街市上喧闹不休，
城乡道路交错人流中可见樵渔。
谨慎的外来客人不断招呼童仆，
想弄清潮水痕迹还需请教里间。
并非自己年老白头而需要掩饰，
实是体弱多病只好选乘坐肩舆。

鲍溶

【作者简介】

鲍溶，生卒年不详，字德源，元和四年（809年）进士，是中唐时期的重要诗人。晚唐诗人、诗论家张为将其与白居易、孟云卿、李益、孟郊、武元衡并列。宋代欧阳修、曾巩等对他的诗歌也颇为欣赏。《全唐诗》收存其诗三卷。

暮秋与裴居晦宴因见采菊花之作①

菊花低色过重阳，②

似忆王孙白玉觞。③

今日王孙好收采，

高天已下两回霜。④

载《全唐诗》卷四八七（第八册5569页）

【注释】

① 原诗题注："一作暮作秋见菊。"暮秋：指秋末，农历九月。与：参加，参与。

② 低色：指银子成色不足。

③ 王孙：泛指贵族子孙，古时也用来尊称一般青年男子。觞（shāng）：古代酒具。

④ 两回霜：霜降之后，菊花苦味下降，甘味增加。

【译文】

过重阳看到菊花像白银一样，

想起王孙宴上白玉杯中酒香。

今天王孙肯定采摘很多菊花，

只因高天为菊花已降两场霜。

殷尧藩（二首）

【作者简介】

殷尧藩（780年—855年），浙江嘉兴人。唐元和九年（814年）进士，历任永乐县令、福州从事，后官至侍御史。他和沈亚之、姚合、雍陶、许浑、马戴是诗友，跟白居易、李绅、刘禹锡等也有往来。与韦应物投契莫逆。他性好山水，遍历晋、陕、闽、浙、苏、赣、两湖等地。曾说："一日不见山水，便觉胸次尘土堆积，急须以酒浇之。"《全唐诗》收存其诗一卷。

九日

万里飘零十二秋，

不堪今倚夕阳楼。

壮怀空掷班超笔，①

久客谁怜季子裘。②

瘴雨蛮烟朝暮景，③

平芜野草古今愁。④

酣歌欲尽登高兴，⑤

强把黄花插满头。

载《全唐诗》卷四九二（第八册5609页）

【注释】

① 班超（32年—102年）：字仲升，扶风郡平陵县（今陕西咸阳东北）人。东汉时期著名军事家、外交家，史学家班彪的幼子，其长兄班固、妹妹班昭也是著名史学家。班超为人有大志，不甘于为官府抄写文书，投笔从戎，随窦固出击北匈奴，又奉命出使西域，在三十一年的时间里，平定了西域五十多个国家，为西域回归、促进民族融合，做出了巨大贡献。

② 季子裘：战国时期苏秦"说秦王书十上而说不行，黑貂之裘弊，黄金百斤尽。资用乏绝，去秦而归。赢縢履跷，负书担橐，形容枯槁，面目黎黑，状有愧色。归至家，妻不下紝，嫂不为炊，父母不与言"。（《战国策·秦策一》）形容旅途或客居中处境困顿。

③ 瘴雨：指南方含有瘴气的雨。蛮烟：南方少数民族地区山林中的瘴气。

④ 平芜：指草木丛生的平旷原野。

⑤ 酣歌：纵情歌唱。

【译文】

离家万里在外漂泊整整十二年，

人落寞情难堪今天斜倚夕阳楼。

壮志满怀班超从戎空掷如椽笔，

久居客地苏秦落魄谁怜弊貂裘？

偏远南方淫雨瘴气是早晚情景，

荒芜平原野草连天乃古今忧愁。

纵情歌唱想要穷尽登高的兴致，

重阳尽情欢娱强把菊花插满头。

九日病起

重阳开满菊花金，
病起楮床惜赏心。①
紫蟹霜肥秋纵好，
绿醅蚁滑晚慵斟。②
眼窥薄雾行殊倦，
身怯寒风坐未禁。③
沈醉又成来岁约，④
遣怀聊作记时吟。

载《全唐诗》卷四九二（第八册5609页）

【注释】

① 楮（zhī）：支撑。
② 醅（pēi）：没过滤的酒，泛指酒。蚁：酒的泡沫。慵：困倦，懒得动。
③ 禁：忍耐，忍受。
④ 沈：同"沉"。

【译文】

重阳节田野开满金色的菊花，
久病起来支床赏菊愉悦身心。
降霜之后螃蟹更肥秋光真好，
酒绿泡滑晚餐时却懒得多斟。
看东西眼现薄雾行走很疲累，
身体弱畏惧寒风久坐也难禁。
开怀畅饮又成为来年的约定，
抒发情感权当纪实而把诗吟。

195

姚合（六首）

【作者简介】

　　姚合（约779年—约855年），字大凝，陕州（今河南陕县）人。唐宪宗元和十一年（816年）进士，授武功主簿。历任富平和万年县尉、监察御史、侍御史、户部员外郎，金州刺史、刑部和户部郎中、杭州刺史、右谏议大夫、给事中、陕虢观察使等职，终秘书少监。世称姚武功，其诗派称"武功体"。与贾岛友善，世称"姚贾"，苦吟诗派代表。姚合在当时诗名很盛，交游甚广，与刘禹锡、李绅、张籍、王建、杨巨源、马戴、李群玉等都有往来唱酬。逝后追赠礼部尚书。《全唐诗》收存其诗七卷。

九日寄钱可复①

数杯黄菊酒，

千里白云天。

上国名方振，②

戎州病未痊。③

静愁惟忆醉，

闲走不胜眠。

惆怅东门别，

相逢知几年。

载《全唐诗》卷四九七（第八册5685页）

【注释】

　　① 钱可复，生卒年不详，吴郡人。历任检校兵部郎中，兼御史中丞、凤翔节度副使，官至礼部郎中。《全唐诗》收录其诗一首。

　　② 上国：指唐朝。

　　③ 戎：古时对我国西方或北方少数名族称呼。

【译文】

闲时徐饮几杯黄菊美酒，

眼观窗外千里白云蓝天。

天朝经战乱刚有所恢复，

北方叛乱尚未解除遗患。

静思愁来只想起酒醉时，

闲来行走心烦难以成眠。

十分遗憾东门挥手一别，

再次相逢不知还要几年？

病中辱谏议惠甘菊药苗因以诗赠[①]

萧萧一亩宫，[②]

种菊十馀丛。[③]

采摘和芳露，[④]

封题寄病翁。[⑤]

熟宜茶鼎里，[⑥]

餐称石瓯中。[⑦]

香洁将何比，

从来味不同。

载《全唐诗》卷四九七（第八册5689页）

【注释】

①　辱：谦词，表示承蒙。谏议：古代官职。出于《后汉书·百官志二》，秦代置谏议大夫之官，专掌议论。以后历代屡有废置，至明初，废后不复置。惠：敬词，用于对方对待自己的行动，惠赠、惠临等。

②　萧萧：简陋，萧条。宫：古代对房屋、居室的通称，秦汉以后特指帝王之宫。此处用古意。

③　馀：同"余"。

④　和：连带。

⑤　封题：物品封装妥善后，在封口处题签。引申为书札。病翁：病重老人，作者自称。

⑥　茶鼎：饮茶器具。唐代诗人皮日休作《茶中杂咏·茶鼎》："龙舒有良匠，铸此佳样成。立作菌蠢势，煎为潺湲声。草堂暮云阴，松窗残雪明。此时勾复著，野

语知逾清。"（《全唐诗》卷六一一，第九册7106页）

⑦　称：同"秤"。衡器。战国时已有不等臂衡器。东汉以后演变为从秤星看重量的秤。瓯：小盆，杯子。

【译文】

简单寂静的庭院只有一亩大小，
院中普普通通种着菊花十来丛。
冒着霜露采摘菊瓣还带着露水，
包装封签后赠送给我这个病翁。
菊花成熟应当在茶鼎烹煮饮用，
做饭时称一点菊花放在石瓯中。
有何花卉能和菊花的芳洁相比？
它们的味道从来都和菊花不同。

秋日闲居二首（其一）

九陌宅重重，①
何门怜此翁。
荒庭唯菊茂，
幽径与山通。
落叶带衣上，
闲云来酒中。
此心谁得见，
林下鹿应同。

载《全唐诗》卷四九八（第八册5704页）

【注释】

①　九陌：汉时长安城中的九条大道。《三辅黄图·长安八街九陌》载，"《三辅旧事》云：长安城中八街，九陌"。指京城。

【译文】

都城大道繁华住宅重重密布，

谁在家中闲居谁来怜惜此翁？
庭院荒芜只有菊花格外茂盛，
门外幽静小路可与山中相通。
秋来落叶纷纷不时掉落身上，
天高白云悠悠竟然倒映酒中。
如此悠闲之心有谁能够看到？
只有林中鹿儿能够相互应同。

同卫尉崔少卿九月六日饮 ①

酒熟菊还芳，②
花飘盏亦香。③
与君先一醉，
举世待重阳。
风色初晴利，④
虫声向晚长。
此时如不饮，
心事亦应伤。

载《全唐诗》卷四九八（第八册5712页）

【注释】

① 卫尉：官名。始于秦，为九卿之一。唐沿置，设卿、少卿、丞等官，卿秩从三品，领武库、武器、守宫三署。少卿：官名。北魏太和时所设官名，北齐时为正卿的副职、隋唐至清亦沿置。

② 酒熟：酒酿制好了。

③ 盏：盛装液体的日常器具。此处指酒杯。

④ 风色：泛指天气。利：好。

【译文】

酒已酿好菊花还在竞相开放，
菊花香与盏中酒香均发清芳。
今天我先与君举杯酣醉一次，

举世都在等待几天后的重阳。
阴雨刚刚结束天气转向晴好，
气温回升晚间虫鸣变得悠长。
这样美好时刻如不开怀畅饮，
心中肯定会留下遗憾和哀伤。

九日忆砚山旧居

帝里闲人少，
谁同把酒杯。
砚山篱下菊，
今日几枝开。
晓角惊眠起，^①
秋风引病来。
长年归思切，
更值雁声催。^②

载《全唐诗》卷四九八（第八册5712页）

【注释】

① 晓角：报晓的号角声。
② 雁声：长空中南飞大雁鸣叫的声音。

【译文】

帝都繁华可闲人不多，
谁能常相聚首同举杯？
砚山旧居篱下的菊花，
今天能有几枝凌寒开？
清晨号角声惊醒睡眠，
秋风渐起引发疾病来。
常年都想着回归故里，
何况正值鸿雁归声催？

咏新菊

黄金色未足,^①

摘取且尝新。

若待重阳日,

何曾异众人。

载《全唐诗》卷五〇二(第八册5748页)

【注释】

① 黄金色:黄菊新绽的颜色。

【译文】

黄菊已经绽放但尚未成熟,

提前摘取下来先独自尝新。

如到重阳成熟时再去采撷,

那和普通人们有什么不同?

周贺(二首)

【作者简介】

周贺,生卒年不详,字南乡(《全唐诗》作南卿,此从《唐才子传》),东洛人(今四川广元西北)。工近体诗,格调清雅,与贾岛、无可齐名。宝历中(826年左右),姚合守钱塘,因往谒。姚爱其诗,加以冠巾,复姓氏,更名贺。《全唐诗》收存其诗一卷。

早秋过郭涯书堂^①

暑消冈舍清,^②

闲语有馀情。

涧水生茶味，③
松风灭扇声。
远分临海雨，
静觉掩山城。
此地秋吟苦，
时来绕菊行。

载《全唐诗》卷五〇三（第八册5768页）

【注释】

① 原诗题注："一作郭劲书斋。"
② 冈舍：山岗中的房舍。
③ 涧：即山涧。山间的水沟。

【译文】

早秋暑气已消山中房舍很清凉，
凉爽幽静之中朋友闲聊多有情。
山涧溪水煮茶格外甘甜增茶味，
松林清风凉爽听不见那摇扇声。
遥望远处海面已经有浓厚雨意，
静静感觉身边一切如常的山城。
身临此境想作诗吟秋却难落笔，
陷入苦思不时离座绕菊花徐行。

同徐处士秋怀少室旧居①

曾居少室黄河畔，
秋梦长悬未得回。
扶病半年离水石，②
思归一夜隔风雷。③
荒斋几遇僧眠后，④
晚菊频经鹿踏来。

灯下此心谁共说，

傍松幽径已多栽。

载《全唐诗》卷五〇三（第八册5769页）

【注释】

①　原诗题注："一作秋日同朱庆馀怀少室旧隐。"少室：即少室山，又名"季室山"，位于今天的河南登封市西北。少室山包含的三十六峰山势陡峭险峻，奇峰异观比比皆是，是嵩山森林公园的重点景区。少室山东面与太室山相对，距太室山约十公里。传说，夏禹王的第二个妻子涂山氏之妹栖于此，人于山下建少姨庙敬之，故山名谓"少室"。

②　水石：泉石。多借指清丽胜景。

③　风雷：形容响声巨大。喻指喧嚣的环境。

④　荒斋：指旧居。

【译文】

曾经在黄河边的少室山居住，

秋归梦想一直未成至今未回。

生病半年离开多泉石的幽境，

亟想回归一夜以避尘世风雷。

荒废的旧居多次遇僧宿眠后，

林中晚菊开放常有鹿儿往来。

能和谁在灯下一起诉说此心？

松树作伴挨着幽径已经多栽。

郑巢

【作者简介】

郑巢，生卒年不详，钱塘人。唐玄宗大中年间（847年—859年），举进士。姚合为杭州刺史时，郑巢曾献诗游其门馆。颇受奖重，凡登览燕集，常在侧服侍。后不仕而终。《全唐诗》收存其诗一卷。

题崔行先石室别墅①

山空水绕篱，
几日此栖迟。
采菊频秋醉，
留僧拟夜棋。
桂阴生野菌，
石缝结寒澌。②
更喜连幽洞，
唯君与我知。

载《全唐诗》卷五〇四（第八册5779页）

【注释】

① 崔行先：生卒年、籍贯均不详，唐德宗（780年—804年）时人。
② 寒澌（sī）：指寒凉的冰。

【译文】

山中空寂溪水绕着别墅篱笆，
几天忙忙碌碌每天很晚休息。
赏秋采菊快意归来频频醉去，
主人挽留僧客准备灯下弈棋。
桂树阴处长出鲜美野生菌菇，
山间石缝开始凝结寒凉冰澌。
更喜突然发现石缝连着幽洞，
此事目前只有崔君和我知悉。

顾非熊

【作者简介】

顾非熊，生卒年不详，字不详，姑苏人，顾况之子。少时俊悟，一览成诵。困举场三十年。唐武宗久闻其诗名，会昌五年（845年）放榜，仍无其名，怪之。乃令有司进所试文章，追榜放令及第。大中间，为盱眙尉，不乐奉迎，更厌鞭挞，乃弃官隐茅山。《全唐诗》收存其诗七卷。

万年厉员外宅残菊①

才过重阳后，
人心已为残。②
近霜须苦惜，
带蝶更宜看。
色减频经雨，
香销恐渐寒。
今朝陶令宅，
不醉却应难。

载《全唐诗》卷五〇九（第八册5830页）

【注释】

① 万年：唐朝时期，长安为国都，设京兆府治理长安附近的二十多县，京兆府治所设于长安，长安城内以朱雀大街为界，以西设长安县，以东设万年县。长安县、万年县、京兆府，这三个政府机构的治所均设于长安城内。厉员外：厉玄，生卒年不详。姚合同时人。会昌中或大中初得官员外郎、万年令、侍御（殿中侍御史或监察御史）。与姚合、周贺、顾非熊、贾岛、无可等人互有诗作酬和。《全唐诗》收存其诗五首。

② 残：伤害，伤残。

【译文】

今年的重阳节才刚刚过去，
人们爱菊之心似已受伤残。

菊花遭遇霜露须苦苦珍惜，
蝴蝶飞舞菊间应多多相看。
菊花色退只因为频经风雨，
香气消逝恐怕是天气渐寒。
今天到了栽菊花的陶令家，
定要开怀畅饮想不醉都难。

张祜

【作者简介】

张祜（约785年—约849年），字承吉，唐代清河（今邢台市清河县）人。家世显赫，被人称作张公子，有"海内名士"之誉。早年曾寓居姑苏。唐穆宗长庆年间（821年—824年），令狐楚任天平军节度使时，亲自起草奏章向皇帝荐举张祜，把张祜的三百首诗献给朝廷。但为元稹所排挤，遂至淮南寓居，爱丹阳（古名曲阿）之地，隐居以终。《全唐诗》收存其诗二卷。

和杜牧之齐山登高①

秋溪南岸菊霏霏，②
急管烦弦对落晖。
红叶树深山径断，
碧云江静浦帆稀。③
不堪孙盛嘲时笑，④
愿送王弘醉夜归。
流落正怜芳意在，⑤
砧声徒促授寒衣。

载《全唐诗》卷五一一（第八册5867页）

【注释】

① 杜牧之：即杜牧。齐山：著名的齐山有二处，一在山东省淄博市，一在安徽

省池州市。此诗所说齐山是后者。唐会昌五年（845年）张祜来池州拜访杜牧，因二人都怀才不遇，同命相怜，故九日登齐山时，感慨万千，遂作此诗。杜牧作《九日齐安登高》一诗唱和安慰。

② 霏霏：指雨雪烟云盛密貌。泛指浓密盛多。

③ 江：指长江。池州位于长江南岸，登山可见长江江景。

④ 孙盛：生卒年不详，字安国。太原郡中都县（今山西平遥）人。东晋中期史学家、名士、官员。孙盛出身官宦名门，年轻时便以博学、善清谈而闻名，但在仕途上并不顺利，先后担任陶侃、庾亮、庾翼、桓温的僚佐，亦曾随桓温灭成汉，北伐收复洛阳，官至长沙太守，封吴昌县侯。晚年官至秘书监、给事中，后世称为"孙监"。

⑤ 芳意：对他人情意的美称。

【译文】

秋溪南岸的菊花长得繁密茂盛，

在庆贺重阳的乐声中面对余晖。

红叶飘落树大根深山路被隔断，

碧空白云江面安静江边白帆稀。

孙盛落魄时招人嘲笑令人不堪，

宁如陶潜有王弘送酒醉饮夜归。

流落江湖很珍惜您的深情厚谊，

不忍分别捣衣声声催促加寒衣。

裴夷直

【作者简介】

裴夷直，生卒年不详，字礼卿。河东（今山西永济）人。唐宪宗元和十年（815年）登进士第。唐文宗时（827年—840年），历右拾遗、礼部员外郎，迁中书舍人。唐武宗即位（841年），出刺杭州，斥骥州司户参军。唐宣宗初年，复拜江、华等州刺史。终散骑常侍。《全唐诗》收存其诗一卷。

和邢郎中病中重阳强游乐游原^①

嘉晨令节共陶陶，^②

风景牵情并不劳。

晓日整冠兰室静，^③

秋原骑马菊花高。

晴光一一呈金刹，^④

诗思浸浸逼水曹。^⑤

何必销忧凭外物，

只将清韵敌春醪。^⑥

载《全唐诗》卷五一三（第八册5898页）

【注释】

① 邢郎中：疑为邢蒉，《郎官石柱题名新着录》仓部郎中第九行有邢蒉，约唐文宗开成年间（836年—840年）任职。乐游原：在长安城南，是唐代长安城内地势最高地。汉宣帝立乐游庙，又名乐游苑。登上它可望长安城。乐游原在秦代属宜春苑的一部分，得名于西汉初年。

② 嘉：美好。令：美好。陶陶：欢乐、广大貌。

③ 整冠：整理帽子。兰室：指芳香典雅的居室。

④ 一一：每一个，指详尽、无遗漏。刹：佛教的寺庙。

⑤ 浸浸：渐渐，慢慢。逼：接近，靠近。水曹：唐朝为户部水部司郎官俗称。

⑥ 清韵：喻指铿锵优美的诗文。醪（láo）：醇酒。

【译文】

美好的重阳节早晨一起乐淘淘，

登高游览风景诱人并不觉疲劳。

太阳初升整理帽子居室很静雅，

骑马览秋乐游原菊花长势良好。

阳光普照四周显现出金色寺院，

面对美景郎中诗思涌现兴致高。

消除忧愁何必依靠外来的作用，

优美诗文可替代美酒开怀逍遥。

朱庆馀（五首）

【作者简介】

朱庆馀，生卒年不详，名可久，字庆馀，以字行。越州（今浙江绍兴）人。其诗辞意清新，描写细致，为张籍所赏识，一时名声大噪。宝历二年（826年）进士，官至秘书省校书郎。《全唐诗》收存其诗二卷。

山居

归来青壁下，①
又见满篱霜。
转觉琴斋静，②
闲从菊地荒。
山泉共鹿饮，
林果让僧尝。
时复收新药，③
随云过石梁。

载《全唐诗》卷五一四（第八册5912页）

【注释】

① 青壁：青色的石壁。
② 琴斋：置放和弹奏古琴的屋子。
③ 时复：时常。

【译文】

回到青色石壁下的居所，
又看到篱笆布满了秋霜。
转而觉得琴房过于安静，
闲时听任栽菊田块变荒。
屋旁山泉与鹿一起饮用，
园中林果请僧共同品尝。

时常外出山中收购新药，
身子随同云彩翻过石梁。

刘补阙西亭晚宴①

虫声已尽菊花干，
共立松阴向晚寒。
对酒看山俱惜去，
不知斜月下栏干。②

载《全唐诗》卷五一四（第八册5918页）

【注释】

①　刘补阙：即刘宽夫，字盛之，洺州广平人。宝历中，入为秘书省校书郎、监察御史、左补阙。

②　栏干：即栏杆。栏杆，中国古称阑干，也称勾阑，是桥梁和建筑上的安全设施，在使用中起分隔、导向的作用，使被分割区域边界明确清晰。

【译文】

昆虫鸣声已绝菊花也已干枯，
一起站在松阴下感受着晚寒。
饮美酒看青山大家不舍离去，
不知不觉月光已经斜照栏杆。

送僧

客行皆有为，①
师去是闲游。
野望携金策，②
禅栖寄石楼。③
山深松翠冷，
潭静菊花秋。④

几处题青壁，

袈裟溅瀑流。⑤

【注释】

① 客：旅客，旅居他乡的人。为：作为，做事。

② 金策：禅杖。

③ 栖：鸟在树枝或巢中停息。也泛指人居住或停留。

④ 秋：成熟。

⑤ 袈裟：佛教僧众所穿的法衣。

【译文】

路人行走都有事情要做，

禅师此去却是为了云游。

携带禅杖行走山野眺望，

要休息调整则寄身石楼。

大山深处松树寒中带翠，

静潭侧畔菊花临霜而秋。

山中青壁上留几处题字，

身着袈裟溅上飞泻瀑流。

旅中过重阳①

一岁重阳至，

羁游在异乡。②

登高思旧友，

满目是穷荒。

草际飞云片，

天涯落雁行。③

故山篱畔菊，④

今日为谁黄。

【注释】

① 旅：旅途。

② 羁：停留，滞留。

③ 雁行：大雁飞行的队形。

④ 故山：故乡，旧山。

【译文】

一年一度的重阳节已经到来，

只因旅途滞留我现人在他乡。

登高远眺思念家乡思念故友，

映入眼帘的却是四处的荒凉。

透过荒草看天上飘动的云彩，

长空南飞大雁降落天涯何方？

遥想故乡篱畔菊花已经绽放，

不知它们今天为谁吐露芳香？

观涛

木落霜飞天地清，①

空江百里见潮生。

鲜飙出海鱼龙气，②

晴雪喷山雷鼓声。③

云日半阴川渐满，

客帆皆过浪难平。

高楼晓望无穷意，

丹叶黄花绕郡城。

载《全唐诗》卷五一五（第八册5935页）

【注释】

① 木落：树叶凋落。

② 鲜飙：清新的风。

③ 晴雪：天晴后的积雪。

【译文】

树叶凋落霜花纷飞天地十分清朗，
江面宽阔足有百里亲见潮水发生。
清新海风刮过潮水似现鱼龙之气，
像晴后积雪滚动山岳发出擂鼓声。
云层遮日天空半阴潮水涨满江面，
众多帆船驶过潮头浪潮汹涌难平。
拂晓登楼眺望江海真是兴味无穷，
染霜红叶露中黄菊围绕妆扮郡城。

雍陶

【作者简介】

雍陶，生卒年不详，字国钧，成都（今四川成都）人。唐文宗大和八年（834年）进士，曾任侍御史。唐宣宗大中六年（852年），授国子毛诗博士。大中八年（854年），出任简州（今四川简阳县）刺史，世称雍简州。后为雅州刺史。常与王建、贾岛、姚合、章孝标等交往唱和。后辞官闲居，养疴傲世，不知所终。《全唐诗》收存其诗一卷。

寄永乐殷尧藩明府①

古县萧条秋景晚，
昔年陶令亦如君。
头巾漉酒临黄菊，②
手板支颐向白云。③
百里岂能容骥足，④
九霄终自别鸡群。
相思不恨书来少，

佳句多从阙下闻。⑤

【注释】

① 永乐：即永乐县，北周明帝时置，武帝时并入芮城县。唐武德元年（618年）复置，属芮州，后属鼎州，贞观八年（634年）改属蒲州，其原来所辖区域在山西省运城市境内，分属芮城县和永济市两地。

② 漉酒：指对新酿的酒进行过滤除去杂质。头巾漉酒：陶渊明好酒，以至用头巾滤酒，滤后又照旧戴上。后用滤酒葛巾、葛巾漉酒等形容爱酒成癖，嗜酒为荣，赞羡真率超脱。典出南朝梁萧统《陶靖节传》。

③ 颐：颊，腮。

④ 骥：指好马，一种能日行千里的良马。

⑤ 阙下：宫阙之下，借指帝王所居的宫廷。

【译文】

已是深秋古县城显得很萧条，
当年陶渊明做官做人也如君，
头巾滤酒就在黄菊侧畔酣醉，
手掌托腮面对南山静观白云。
百里行程不够骏马一天驰骋，
九天之上终究不见普通鸡群。
不尽相思未遗憾书信来往少，
锦言佳句多从帝王宫阙听闻。

杜牧（五首）

【作者简介】

杜牧（803年—约852年），字牧之，号樊川居士，京兆万年（今陕西西安）人。杜牧是唐代杰出的诗人、散文家，是宰相杜佑之孙，杜从郁之子。因晚年居长安南樊川别墅，以文会友，故后世称"杜樊川"。杜牧的诗歌在晚唐成就颇高，人称"小杜"，以别于杜甫。与李商隐并称"小李杜"。《全唐诗》收存其诗八卷。

九日齐安登高①

江涵秋影雁初飞，②
与客携壶上翠微。③
尘世难逢开口笑，
菊花须插满头归。
但将酩酊酬佳节，④
不用登临叹落晖。⑤
古往今来只如此，
牛山何必泪沾衣。⑥

载《全唐诗》卷五二二（第八册6011页）

【注释】

①　齐安：今湖北省麻城一带。

②　涵：形容水色碧绿深沉。

③　翠微：青翠的山色，形容山光水色青翠缥缈。也泛指青翠的山。

④　酩酊（mǐng dǐng）：醉得稀里糊涂，形容大醉。

⑤　登临：登山临水或登高临下，泛指游览山水。《楚辞·九辩》："憭栗兮若在远行，登山临水兮送将归。"

⑥　牛山：山名，在今山东省淄博市。《晏子春秋·内篇谏上》："（齐）景公游于牛山，北临其国城而流涕曰：'若何滂滂去此而死乎？'艾孔、梁丘据皆从而泣。"

【译文】

江水倒映秋影大雁刚刚南飞，
朋友相邀携酒共登峰峦翠微。
尘世烦扰纷呈难逢开口一笑，
菊花盛开之时要插满头而归。
只应纵情痛饮酬答重阳佳节，
不必登高忧愁悲叹落日余晖。
人生短暂从古到今终归如此，

何必像齐景公空对牛山泪垂。

将赴湖州留题亭菊①

陶菊手自种，②

楚兰心有期。③

遥知渡江日，

正是撷芳时。④

载《全唐诗》卷五二二（第八册6019页）

【注释】

①　湖州：州名，治所在乌程（今吴兴）。隋仁寿二年（602年）置州，因地滨临太湖得名。这首诗是诗人即将离开长安赴湖州任刺史时所作。

②　陶菊：陶渊明爱菊，并有"采菊东篱下，悠然见南山"的名句，故后人常以陶菊代菊花。

③　楚兰：兰，香草名。古代男女都佩用，以祛除不祥。因盛产于楚地，屈原《楚辞》中又多所歌咏，故称。期：期望，盼望。

④　撷：采摘，取下。撷芳：指采摘菊花。时：唐宣宗大中四年（850年）秋天，杜牧到任湖州刺史。

【译文】

长安庭院菊花是自己亲栽，

湖州的兰草也是心中所期。

遥知渡江赴湖州任职之日，

正是菊花成熟待采摘之时。

折菊

篱东菊径深，

折得自孤吟。

雨中衣半湿，

拥鼻自知心。①

【注释】

① 拥鼻：以手掩鼻闻、嗅花香。《晋书·谢安传》："安本为洛下书生咏，有鼻疾，故其音浊。后来之名流，爱其咏而不能及，故以手掩鼻以效之。"

【译文】

东篱旁小路已被菊花遮掩，

摘得菊花作诗篇独自沉吟。

在雨中漫步不觉衣已半湿，

闻菊花清香可比自己清心。

江上逢友人①

故国归人酒一杯，

暂停兰棹共裴回。②

村连三峡暮云起，③

潮送九江寒雨来。④

已作相如投赋计，⑤

还凭殷浩寄书回。⑥

到时若见东篱菊，

为问经霜几度开。

【注释】

① 《全唐诗》亦收存许浑同名诗（卷五三六，第八册6172页），有两字不同。

② 兰棹（zhào）：即兰舟。船的雅称。裴回：彷徨，徘徊不进貌。

③ 三峡：长江三峡简称。位于长江干流上，西起重庆市奉节县的白帝城，经过恩施，东至湖北省宜昌市的南津关，全长193公里，由瞿塘峡、巫峡、西陵峡组成。

④ 九江：古地名，见于《书·禹贡》："九江在南，皆东合为大江。"《晋太康地记》："九江，刘歆以为湖汉九水入彭蠡泽（今鄱阳湖）也。"

⑤ 投赋：即献赋，典故名，典出《史记·司马相如列传》。司马相如因汉武帝读《子虚赋》而发迹，后以"献赋"指作赋献给皇帝，用以颂扬或讽谏。

⑥ 殷浩（303年—356年）：字渊源（因《晋书》避唐高祖李渊之讳，故改为深源），陈郡长平（今河南西华）人，东晋时期大臣、将领。寄书：殷浩父名羡，字洪乔。东晋永和年间（345年—357年）被任命为豫章太守。据说，他离开都城建康（今江苏南京）前夕，不少人托他带了上百封书信。行至石头渚时，他启开这些书信，发现大多是嘱托人情的事。他非常反感，一怒之下，把这些信"悉掷水中"，并说："沉者自沉，浮者自浮，殷洪乔不能作致书邮。"后世有"洪乔遗误"的典故流传，把他看成是不负责的传信人。

【译文】

遇到返乡的旧友共同喝一杯，
船停江边一起岸边交谈徘徊。
村落连着三峡暮云遮天而起，
江流涌向九江寒雨不期而来。
我已经做好献赋皇帝的打算，
只能修封家书拜托友人带回。
如到我家中看到庭院的菊花，
请他问问菊花经霜何时绽开？

同赵二十二访张明府郊居联句①

陶潜官罢酒瓶空，
门掩杨花一夜风。（杜牧）②
古调诗吟山色里，③
无弦琴在月明中。（赵嘏）④
远檐高树宜幽鸟，
出岫孤云逐晚虹。（杜牧）⑤
别后东篱数枝菊，
不知闲醉与谁同。（赵嘏）

载《全唐诗》卷七九二（第十一册9007页）

【注释】

① 赵二十二：即赵嘏。

②　杨花：即柳絮。古代诗词中"杨柳"不是指杨树，而是指柳树，一般是指垂柳。柳絮，是柳树的种子和种子上附生的白色茸毛，随风飞散如飘絮，故称之。

③　古调诗：指汉魏以来形成的古体诗。

④　无弦琴：没有弦的琴。典出南朝梁萧统《陶靖节传》："渊明不解音律，而蓄无弦琴一张，每酒适，辄抚弄以寄其意。"

⑤　岫（xiù）：本意是指山穴、山洞，文言文中多指山峰。

【译文】

陶渊明罢官后时常酒瓶空空，
门口许多柳絮只缘一夜春风。（杜牧）

吟着古体诗行在如画山色里，
手抚无弦琴坐在皓洁月光中。（赵嘏）

高树远离房檐适宜鸟儿栖居，
云朵离开山峰追逐傍晚彩虹。（杜牧）

别后篱旁绽放数枝鲜妍菊花，
不知何人前来闲醉作伴陪同？（赵嘏）

许浑（六首）

【作者简介】

许浑（约791年—约858年），字用晦（一作仲晦），润州丹阳（今江苏丹阳）人。唐文宗大和六年（832年）进士及第，开成元年（836年）受卢钧邀请，赴南海幕府，先后任当涂、太平令，因病免。大中年间（848年—859年）入为监察御史，后出任润州司马。历虞部员外郎，转睦、郢二州刺史。晚唐最具影响力的诗人之一，后人有将其与诗圣杜甫齐名，并以"许浑千首诗，杜甫一生愁"评价之。晚年归润州丁卯桥村舍闲居，以丁卯名其诗集，后人因称"许丁卯"。《全唐诗》收存其诗十一卷。

早秋三首（其三）

蓟北雁犹远，^①

淮南人已悲。②

残桃间堕井，③

新菊亦侵篱。

书剑岂相误，

琴尊聊自持。④

西斋风雨夜，⑤

更有咏贫诗。

载《全唐诗》卷五二八（第八册6087页）

【注释】

① 蓟（jì）北：古州县名，辖区在今北京、天津部分地区。泛指北方。

② 淮南：汉置淮南国、淮南郡，唐置淮南道，辖区多有变化，一般指淮河以南地区。泛指南方。

③ 堕：掉下来，坠落。

④ 尊：酒杯，指代酒。自持：自我克制。

⑤ 西斋：指文人的书斋。

【译文】

北方大雁南飞的时间还比较远，

南方的人们已产生秋天的伤悲。

桃树残留的桃子陆续坠入井中，

菊蕾初显枝叶也长进庭院东篱。

秋天已到书法和剑道怎能耽误？

一年将尽抚琴和饮酒也须自持。

风雨的夜晚人在书斋勤奋学习，

更是心系百姓深情吟成咏贫诗。

经马镇西宅①

将军久已没，②

行客自兴哀。

功业山长在，

繁华水不回。

乱藤侵废井，

荒菊上丛台。

借问此中事，

几家歌舞来。

载《全唐诗》卷五二九（第八册6095页）

【注释】

①　原诗题注："一作马镇西故第。"马镇西：即马璘。马璘（721年—777年），字仁杰。岐州扶风（今属陕西）人。唐朝中期名将。曾任镇西节度使。后长年镇守西北，屡抗吐蕃。官至四镇北庭行营节度使、尚书左仆射，封扶风郡王。逝后获赠司徒，谥号"武"。马璘家境富有，在京师所建的宅第，极为奢侈，仅修建中堂就花费二十万缗，为功臣权贵中首屈一指。唐德宗李适即位后，严禁大臣的府第超过皇宫，并将马璘家的中堂拆毁，家园充公。马璘子孙皆纨绔，不久家产败尽。许浑因作此诗。

②　将军：指马璘。没：去世。

【译文】

镇西将军马璘去世已经很久，

前来参观诸人各露兴奋悲哀。

曾经创造的功业如青山永在，

将军府邸的繁华似流水不回。

园中乱藤爬进了废弃的水井，

荒草野菊长满了演戏的高台。

很想了解这里曾发生的事情，

只见几家歌舞表演迎面而来。

溪亭二首（其二）

暖枕眠溪柳，

僧斋昨夜期。①

茶香秋梦后，

松韵晚吟时。
共戏鱼翻藻，
争栖鸟坠枝。
重阳应一醉，
栽菊助东篱。

【注释】

① 僧斋：意思是请僧而供养斋食，兼有诵经略仪。期：约会。

【译文】

阳光暖枕在溪柳下惬意睡眠，
昨夜参加的僧斋是早已心仪。
饮茶飘清香梦醒秋光品茗后，
吟诗有韵味晚风独步松林时。
水中鱼儿一起嬉戏搅动水藻，
树上归鸟为争栖位坠下高枝。
重阳佳节开怀畅饮应有一醉，
皆因主人园中菊花栽满东篱。

寄题华严韦秀才院①

三面楼台百丈峰，
西岩高枕树重重。
晴攀翠竹题诗滑，
秋摘黄花酿酒浓。
山殿日斜喧鸟雀，
石潭波动戏鱼龙。②
今来故国遥相忆，③
月照千山半夜钟。

【注释】

① 作者亦作《长庆寺遇常州阮秀才》诗，"高阁晴轩对一峰，毗陵书客此相逢。晚收红叶题诗遍，秋待黄花酿酒浓。山馆日斜喧鸟雀，石潭波动戏鱼龙。上方有路应知处，疏磬寒蝉树几重。"（《全唐诗》卷五三六，第八册6162页）其中有三句基本相同。

② 鱼龙：鱼和龙，泛指鳞介水族。

③ 今来：当今，如今。故国：故乡。

【译文】

百丈峰下绕山三面都建有楼台，

只有西面峰岩似枕山上树重重。

晴天攀援翠竹题写诗句嫌竹滑，

秋日采撷菊花制作佳酿夸酒浓。

夕阳西下鸟雀归来大殿闹不停，

石中深潭波涛涌动无意戏鱼龙。

今天来到故乡遥想以前的事情，

月光如水照遍千山半夜僧敲钟。

颍州从事西湖亭宴饯①

西湖清宴不知回，②

一曲离歌酒一杯。

城带夕阳闻鼓角，③

寺临秋水见楼台。

兰堂客散蝉犹噪，④

桂楫人稀鸟自来。⑤

独想征车过巩洛，⑥

此中霜菊绕潭开。

载《全唐诗》卷五三五（第八册6153页）

【注释】

① 颖州：古县名，今安徽省阜阳市颖州区。从事：古代官名。即从吏史，亦称从事掾，汉刺史的佐吏。汉以后三公及州郡长官皆自辟僚属，多以从事为称。西湖：公元前1040年，周康王册封的妫髡（guī kūn）因迷恋汝坟西侧的一湖碧水，在这里建立御花园，这便是后世的颖州西湖，与杭州西湖、惠州西湖和扬州瘦西湖并称为中国四大西湖。

② 清宴：清雅的宴集。

③ 带：连着，附带。

④ 兰堂：芳洁的厅堂。

⑤ 桂楫：本意为桂木船桨，此处指华丽的船。

⑥ 征车：远行人乘的车。巩洛：为巩、洛二古地名的并称，地在今河南洛阳、巩义（旧称巩县）一带。

【译文】

参加西湖高雅的宴会不知返回，
唱一曲离别歌曲就喝美酒一杯。
古城连着夕阳能听到远方鼓角，
寺院面对秋水可看尽四方楼台。
送行的人散去时犹听到蝉声噪，
华丽游船人稀少鸟儿自行归来。
本想长途驱车一路兼程去巩洛，
颖州菊花已带霜绕着深潭绽开。

湖南徐明府余之南邻久不还家因题林馆

湘南官罢不归来，①
高阁经年掩绿苔。②
鱼溢池塘秋雨过，
鸟还洲岛暮潮回。③
阶前石稳棋终局，
窗外山寒酒满杯。
借问先生独何处，

一篱疏菊又花开。

【注释】

① 湘南：湘南，即湖南南部地区，一般指湖南省南部地区的郴州和永州，有时包括衡阳。官罢：解除官职。

② 高阁：高大的楼阁。经年：经过一年或若干年。指常年。

③ 洲岛：水中陆地。

【译文】

先生湘南去官后至今尚未归来，
他的旧居四处常年长满了绿苔。
秋雨过后池塘内鱼儿溢出池外，
晚潮回涌归巢的鸟儿陆续飞回。
阶前的石台还摆着终局的棋子，
面对窗外寒山曾经共斟满酒杯。
不知先生现在独自一人在何处？
故居篱旁的菊花又再一度盛开。

李商隐（四首）

【作者简介】

李商隐（约813年—约858年），字义山，号玉溪（谿）生，又号樊南生，郑州荥阳（今河南郑州荥阳市）人，晚唐著名诗人。唐文宗开成二年（837年），李商隐登进士第，曾任秘书省校书郎、弘农尉、盩厔县尉、盐铁推官等职。李商隐由于陷入"牛李党争"，一生仕途不得志，但在诗歌创作上有极大成就，在晚唐将唐诗推向新的高峰。和杜牧合称"小李杜"，李商隐又与李贺、李白合称"三李"。与温庭筠合称为"温李"，因诗文与同时期的段成式、温庭筠风格相近，且三人都在家族里排行第十六，故并称为"三十六体"。《全唐诗》收存其诗三卷。

菊

暗暗淡淡紫，①
融融冶冶黄。②
陶令篱边色，
罗含宅里香。③
几时禁重露，④
实是怯残阳。
愿泛金鹦鹉，⑤
升君白玉堂。⑥

载《全唐诗》卷五三九（第八册6222页）

【注释】

① 暗暗淡淡：形容色彩黯淡无光。

② 融融冶冶：形容色彩光润艳丽。

③ 罗含（293年—369年）：字君长，号富和，东晋桂阳郡耒阳（今湖南耒阳市）人。博学能文，不慕荣利，编苇作席，布衣蔬食，安然自得，被江夏太守谢尚赞为"湘中之琳琅"。桓温称之为"江左之秀"。官至散骑廷尉。年老辞官归里，比及还家，阶庭忽兰菊丛生，时人以为德行之感。

④ 禁：禁止，阻止。

⑤ 金鹦鹉：金制的状如鹦鹉螺的酒杯。

⑥ 升：摆进。白玉堂：指豪华的厅堂，喻朝廷。

【译文】

既有黯淡无光的紫菊开花，
也有光润艳丽的黄菊芬芳。
都是陶潜篱边菊花的色彩，
也有罗含家中菊花的清香。
菊花无畏严霜寒露的侵袭，
但实在是畏惧夏日的残阳。
愿制成美酒盛在金鹦鹉杯，
摆入君王将相酒宴的厅堂。

野菊①

苦竹园南椒坞边，②

微香冉冉泪涓涓。③

已悲节物同寒雁，④

忍委芳心与暮蝉。⑤

细路独来当此夕，⑥

清尊相伴省他年。⑦

紫云新苑移花处，⑧

不敢霜栽近御筵。⑨

载《全唐诗》卷五四〇（第八册6236页）

【注释】

① 原诗题注："又见《孙逖集》，题作《咏楼前海石榴》。"

② 苦竹：别名伞柄竹，植株呈小乔木或灌木状。椒：指花椒，芸香科植物，落叶灌木或小乔木。坞：四周高中间低的地方。

③ 冉冉：渐进地，缓慢地。泪：形容花上的露珠、水滴。涓涓：形容水流细微而缓慢地流动着。

④ 节物：具有季节性的景物。

⑤ 委：任，派。芳心：本意为具有香气的花蕊，引申为美好的心灵和情感。

⑥ 细路：小路。

⑦ 清尊：亦作清樽、清罇，酒器。亦借指清酒。省：检查，反省。

⑧ 紫云：即紫气。喻帝王、圣贤居住之所。

⑨ 敢：一作"取"。霜栽：指菊花。筵：古人席地而坐时铺的席，泛指筵席。

【译文】

在御苑苦竹园南边的椒坞旁边，

菊花微香冉冉花叶上露珠涓涓。

眼中景物与寒雁相同令人伤感，

忍忧愁将芳心付于悲鸣的秋蝉。

小路独自走来面对今天的傍晚，

清酒相伴浮想联翩凄凉忆当年。

皇宫新苑移栽奇花异卉难胜数，

却不敢让菊花登上皇家的宫廷。

九日①

曾共山翁把酒时，②

霜天白菊绕阶墀。③

十年泉下无人问，④

九日樽前有所思。⑤

不学汉臣栽苜蓿，⑥

空教楚客咏江蓠。⑦

郎君官贵施行马，⑧

东阁无因再得窥。⑨

载《全唐诗》卷五四一（第八册6280页）

【注释】

① 五代孙光宪《北梦琐言》中记载：在令狐楚去世后多年的某个重阳节，李商隐拜访令狐绹，恰好令狐绹不在家。在此之前，李商隐已曾经多次向身居高位的令狐绹陈诉旧情，希望得到提携，都遭到对方的冷遇。感慨之余，题本诗在令狐绹家的厅里，委婉地讽刺令狐绹忘记旧日的友情。

② 山翁：指令狐楚。把酒：指拿着酒杯的意思，也指饮酒。

③ 阶墀（chí）：台阶。亦指阶面。

④ 泉下：黄泉之下，指去世。

⑤ 九日：重阳节。

⑥ 汉臣：汉朝大臣。苜蓿：苜蓿是苜蓿属植物的通称，俗称金花菜，是一种多年生开花植物。主要用制干草、青贮饲料或用作牧草。原产地伊朗，汉朝时引入我国。

⑦ 楚客：指屈原（约前340—前278年），芈姓，屈氏，名平，字原；又自云名正则，字灵均。中国战国时期楚国诗人、政治家。任左徒、三闾大夫，兼管内政外交大事。屈原忠而被谤，身遭放逐，流落他乡，故称"楚客"。江蓠：是一种香草。屈原在《离骚》中有"览椒兰其若兹兮，又况揭车与江离"句。

⑧ 郎君：指令狐绹。行马：指官府门前阻拦人马通行的木架子。

⑨ 东阁：古代称宰相招致、款待宾客的地方。

【译文】

曾经和令狐老先生一起喝酒时，
满天寒霜庭园中白菊围绕阶梯。
老先生去世十年我也无人过问，
重阳节赏菊花端酒杯若有所思。
不学汉代将苜蓿从西域带回来，
空让楚国屈原绝望地咏叹江蓠。
郎君身居高官门前已安放行马，
今后东阁这种地方恐再难一窥。

和马郎中移白菊见示 ①

陶诗只采黄金实，②
郢曲新传白雪英。③
素色不同篱下发，④
繁花疑自月中生。
浮杯小摘开云母，⑤
带露全移缀水精。⑥
偏称含香五字客，⑦
从兹得地始芳荣。⑧

载《全唐诗》卷五四一（第八册6285页）

【注释】

① 马郎中：即前水部马郎中。

② 陶诗：东晋诗人陶渊明之诗。黄金实：金色的菊花。

③ 郢曲：郢是战国时楚国都城，郢城中有《下里巴人》《阳春白雪》等歌曲。此借《白雪歌》引出白菊之英。

④ 素色：白色。

⑤ 小：稍微。云母：呈现六方形的片状晶形，是主要造岩矿物之一，主要包括黑云母、金云母、白云母等。

⑥ 水精：即水晶。无色透明的结晶石英，是一种贵重矿石。

⑦ 称：适合。含香：《通典·职官四》："尚书郎口含鸡舌香，以其奏事答对，欲使气息芬芳也。" 五字客：裴松之注《三国志·魏志·钟会传》，《世语》曰："司马景王命中书令虞松作表，再呈，辄不可意，命松更定。以经时，松思竭不能改，心苦之，形于颜色。会察其有忧，问松，松以实答。会取视，为定五字，松悦服，以呈景王。王曰：'不当尔邪，谁所是也?'松曰：'钟会。'……王独拊手叹息曰：'此真王佐材也。'"以此喻马郎中。

⑧ 兹：此，这个。得地：犹得所。芳荣：形容花草繁荣，长势良好。喻得到认可、喜欢。

【译文】

陶渊明诗歌只吟诵金色的菊花，

郢都歌曲却歌唱白菊花的新英。

白菊颜色不同于东篱下的黄菊，

花朵洁白如霜令人疑是月中生。

摘几瓣浮杯上犹如白云母开放，

移动花蕊上的露珠像缀着水晶。

含香偏偏适合侍奉皇上的郎中，

从此白菊得其所在而广受欢迎。

郑史

【作者简介】

郑史，字惟直，生卒年不详。宜春（今属江西）人，郑谷之父。唐文宗开成元年（836年）进士。官国子博士、长史。唐懿宗咸通三年（862年）为永州刺史。与许浑、薛能、贾岛等人相熟。《全唐诗》收存其诗三首。

永州送侄归宜春①

宋玉正秋悲，

那堪更别离。

从来襟上泪，

尽作鬓边丝。

永水清如此，②

袁江色可知。③

到家黄菊坼，④

亦莫怪归迟。

载《全唐诗》卷五四二（第八册6314页）

【注释】

① 永州：位于湖南省南部，潇、湘二水汇合处，故雅称"潇湘"。宜春：位于江西省西北部，因"城侧有泉，莹媚如春，饮之宜人"，故名宜春。

② 永水：指湘江永州段。

③ 袁江：即袁河，又称"袁水"，河水自西向东流经宜春。

④ 坼（chè）：裂开。

【译文】

宋玉正在作悲秋的千古绝唱，

那堪悲上加悲亲人再次别离。

历来抛洒在襟前的离别之泪，

都化作离人鬓上的白发丝丝。

永州的江水是如此清澈碧透，

袁江的水色有多美可想而知。

到家时候黄菊可能已经盛开，

时间不足不要抱怨归程延迟。

喻凫

【作者简介】

喻凫，生卒年不详，《唐才子传》中载："凫，毗陵人，开成五年（804年），李从实榜进士，仕为乌程县令，有诗名。"《全唐诗》收存其诗六十五首。

绝句①

银地无尘金菊开，②

紫梨红枣堕莓苔。③

一泓秋水一轮月，④

今夜故人来不来。

载《全唐诗》卷五四三（第八册6332页）

【注释】

① 原诗题注："一作忆友人。"本诗与贯休《招友人宿》诗（《全唐诗》卷八三六，第十二册9500页），内容相同。绝句：又称截句、断句、短句、绝诗，属于近体诗的一种形式。绝句由四句组成，分为律绝和古绝，其中律绝有严格的格律要求。常见的绝句有五言绝句和七言绝句，六言绝句较为少见。

② 银地：满月时月光下的大地。

③ 莓苔：即青苔。

④ 泓：量词，指清水一道或一片。也作形容词，形容水深而广。轮：量词。

【译文】

月光洒满大地金色的菊花盛开，

成熟的香梨红枣纷纷坠落青苔。

看地上一泓秋水天上一轮明月，

不知道今夜老朋友会不会前来。

薛逢（四首）

【作者简介】

薛逢，生卒年不详，字陶臣，蒲州河东（今山西永济市）人。唐武宗会昌元年（841年）进士及第，初任秘书省校书郎。后历任万年尉、侍御史、尚书郎、秘书监、巴州刺史、蓬州刺史、太常少卿等职。因恃才傲物，议论激切，屡忤权贵，故仕途颇不得意。《全唐诗》收存其诗一卷。

杂曲歌辞·何满子[①]

系马宫槐老，

持怀店菊黄。[②]

故交今不见，

流恨满川光。[③]

载《全唐诗》卷二七（第一册390页）

【注释】

① 《全唐诗》另收存薛逢《河满子》一首："系马宫槐老，持杯店菊黄。故交今不见，流恨满川光。"（《全唐诗》卷五四八，第八册6387页）何满子：唐朝开元年间歌者，临刑哀歌一曲以自赎，竟不得免。后来此曲即以何满子为名。此调在唐五代时有五言四句、六言六句、七言四句三种声诗。

② 持怀：长久怀念。一作"持杯"。

③ 川光：波光水色。

【译文】

当年栓马的槐树已经老了，

萦绕胸间的菊景重现眼前。

知心的朋友再也不能相见，

我的悲伤充斥于江湖之间。

九日郡斋有感[①]

白日贪长夜更长，

百般无意更思量。

三冬不见秦中雪，[②]

九日惟添鬓畔霜。

霞泛水文沈暮色，[③]

树凌金气发秋光。[④]

楼前野菊无多少，

一雨重开一番黄。

载《全唐诗》卷五四八（第八册6381页）

【注释】

① 郡斋：郡守起居之处。

② 三冬：指冬季的三个月。也指冬季的第三个月，即农历十二月。秦：陕西省简称。唐朝以长安城（今西安）为首都，陕西地区再次成为统一王朝的京畿地。

③ 泛：透出，冒出。水文：水的波纹。

④ 凌：侵犯，欺侮。金气：秋气。

【译文】

希望白天长些实际上夜晚更长，
什么事情都无心去做更费思量。
寒冷的冬天未见京畿怎么下雪，
倒是度过重阳添鬓上白发如霜。
水面波纹折射晚霞暮色将来临，
秋气侵犯树木营造出大好秋光。
楼前田野开阔但并无多少野菊，
一场秋雨一场凉染秋菊一番黄。

九日嘉州发军亭即事 ①

三江分注界平沙，②
何处云山是我家。
舞鹤洲中翻白浪，
掬金滩上折黄花。
不愁故国归无日，
却恨浮名苦有涯。③
向暮酒酣宾客散，④
水天狼藉变馀霞。⑤

载《全唐诗》卷五四八（第八册6381页）

【注释】

① 嘉州：即今四川省乐山地区，位于四川盆地西南部。

② 三江分注：乐山城坐落在岷江、青衣江、大渡河三江交汇处。平沙：指广阔的沙原。

③ 有涯：有边际，有限。典出《庄子·养生主》："吾生也有涯，而知也无涯，以有涯随无涯，殆已。"

④ 向暮：傍晚。

⑤ 狼藉：杂乱不堪，乱七八糟。

【译文】

嘉州建在三江合流的广阔沙原上，

地域优美但哪里的云山是我的家？

美丽的舞鹤洲旁滚滚江水翻白浪，

宽阔的掏金滩上源源人群采黄花。

不担忧回归故园的时间遥遥无期，

只愤恨为浮名所累一生辛劳有涯。

傍晚时节酒到酣处宾客分别离去，

水天变得昏暗不清天际尚有余霞。

九日雨中言怀

糕果盈前益自愁，

那堪风雨滞刀州。①

单床冷席他乡梦，

紫椴黄花故国秋。②

万里音书何寂寂，③

百年生计甚悠悠。④

潜将满眼思家泪，⑤

洒寄长江东北流。

载《全唐诗》卷五四八（第八册6381页）

【注释】

① 刀州：指益州。益州为蜀地，亦为成都别名。东汉末年，刘焉为益州牧，移治于成都，用成都作为州、郡、县治地。

② 紫椴：椴树科，又名籽椴。落叶乔木，用材树种。

③ 音书：音讯，书信。

④ 悠悠：忧愁思虑的样子。

⑤ 潜：隐藏，秘密。

【译文】

眼前堆满糕点瓜果心中愈发忧愁，

哪能忍受凄风苦雨长期滞留刀州。

身处他乡单床冷席犹如做着噩梦，

面对紫椴黄菊心中只有故乡金秋。

家乡远隔万里不见书信多么寂寥，

终身生计彷徨无着心里甚是担忧。

暗地里流了多少哀伤悲苦思家泪，

且把泪水洒长江随波径向东北流。

赵嘏（六首）

【作者简介】

赵嘏（gǔ）（约806年—约853年），字承佑，楚州山阳（今江苏省淮安市淮安区）人。年轻时四处游历，唐文宗大和七年（833年）预省试进士下第，留寓长安多年，出入豪门以干功名。其间似曾远去岭表当了几年幕府。后回江东，家于润州（今镇江）。唐武宗会昌四年（844年，一说会昌二年）进士及第。会昌末或大中初复往长安，入仕为渭南尉。当时颇负诗名，曾有"残星数点雁横塞，长笛一声人倚楼"句，时人诵咏之，以为佳作，杜牧呼为"赵倚楼"。《全唐诗》收存其诗二卷。

重阳日示舍弟①

多少乡心入酒杯，

野塘今日菊花开。

新霜何处雁初下，

故国穷秋首正回。②

渐老向人空感激，

一生驱马傍尘埃。③

侯门无路提携尔，④

虚共扁舟万里来。⑤

载《全唐诗》卷五四九（第九册6416页）

【注释】

① 原诗题注："时在吴门。"

② 穷秋：晚秋，深秋。指农历九月。首：头。

③ 驱马：策马奔驰，喻勤奋敬业。尘埃：指社会的底层。

④ 侯门：指显贵人家。提携：字面意思为牵扶、携带，引申为扶植、提拔。
尔：文言人称代词，你。

⑤ 虚：内心怯懦。扁（piān）舟：小船。

【译文】

多少思乡心情一起入酒杯，

路边野塘今天初见菊花开。

新霜降落何处大雁已南下，

思念故乡晚秋人们头频回。

我渐老去只能向人空感激，

一生勤奋却总在底层徘徊。

与显贵没交情无法提携你，

一起怯懦乘船长途奔波来。

八月二十九日宿怀①

秋天晴日菊还香，

独坐书斋思已长。②

无奈风光易流转，③

强须倾酒一杯觞。④

载《全唐诗》卷五五〇（第九册6420页）

【注释】

① 宿怀：素来的情怀。

② 书斋：指书房。

③ 风光：指风景、景色，亦指繁华景象。

④ 觞（shāng）：本义为古代盛酒器，作为动词时有敬酒、饮酒的意思。

【译文】

晴朗的秋天菊花散发清香，

独自静坐书房里思绪漫长。

无奈美好的景象容易流逝，

还是满饮一杯酒强驱愁肠。

重阳

节逢重九海门外，①

家在五湖烟水东。②

还向秋山觅诗句，

伴僧吟对菊花风。③

载《全唐诗》卷五五〇（第九册6420页）

【注释】

① 海门：入海口。

② 五湖：概指南方的湖泊。烟水：为雾霭迷蒙的水面。

③ 风：指民歌,歌谣。

【译文】

欣逢重阳佳节身在入海口处，

家住在南方湖泊烟水的东边。

还要登高面向秋山寻觅诗句，

与僧人作伴吟诵菊花的诗篇。

重阳日即事

病酒坚辞绮席春，^①

菊花空伴水边身。

由来举止非闲雅，^②

不是龙山落帽人。

载《全唐诗》卷五五〇（第九册6420页）

【注释】

① 病酒：因病忌酒。绮席：盛美的筵席。

② 由来：事情发生的原因。

【译文】

有病忌酒坚决推辞盛美的酒宴，

芳香菊花就在水边陪伴孤独身。

这样的做法不是因为故作闲雅，

而是清楚自己并非才高风雅人。

重阳日寄韦舍人^①

节过重阳菊委尘，^②

江边病起杖扶身。

不知此日龙山会，

谁是风流落帽人。

载《全唐诗》卷五五〇（第九册6425页）

【注释】

① 韦舍人：韦瓘，属京兆韦氏龙门公房，十九岁应进士举，二十一岁状元及第。官授左拾遗，唐宪宗元和十五年（820年）提为右补阙，充任史馆修撰，迁司勋郎中，中书舍人，任楚州刺史、桂林观察使，授太子宾客。《全唐诗》收录其诗一首。

② 委：委靡，委顿，喻无精打采。

【译文】

重阳节过后菊花慢慢就会凋萎，

我在江边慢行拄着杖强撑弱身。

不知今天欢度重阳节的聚会中，

谁是才高儒雅风流倜傥的奇人？

留题兴唐寺^①

满水楼台满寺山，

七年今日共跻攀。^②

月高对菊问行客，

去折芳枝早晚还。^③

载《全唐诗》卷五五〇（第九册6425页）

【注释】

① 兴唐寺：传说隋大业十三年（617年）七月，唐军与隋军战于霍邑。秦王李世民一度被隋将宋老生追逃至霍山峪口（洪洞、霍州进霍山去古县之必经峡谷），山神显灵藏秦王于崖洞，并以飞鸟破洞口蛛网迷惑追兵离去，后又授秦王破敌神策，唐军大获全胜。唐贞观元年（627年），李世民下诏在峪口内中镇庙东南不远处建兴唐寺，派僧住持，四时祭祀，以谢霍山之神助唐夺得天下。

② 跻（jī）攀：攀登。

③ 芳枝：指菊花。

【译文】

水边尽是楼台山上皆是寺院，

连续七年的今天大家同登攀。

月亮高悬对着菊花询问行客，

你们去采菊花何时才能回还？

卢肇

【作者简介】

卢肇（818年—882年），字子发，江西宜春文标乡（现属新余市分宜县）人，唐武宗会昌三年（843年）状元（江西历史上第一个），先后在歙州、宣州、池州、吉州做过刺史。所到之处颇有文名，官誉亦佳，又因他是宰相李德裕的得意门生，入仕后并未介入当时的"牛李党争"，故一直为人们所称道。《全唐诗》收存其诗一卷。

题绿阴亭①

亭边古木昼阴阴，②
亭下寒潭百丈深。
黄菊旧连陶令宅，
青山遥负向平心。③

载《全唐诗》卷五五一（第九册6445页）

【注释】

① 此诗有两个版本，另一版本为《绿阴亭》："亭边古木昼阴阴，亭下寒潭百丈深。黄菊近连陶令宅，青山遥负向平心。人归别浦村烟敛，鱼跃澄波槛水沉。更爱玉琴调惠政，为君登此一开襟。"（《全唐诗补逸》，第十三册10504页）绿阴亭：是旧新喻县（今江西省新余市渝水区）的一处名胜，曾在宋朝两度重修。

② 昼：白天。

③ 负：背倚，背靠着。平心：使心情平和，态度冷静。

【译文】

绿阴亭边古木参天白天绿阴阴，
亭下清潭冒着寒意潭水百丈深。
潭边黄菊过去曾经连着陶令家，
背靠青山坐在亭里可修养身心。

孟迟

【作者简介】

孟迟，约生于795年，字迟之（一作升之），平昌人。孟迟为晚唐前期中下层寒士、幕府文人，困举场多年。于唐武宗会昌五年（845年）进士及第，入方镇幕府供职。有诗名，尤工绝句。与顾非熊甚相得，亦与杜牧友善。《全唐诗》收存其诗十七首。

题嘉祥驿①

树顶烟微绿，②

山根菊暗香。③

何人独鞭马，

落日上嘉祥。④

载《全唐诗》卷五五七（第九册6514页）

【注释】

① 嘉祥驿：古代洛阳通往长安的驿道称崤函古道，有南、北二条通道，南道设有11个驿站。其中有一重要驿站为临泉驿（现河南省洛宁县东宋镇官庄村附近），因此地在唐代置嘉祥里，因此临泉驿又称嘉祥驿。

② 绿：颜色昏暗，乌黑色。

③ 山根：山脚。

④ 落日：指夕阳下山。

【译文】

路旁大树顶上烟气已经发暗，

山脚下的野菊送来阵阵芳香。

什么人在独自驱策马儿赶路，

黄昏还一定要匆匆赶到嘉祥？

薛能

【作者简介】

薛能（约817年—约880年），字太拙，汾州人。会昌六年（846年）进士及第。曾任盩厔尉、观察判官、御史、都官、刑部员外郎，出任嘉州刺史，返朝任主客、度支、刑部郎中，再出任同州刺史、京兆大尹，官至工部尚书。后节度徐州，徙镇武昌，为叛军所杀。薛能耽癖于诗，日赋一章。诗僧无可称其"诗古赋纵横，令人畏后生"。《全唐诗》收存其诗二卷。

铜雀台①

魏帝当时铜雀台，②
黄花深映棘丛开。③
人生富贵须回首，
此地岂无歌舞来。

载《全唐诗》卷五六一（第九册6569页）

【注释】

① 全唐诗亦收录作者的《相和歌辞·铜雀台》（《全唐诗》卷十九，第一册218页），内容相同。铜雀台：位于今河北省邯郸市临漳县城西南18公里处，是全国重点文物保护单位。这里古称邺，古邺城始建于春秋齐桓公时。三国时期，曹操击败袁绍后营建邺都，修建了铜雀、金凤、冰井三台，即史书中之"邺三台"。

② 魏帝：曹操（155年—220年），字孟德，一名吉利，小字阿瞒，沛国谯县（今安徽亳州）人。东汉末年杰出的政治家、军事家、文学家、书法家，三国中曹魏政权的奠基人。其子曹丕称帝后，追尊曹操为武皇帝，庙号太祖。

③ 棘丛：丛生的荆棘。

【译文】

当年魏武帝修建了壮丽的铜雀台，
而今遗址上菊花夹在荆棘丛中开。
人生命运难预料富贵繁华要回头，
谁敢说此地再也没有笙歌曼舞来？

卢顺之

【作者简介】

卢顺之，生卒年不详，字子谟，范阳（今属河北）人，唐朝宰相卢杞之孙。唐宣宗大中年间（847年—859年）任桂管（唐朝政区，全称桂管都防御观察处置等使，驻桂州）从事。《全唐诗》收存其诗一首。

重阳东观席上赠侍郎张固①

渡江旌旆动鱼龙，②

令节开筵上碧峰。③

翡翠巢低岩桂小，④

茱萸房湿露香浓。

白云郊外无尘事，

黄菊筵中尽醉容。

好是谢公高兴处，⑤

夕阳归骑出疏松。

载《全唐诗》卷五六三（第九册6595页）

【注释】

① 东观：为广西桂林道观，又名庆林观。唐贞观十三年（639年）为桂州总管李靖建，唐太宗赐名"庆林观"。张固：侍郎。《全唐诗》收存其诗一首。

② 江：当指漓江。旌旆（jīng pèi）：犹尊驾，大驾，多用于官员。

③ 令节：指重阳节。

④ 翡翠：古代一种生活在南方的鸟，毛色十分美丽。雄性的为红色，谓之"翡"，雌性的为绿色，谓之"翠"。岩桂：也称少花桂，花簇生叶腋生成聚伞状，花小，黄白色，极芳香。

⑤ 谢公：指谢安。高兴：详见"谢家咏雪"典故。

【译文】

侍郎渡江的阵仗惊动了鱼龙，

重阳节宴请的筵席摆上碧峰。

翡翠鸟巢位置低下岩桂花小，

茱萸果实沾满露水香气更浓。

白云蓝天身处郊外没有俗事，

大家喝着菊花酒都呈现醉容。

好像在谢安开心评诗的地方，

夕阳西下骑马离开稀疏青松。

崔橹（二首）

【作者简介】

崔橹，唐宣宗大中（846年—859年）年间举进士（一作广明中进士），曾任棣州（今山东滨州市境内）司马。他善于撰写杂文，诗作以绝句成就最高。《全唐诗》收存其诗三十七首。

重阳日次荆南路经武宁驿①

茱萸冷吹溪口香，②

菊花倒绕山脚黄。

家山去此强百里，

弟妹待我醉重阳。

风健早鸿高晓景，③

露清圆碧照秋光。④

莫看时节年年好，

暗送搔头逐手霜。⑤

载《全唐诗》卷五六七（第九册6624页）

【注释】

① 次：旅行所居止之处所或途中暂时停留的住处。

② 冷吹：秋风吹拂。

③ 早鸿：清晨起飞的大雁。晓景：清晨的景色。

④　圆碧：圆润碧透。

⑤　搔：用手指甲轻刮。搔头：挠头。逐手：扎手、棘手。

【译文】

秋风吹拂溪口飘逸着茱萸的芳香，

菊花竞相开放绕着山脚一片金黄。

老家距离此地还有一百多里路程，

弟妹等我回家一同畅饮欢度重阳。

清晨秋风劲吹鸿雁高飞景色美丽，

绿叶露珠圆润碧透映照秋天风光。

别看上天眷顾似乎年年风调雨顺，

暗中送让人感到挠头扎手的露霜。

村路菊花

袅风惊未定，①

溪影晚来寒。

不得重阳节，

虚将满把看。②

神仙谁采掇，③

烟雨惜凋残。

牧竖樵童看，④

应教爱尔难。

载《全唐诗》卷八八四（第十三册10069页）

【注释】

①　袅风：微风，轻风。

②　虚：空。

③　神仙：比喻无牵无挂，逍遥自在的人。

④　牧竖：牧童。樵童：砍柴的儿童。

【译文】

在微风中摇曳似乎惊魂未定，

溪水映照花影傍晚已感凉寒。

现在并非登高赏菊的重阳节，

空采满把菊花自己观赏把玩。

那些隐士高人有谁前来摘采？

可惜只能任凭烟云风雨摧残。

唯有放牧砍柴的童子来相看，

要让他们爱上菊花应该很难。

李群玉（四首）

【作者简介】

李群玉（808年—862年），字文山，澧州（今湖南澧县）人。他"居住沅湘，崇师屈宋"，诗写得十分好。宰相裴休视察湖南，郑重邀请李群玉再作诗词。大中八年（854年），他"徒步负琴，远至辇下"，进京向皇帝奉献自己的诗歌三百篇。唐宣宗遍览其诗，称赞"所进诗歌，异常高雅"，并赐以"锦彩器物"，授弘文馆校书郎。三年后辞官回归故里，死后追赐进士及第。他与齐己、胡曾被列为唐代湖南三诗人。《全唐诗》收存其诗三卷。

九日越台①

旭日高山上，②

秋天大海隅。③

黄花罗粔籹，④

绛实簇茱萸。⑤

病久欢情薄，⑥

乡遥客思孤。

无心同落帽，

天际望归途。

载《全唐诗》卷五六九（第九册6647页）

【注释】

① 越台：指春秋时越王勾践登高远眺之所。故址在今浙江绍兴种山。

② 旭日：初升的太阳。

③ 隅：靠边的地方。

④ 罗：罗列，摆放。粔籹（jù nǚ）：古代的一种食品。以蜜和米面，搓成细条，组之成束，扭作环形，用油煎熟，犹今之馓子。又称寒具、膏环。

⑤ 绛：大红色。簇：聚集、丛凑或丛聚成的堆或团。

⑥ 欢情：欢乐的心情。

【译文】

初升的太阳出现在高山之巅，

迷人的秋天来到大海的一隅。

菊花成熟像罗列的食品粔籹，

到处可见到结满红果的茱萸。

久病的人很难有欢乐的心情，

客居他乡思念故里十分孤独。

无心像孟嘉一样去博取功名，

只能远眺天际极力看清归途。

金塘路中

山连楚越复吴秦，①

蓬梗何年是住身。②

黄叶黄花古城路，

秋风秋雨别家人。

冰霜想度商於冻，③

桂玉愁居帝里贫。④

十口系心抛不得，⑤

每回回首即长颦。⑥

【注释】

① 楚：战国七雄之一，最强盛时期，疆土西起大巴山、巫山、武陵山，东至大海，南起南岭，北至今河南中部、安徽和江苏北部、陕西东南部、山东西南部，幅员广阔。越：先秦古籍中对长江以南的汉地沿海一带部落统称之为"越"，文献上也称之为百越、诸越。吴：春秋诸侯国之一。吴国国境位于今苏皖两省长江以南部分以及环太湖浙江北部，太湖流域是吴国的核心。秦：指陕西和甘肃。特指陕西。

② 蓬梗：指如飞蓬断梗，飘荡无定。比喻飘泊流离。

③ 度：过，由此到彼。商於：古代秦楚边境地域名，以秦岭"商"开始以武关后"於"结束"六百里"地的合称，辖区主要在现陕西省商洛市境内。冻：即封冻，指江河湖泊或土地因严寒而冻结。

④ 桂玉：喻昂贵的柴米。

⑤ 十口系心：拆字，为"思"。

⑥ 颦（pín）：皱着眉头，形容忧愁。

【译文】

群山延绵连着秦楚吴越大地，
人如蓬梗漂泊何时能够停身？
黄叶飘落菊花凋萎行路古城，
秋风萧瑟秋雨连绵离别家人。
想冒冰霜返回家乡商於封冻，
京都柴米昂贵让人深感清贫。
思乡之心日益浓郁难以抛舍，
每次回首望乡总是皱眉伤心。

九日

年年羞见菊花开，
十度悲秋上楚台。①
半岭残阳衔树落，②
一行斜雁向人来。

249

行云永绝襄王梦，③
野水偏伤宋玉怀。④
丝管阑珊归客尽，⑤
黄昏独自咏诗回。

【注释】

① 楚台：指楚王梦遇神女之阳台。此处指登高之处。

② 衔：用嘴含，用嘴叼。

③ 襄王梦：据宋玉《神女赋》，楚襄王夜梦并追求神女，却被洁身自持的神女拒绝。神女"欢情未接，将辞而去"，楚襄王被拒绝后则"惆怅垂涕，求之至曙"。

④ 宋玉怀：指宋玉悲秋的情怀。

⑤ 阑珊：将尽，衰落。有凄凉、凄楚、凋零的含义，在中国古典诗词中经常出现。

【译文】

年年都羞于看见菊花的盛开，
因为悲秋连续十年登上楚台。
岭上的残阳似衔着树木落山，
空中一行斜雁向着人们飞来。
行云飘飞永远断绝襄王美梦，
荒野流水偏偏刺伤宋玉悲怀。
欢聚乐声将尽人们渐次归去，
我也在黄昏里吟着诗句返回。

重阳日上渚宫杨尚书①

落帽台边菊半黄，
行人惆怅对重阳。
荆州一见桓宣武，②
为趁悲秋入帝乡。③

【注释】

①　渚宫：春秋时楚成王所建，为楚的别宫，故址在古江陵县（今湖北荆州市）。南朝梁元帝在此即位，扩建宫苑，遗址渐埋。唐余知古搜录楚事，著《渚宫旧事》。杨尚书：即杨汉公，生卒年不详，唐宣宗年间（847年—858年）在世，字用义，虢州弘农（今河南省灵宝市境）人。官至工部尚书，后改任天平军节度使，死于任所。《全唐诗》收存其诗二首。

②　桓宣武：即桓温（312年—373年），字元子（一作符子），谯国龙亢（今安徽怀远龙亢镇）人。东晋政治家、军事家、权臣，谯国桓氏代表人物，死后谥号"宣武"。其子桓玄建立桓楚后，追尊为"宣武皇帝"。

③　帝乡：指皇帝住的地方。荆州历史厚重、文化灿烂，自公元前689年楚国建都纪南城，先后有六个朝代、三十四位帝王在此建都，是当之无愧的"帝王之都"。

【译文】

落帽台边上的菊花已经绽放，

行人到此莫名惆怅面对重阳。

荆州曾见桓温龙山宴请部属，

都趁此时抒发悲秋来到帝乡。

贾　岛（二首）

【作者简介】

贾岛（779年—843年），字阆（láng）仙，唐朝河北道幽州范阳县（今河北省涿州）人。贾岛屡举进士不第。唐文宗时任长江县（今四川蓬溪县）主簿，故被称为"贾长江"。后任普州司仓参军，卒于任所。其诗精于雕琢，喜写荒凉、枯寂之境，多凄苦情味，谓"两句三年得，一吟双泪流"。人称诗奴，自号"碣石山人"，与孟郊共称"郊寒岛瘦"，又称"苦吟诗人"。《全唐诗》收存其诗四卷。

对菊

九日不出门，

十日见黄菊。

灼灼尚繁英，^①

美人无消息。

载《全唐诗》卷五七一（第九册6685页）

【注释】

① 灼灼：花开鲜艳的样子。繁英：盛开的鲜花。

【译文】

重阳这天因故没有出门，

次日才看到盛开的黄菊。

菊花繁茂开得十分鲜艳，

美人为何迟迟没有消息？

喜雍陶至

今朝笑语同，

几日百忧中。

鸟度剑门静，^①

蛮归泸水空。^②

步霜吟菊畔，

待月坐林东。

且莫孤此兴，

勿论穷与通。^③

载《全唐诗》卷五七三（第九册6720页）

【注释】

① 剑门：即大剑山，在今四川剑阁县。

② 泸水：金沙江别名。三国时期称为泸水，宋代改名金沙江。蛮：我国古代称南方的民族。

③ 通：通达，顺通。

【译文】

今天相逢一起欢歌笑语，

我前几天都在忧虑之中。

百鸟飞过剑门显得寂静，

蛮人归去泸水更为幽空。

踏着白霜在菊花旁吟诗，

静待明月升空坐在林东。

千万不要孤独尽此逸兴，

一起欢乐不分穷困顺通。

温庭筠（二首）

【作者简介】

温庭筠（约812年—约866年），本名岐，字飞卿，太原祁（今山西祁县）人。温庭筠是唐初宰相温彦博之后，出生于没落贵族家庭，富有天赋，文思敏捷，每入试，押官韵，八叉手而成八韵，有"温八叉"之称。然而恃才不羁，纵酒放浪，因此得罪权贵，屡试不第，一生坎坷，终身潦倒。唐宣宗朝试宏辞，温庭筠代人作赋，因扰乱科场，贬为隋县尉。后襄阳刺史署为巡官，授检校员外郎。唐懿宗时曾任方城尉，官终国子助教。温庭筠与李商隐齐名，时称"温李"。在词史上，被尊为"花间词派"之鼻祖，其词今存七十余首，对词的发展影响较大，与韦庄齐名，并称"温韦"。文笔与李商隐、段成式齐名，三人在家族都排名十六，故称"三十六体"。《全唐诗》收存其诗九卷。

赠郑处士

飘然随钓艇，①

云水是天涯。

红叶下荒井，

碧梧侵古槎。②

醉收陶令菊，

贫卖邵平瓜。③

更有相期处，④

南篱一树花。

载《全唐诗》卷五八一（第九册6795页）

【注释】

① 艇：轻快的小船。

② 槎（chá）：树木的枝桠。

③ 邵平：生卒年不详，秦朝时期被封为东陵侯，负责看护管理秦始皇之父母庄襄王和赵姬的陵墓（在今西安市临潼区韩峪秦东陵）。秦为汉灭，沦为布衣，于长安城东南霸城门外种瓜，瓜味鲜美，皮有五色，世人称之"东陵瓜"。

④ 相期：期待，相约。

【译文】

飘然跟随钓鱼的小船，

四处云水落脚即天涯。

红叶随秋风飘落荒井，

碧绿梧叶长入老树桠。

开怀一醉摘取陶令菊，

潦倒落魄贩卖邵平瓜。

更有今后期期相约处，

届时南篱盛开一树花。

题僧泰恭院二首（其二）

微生竟劳止，①

晤言犹是非。②

出门还有泪，

看竹暂忘机。③

爽气三秋近，

浮生一笑稀。④

故山松菊在，

终欲掩荆扉。

载《全唐诗》卷五八一（第九册6797页）

【注释】

① 微生：细小的生命；卑微的人生。劳止：辛劳，劳苦。

② 晤言：见面谈话，当面谈话。是非：因唐宣宗爱《菩萨蛮》词，宰相令狐绹曾假温庭筠作密进之，戒令勿泄，而温庭筠遽言于人，由是绹疏之。

③ 机：重要的事务。

④ 浮生：基本意思是空虚不实的人生，指人生。

【译文】

卑微的人生竟一世劳碌，

当面谈话也会惹出是非。

出门的时候眼中还有泪，

观竹心情好竟忘了要事。

晚秋天气转凉十分清爽，

人生遇到困境一笑置之。

家乡的松树菊花都还在，

终将归居陋室暮掩柴扉。

刘沧（四首）

【作者简介】

刘沧，生卒年不详，字蕴灵，汶阳（今山东宁阳）人。据《唐才子传》，刘沧屡举进士不第，得第时已白发苍苍。调华原尉，迁龙门令。《全唐诗》收存其诗一卷。

秋夕山斋即事

衡门无事闭苍苔，^①

篱下萧疏野菊开。

半夜秋风江色动，

满山寒叶雨声来。

雁飞关塞霜初落，

书寄乡间人未回。^②

独坐高窗此时节，

一弹瑶瑟自成哀。^③

载《全唐诗》卷五八六（第九册6845页）

【注释】

① 衡门：横木为门，指简陋的屋舍，也指隐士的居处。苍苔：青色苔藓。

② 乡间：家乡，故里。

③ 瑶瑟：用玉装饰的琴瑟。

【译文】

身居陋室门户常闭渐生苍苔，

园中篱笆萧瑟野菊自然盛开。

半夜刮起秋风江中景色生动，

秋雨阵阵满山寒叶雨声袭来。

塞外鸿雁飞过寒霜已经降临，

书信寄回故里离人无法返回。

此时独坐高窗旁边思念家乡，

手弹一曲琴瑟不由深感悲哀。

罢华原尉上座主尚书 ^①

自怜生计事悠悠，

浩渺沧浪一钓舟。②

千里梦归清洛近，③

三年官罢杜陵秋。④

山连绝塞浑无色，

水到平沙几处流。

白露黄花岁时晚，

不堪霜鬓镜前愁。

载《全唐诗》卷五八六（第九册6858页）

【注释】

① 罢：去职。华原：华原县（今陕西铜川市耀州区）。自隋开皇六年（586年）改泥阳为华原县开始，直到元至元元年（1335年）撤华原入耀州，历时570余年。座主：唐宋时进士称主试官为座主。尚书：指郑熏。《唐才子传》卷八《刘沧传》载，（刘沧）"大中八年礼部侍郎郑熏下进士"。

② 浩渺：同"浩淼"，形容水面辽阔。沧浪：借指青苍色的水。

③ 清洛：指洛涧，今安徽洛河，源出安徽合肥，北流至怀远入淮河。

④ 杜陵：杜陵位于西安市三兆村南，是西汉后期宣帝刘询的陵墓。

【译文】

自我怜惜为了生计终日忙碌，

就像浩淼沧浪中的一条钓舟。

千里梦归家乡已经接近清洛，

任官三年结束杜陵又是金秋。

山连要塞浑然一体难分颜色，

水到平滩四处漫溢顺势分流。

霜露降临菊花凋萎岁时已晚，

双鬓雪白那堪对镜无限忧愁。

晚秋野望

秋尽郊原情自哀，

菊花寂寞晚仍开。

高风疏叶带霜落，
一雁寒声背水来。①
荒垒几年经战后，②
故山终日望书回。
归途休问从前事，
独唱劳歌醉数杯。③

载《全唐诗》卷五八六（第九册6859页）

【注释】

① 寒声：大雁鸣叫的声音。
② 垒：指军壁、防护军营的墙壁或建筑物。
③ 劳歌：忧伤、惜别之歌。

【译文】

秋天将尽看着郊原不由悲哀，
季节虽晚菊花迎寒寂寞绽开。
高空刮来秋风树叶带霜飘落，
大雁悲惨叫声遥从水面传来。
连续几年战乱堡垒都已荒废，
故乡亲人时刻盼望书信传回。
归家途中不要再问从前事情，
独自唱忧伤歌曲喝闷酒几杯。

送李休秀才归岭中

南泛孤舟景自饶，①
蒹葭汀浦晚萧萧。②
秋风汉水旅愁起，③
寒木楚山归思遥。④
独夜猿声和落叶，
晴江月色带回潮。

故园新过重阳节，⑤

黄菊满篱应未凋。

载《全唐诗》卷五八六（第九册6861页）

【注释】

① 饶：富足。

② 蒹葭：蒹，没长穗的荻；葭，初生的芦苇。汀：水边平地，小洲。萧萧：指风声、草木摇落声等。

③ 汉水：即汉江。

④ 寒木：泛指寒天的树木。楚山：泛指楚地之山。

⑤ 故园：旧家园，故乡。

【译文】

向南划着孤舟岸边景色丰饶，

生长芦荻的江州上晚风萧萧。

汉水伴秋风旅程忧愁上心头，

楚山看寒树归思情切路更遥。

夜间猿猴吼叫伴着落叶声音，

夜空月光映照着江中的回潮。

家乡亲人刚刚过完重阳佳节，

庭院篱下黄菊应该还未枯凋。

259

李郢（二首）

【作者简介】

李郢，生卒年不详，字楚望，京兆长安（今陕西西安）人。宣宗大中十年（856年），登进士第。初居余杭(今浙江杭州)，为藩镇从事，官终侍御史。其诗多写景状物，风格以老练沉郁为主。《全唐诗》收存其诗一卷。

重阳日寄浙东诸从事①

野人多病门长掩，②
荒圃重阳菊自开。
愁里又闻清笛怨，
望中难见白衣来。
元瑜正及从军乐，③
甯戚谁怜叩角哀。④
红旆纷纷碧江暮，⑤
知君醉下望乡台。

载《全唐诗》卷五九〇（第九册6905页）

【注释】

① 诸：姓。

② 野人：士人自谦之称。掩：关，合。

③ 元瑜：即阮瑀（约165年—212年），字元瑜，陈留尉氏（今河南开封市尉氏县）人，汉魏文学家，"建安七子"之一。年轻时曾受学于蔡邕，蔡邕称他为"奇才"。曹操请他做司空军谋祭酒官，军中檄文多出于他和陈琳之手。他的儿子阮籍、孙子阮咸皆当时名人，位列"竹林七贤"。

④ 甯（nìng，同"宁"）戚：生卒年不详，春秋时齐国大夫。长期任齐国大司田，成为齐桓公的主要辅佐者之一。叩角：甯戚早年怀才不遇。齐桓公即位后，任管仲为相，招才纳贤，励精图治。甯戚赁车为商贾，前往齐都临淄。天晚，露宿城门之外，遇齐桓公夜间到郊外迎客，便敲着牛角放声高歌："南山矸，白石烂，生不逢尧与舜禅。短布单衣适至骭，从昏饭牛薄夜半，长夜漫漫何时旦？"齐桓公听后对从者说："异哉，此歌者非常人也！"于是便把甯戚载回城中，拜甯戚为大夫。

⑤ 旆（pèi）：古代旗末端状如燕尾的垂旒。泛指旌旗。

【译文】

村野之人多病大门经常关闭，
花圃虽荒遇重阳节菊花自开。
愁绪万千听到院外笛声幽怨，
满怀希望难见白衣送酒前来。

阮瑀从军创作檄文感到快乐，
宵戚叩角高歌谁怜他的悲哀。
看到红旗纷纷碧江天色将晚，
知晓君酒宴结束醉下望乡台。

早发①

野店星河在，
行人道路长。
孤灯怜宿处，
斜月厌新装。②
草色多寒露，
虫声似故乡。
清秋无限恨，③
残菊过重阳。

载《全唐诗》卷八八四（第十三册10065页）

【注释】

① 早发：凌晨赶路。
② 斜月：重阳节是初九，是上弦月。新装：新造。此处指新建的旅店。
③ 清秋：特指深秋，亦指明净爽朗的秋天。

【译文】

旅店地处僻野可看到头顶星河，
外出行人要走的道路还很漫长。
旅店亮着孤灯可怜条件的简陋，
月亮斜挂天上厌恶旅社的装潢。
周边野草的叶子挂满寒冷露珠，
晚秋昆虫的哀鸣倒是近似故乡。
深秋的清冷使人深感悲伤遗憾，
身在他乡看残菊独自度过重阳。

公乘亿

【作者简介】

公乘（复姓，乘音shèng）亿，生卒年不详，字寿仙（一作寿山），魏州（今河北大名）人。他出身贫寒，以辞赋著名，年近三十而未第。曾大病，乡人误传已死。其妻赴京迎丧，相遇于途中，时夫妻相别已十余年，亿与之抱头痛哭。唐懿宗咸通十二年（871年）登进士第。唐僖宗乾符四年（877年），任万年县尉，后为京兆尹崔涆差为京兆府试官。后魏博节度使乐彦祯辟为从事，加授监察御史衔。唐昭宗（889年—904年）时，又为魏博节度使罗弘信从事。《全唐诗》收录其诗五首。

赋得秋菊有佳色

陶令篱边菊，

秋来色转佳。

翠攒千片叶，①

金剪一枝花。

蕊逐蜂须乱，②

英随蝶翅斜。③

带香飘绿绮，④

和酒上乌纱。⑤

散漫摇霜彩，⑥

娇妍漏日华。⑦

芳菲彭泽见，⑧

更称在谁家。⑨

载《全唐诗》卷六〇〇（第九册6999页）

【注释】

① 攒：聚集，凑集。

② 蜂须：蜂的触须。《埤雅》云："蜂蝶丑，皆以须嗅。"杜甫诗云："花蕊

上蜂须。"

③ 英：花朵，花瓣。

④ 绿绮：据传汉代司马相如得琴名"绿绮"，如获珍宝。司马相如精湛的琴艺配上绿绮绝妙的音色，使绿绮琴名噪一时。后来，"绿绮"就成了古琴的别称。号钟、绕梁、绿绮、焦尾，为我国古代四大名琴。

⑤ 乌纱：乌纱帽原是民间常见的一种便帽，官员头戴乌纱帽起源于东晋，但作为正式"官服"的一个组成部分，却始于隋朝，兴盛于唐朝，到宋朝时加上了双翅，明朝以后，乌纱帽才正式成为做官为宦的代名词。

⑥ 散漫：弥漫四散，遍布。霜彩：亦作"霜采"。霜的色彩。

⑦ 娇妍：美丽可爱。华：光辉，光芒。

⑧ 彭泽：指陶渊明。

⑨ 称：赞扬。

【译文】

好像陶渊明家东篱边的黄菊，

秋天来后竞相开放颜色益佳。

菊叶千片聚集一起染成翠绿，

花瓣盛开犹似金子剪成的花。

花蕊因蜜蜂触须采蜜被弄乱，

花瓣随蝴蝶翅膀扇动而歪斜。

菊花芳香伴着"绿绮"琴音飘荡，

花香和着酒香直让官员笑夸。

严霜铺洒大地折射异样色彩，

阳光映照菊花漏出鲜妍光华。

菊花的芳菲陶渊明曾经见过，

更称赞这样的仙菊开在谁家。

司马都

【作者简介】

司马都，生卒年、籍贯均不详，仅知为咸通（860年—874年）进士。从这首诗内容看，应与陆龟蒙同时代，并相熟。《全唐诗》收存其诗二首。

和陆鲁望白菊①

耻共金英一例开，②

素芳须待早霜催。③

绕篱看见成瑶圃，④

泛酒须迷傍玉杯。

映水好将蘋作伴，⑤

犯寒疑与雪为媒。⑥

夫君每尚风流事，⑦

应为徐妃致此栽。⑧

载《全唐诗》卷六〇〇（第九册7002页）

【注释】

① 陆鲁望：即陆龟蒙，字鲁望。

② 金英：喻黄色的花。一例：一律，同等。

③ 素芳：喻洁白的花。

④ 瑶：美玉，喻美好、珍贵，光明洁白。

⑤ 蘋（pín）：多年生水生蕨类植物，茎横卧在浅水的泥中，叶柄长，顶端集生四片小叶，全草可入药，亦可制作猪饲料。亦称"大萍""田字草"。

⑥ 犯寒：冒着寒冷。

⑦ 夫君：丈夫。每：常常。尚：喜欢，爱好。

⑧ 徐妃：徐昭佩（？—549年），东海郯县（今山东郯城北）人，梁元帝萧绎的正妻。因没有姿容，不被礼遇，数次戏弄萧绎，又与人私通，淫乱后宫。且性极妒忌，萧绎妃子有孕者便遭她杀害。终被梁元帝赐死。

【译文】

白菊不屑于和黄菊同时绽放，

洁白的花蕊需要等早霜相催。

白菊围绕篱墙犹如白玉花圃，

制成美酒令人不舍放下酒杯。

映照水面甘与水生植物作伴，

冒着寒冷盛开疑为白雪做媒。

丈夫经常会有一些风流韵事，

为教育徐妃们应将白菊多栽。

汪遵

【作者简介】

汪遵，生卒年不详，宣州泾县人（《唐诗纪事》作宣城人，此从《唐才子传》）。初为小吏，唐懿宗咸通七年（866年）进士及第。《全唐诗》收存其诗一卷。

彭泽①

> 鹤爱孤松云爱山，
> 宦情微禄免相关。②
> 栽成五柳吟归去，③
> 漉酒巾边伴菊闲。

载《全唐诗》卷六〇二（第九册7010页）

【注释】

①　彭泽：陶渊明曾为彭泽令，此处指陶渊明。

②　宦情：做官的志趣、意愿。微禄：微薄的俸禄。

③　五柳：陶渊明挂印隐居后，在其宅旁栽有五棵柳树，因以自号"五柳先生"。

【译文】

仙鹤喜爱孤松白云喜欢山峦，
当官的志趣与俸禄没有相关。
栽成五棵柳树吟着诗句归隐，
葛巾漉酒畅饮倒在菊边休闲。

许棠

【作者简介】

许棠，生卒年不详，字文化，宣州泾县（今安徽泾县）人。咸通十二年（871年），进士及第，任泾县尉，至任时，郑谷赠诗，有"白头新作尉"之句。后辞官，潦倒以终，为"咸通十哲"之一。以作洞庭诗著名，时号"许洞庭"。《全唐诗》收存其诗二卷。

白菊

所尚雪霜姿，①
非关落帽期。②
香飘风外别，
影到月中疑。
发在林凋后，
繁当露冷时。
人间稀有此，
自古乃无诗。

载《全唐诗》卷六〇四（第九册7038页）

【注释】

① 尚：尊重，推崇。
② 期：盼望，期望。

【译文】

人们推崇白菊的冰雪芳姿，
无关孟嘉龙山落帽的传奇。
清香随风飘溢仍能够辨别，
月下白菊犹如月中的仙子。
菊花初绽于树叶飘落之后，
盛开在严霜寒露降临之时。

人世间很少见到这种景象，

自古来鲜有吟诵白菊的诗。

皮日休（四首）

【作者简介】

皮日休（约838—约883年），字袭美，一字逸少，复州竟陵（今湖北天门）人。曾居住在鹿门山，道号鹿门子，又号间气布衣、醉吟先生、醉士等。咸通八年（867年）进士及第，历任苏州军事判官（《吴越备史》）、著作佐郎、太常博士、毗陵副使。后参加黄巢起义，或言"陷巢贼中"（《唐才子传》），起义失败后不知所踪。皮日休与陆龟蒙齐名，世称"皮陆"。其诗文兼有奇朴二态，且多为同情民间疾苦之作，被鲁迅赞誉为唐末"一塌糊涂的泥塘里的光彩和锋芒"。《全唐诗》收存其诗九卷。

奉和鲁望白菊

已过重阳半月天，

琅华千点照寒烟。①

蕊香亦似浮金靥，②

花样还如镂玉钱。③

玩影冯妃堪比艳，④

炼形萧史好争妍。⑤

无由撷向牙箱里，⑥

飞上方诸赠列仙。⑦

载《全唐诗》卷六一四（第九册7140页）

【注释】

① 琅华：又称"琅花"，指琅玕树所开之花，特指白玉雕制的花。此处用以形容白菊的芳姿。寒烟：寒冷的烟雾。

② 靥（yè）：酒窝儿，嘴两旁的小圆窝儿。

③ 镂（lòu）：雕刻，镂刻。钱：金属货币，特指铜钱

④ 玩影：弄影。移动物体使影子也随着摇晃或移动。冯妃：指北齐第五位皇帝高纬的宠妃冯小怜，以美丽著称。

⑤ 练形：气功术语，与炼神相对而言，指通过气功功法炼养形体。萧史：传说中春秋时的人物，善吹箫。汉朝刘向《列仙传·卷上·萧史》中记载："萧史善吹箫，作凤鸣。秦穆公以女弄玉妻之，作凤楼，教弄玉吹箫，感凤来集，弄玉乘凤、萧史乘龙，夫妇同仙去。"争妍：竞相呈美。

⑥ 无由：没有门径，没有办法。擿（tī）：挑出。牙箱：象牙制作的小箱子或象牙装饰的箱子。

⑦ 方诸：传说中仙人的住所。南朝梁陶弘景《真诰·协昌期一》："方诸正四方，故谓之方诸，一面长一千三百里，四面合五千二百里，上高九千丈。""方诸东西面又各有小方诸，去大方诸三千里，小方诸亦方面各三百里，周回一千二百里，亦各别有青君宫室，又特多中仙人及灵鸟灵兽辈。"

【译文】

重阳节已经过去半个月时间，
白菊依然花开灿烂衬照寒烟。
花蕊飘香好似金色笑靥浮动，
菊花形状犹如精工镂成玉钱。
摇曳的影子只有冯妃可媲美，
修成的形体可与萧史相争妍。
没有机会挑出花朵放入牙箱，
飞上仙人住所献给诸位神仙。

军事院霜菊盛开因书一绝寄上谏议①

金华千点晓霜凝，②
独对壶觞又不能。③
已过重阳三十日，
至今犹自待王弘。

载《全唐诗》卷六一五（第九册7149页）

【注释】

①　军事院：作者曾为军事判官，疑为作者任职场所庭院。绝：绝句。此处为七绝。谏议：官名，谏议大夫的简称。此处指崔璞。

②　华：古同"花"，花朵。

③　壶觞：指酒器。

【译文】

院中金花千朵被晨霜冻凝，

想对酒器独自畅饮却不能。

重阳节已经过了整整一月，

至今还在期待送酒的王弘。

友人许惠酒以诗征之 ①

野客萧然访我家，②

霜威白菊两三花。

子山病起无馀事，③

只望蒲台酒一车。④

载《全唐诗》卷六一五（第九册7150页）

【注释】

①　友人：疑为陆龟蒙。陆龟蒙有诗《和袭美友人许惠酒以诗征之》："冻醪初漉嫩如春，轻蚁漂漂杂蕊尘。得伴方平同一醉，明朝应作蔡经身。"（《全唐诗》卷六二九，第九册7264页）许惠：答应赠送。征：证明，证验。

②　野客：村野之人，多借指隐逸者。

③　子山：指庾信（513年—581年），字子山，小字兰成，南阳新野（今河南新野）人，南北朝时期文学家、诗人。

④　蒲台：蒲台县始设于隋开皇十六年（596年），撤销于1956年3月。其辖地现属山东省滨州市。

【译文】

隐逸高人来访问我萧条的家，

庭中白菊遭霜只剩几朵菊花。

庾信久病稍愈没有什么要求，
只盼望能得到蒲台美酒一车。

怀鹿门县名离合二首（其二）^①

十里松萝阴乱石，^②
门前幽事雨来新。^③
野霜浓处怜残菊，
潭上花开不见人。

载《全唐诗》卷六一六（第九册7156页）

【注释】

① 怀：思念，怀念。鹿门：即鹿门山，位于今湖北襄樊东之汉水北岸，东汉末高士庞德曾于此隐居，作者早年亦居于此。县：古同"悬"，悬念。离合：诗词创作的一种方法，即将地名、人名嵌入诗或寓意于诗中，让人去品味和猜测，是一种很有趣的文字游戏。皮日休《怀鹿门县名离合二首》全诗是："山瘦更培秋后桂，溪澄闲数晚来鱼。台前过雁盈千百，泉石无情不寄书。十里松萝阴乱石，门前幽事雨来新。野霜浓处怜残菊，潭上花开不见人。"巧妙地嵌入了鹿门山的六个地名。嵌入的方法是前一句的末一字与第二句的头一字组成一个地名，组成了桂溪、鱼台、百泉、石门、新野、菊潭六个地名。陆龟蒙见到皮日休这两首地名诗后，大加赞赏，随即作了《和袭美鹿门县名离合二首》："云容覆枕无非白，水色侵矶直是蓝。田种紫芝餐可寿，春来何事恋江南。竹溪深处猿同宿，松阁秋来客共登。封径古苔侵石鹿，城中谁解访山僧。"（《全唐诗》卷六三〇，第九册7282页）陆龟蒙这二首诗同样写鹿门景色，也用同样的方法离合了白水、蓝田、寿春、宿松、登封、鹿城六个地名。

② 松萝：又名女萝、松上寄生、树挂、海风藤、云雾草、老君须、树胡子等，属地衣门，松萝科植物，生于深山的老树枝干或高山岩石上，成悬垂条丝状。松萝有很强的抗菌和抗原虫的功能，有清肝，化痰，止血，解毒之用。

③ 幽事：幽景，胜景。

【译文】

山中松萝十里乱石满沟，
门前幽境因雨焕然一新。
山野浓霜覆盖可怜残菊，
深潭侧畔花开却未见人。

陆龟蒙（四首）

【作者简介】

　　陆龟蒙（？—881年），唐代农学家、文学家、道家学者，字鲁望，号天随子、江湖散人、甫里先生，长洲（今苏州）人。曾任湖州、苏州刺史幕僚，后隐居松江甫里（今甪直镇）。后封官左拾遗，未到任即卒。家多藏书，去世后，唐昭宗于光化三年（900年）追赠右补阙。史称其"癖好藏书"，收藏多至三万卷。陆龟蒙与皮日休交游甚密，世称"皮陆"，《全唐诗》收存其诗十四卷。

重忆白菊

我怜贞白重寒芳，①
前后丛生夹小堂。
月朵暮开无绝艳，②
风茎时动有奇香。
何惭谢雪清才咏，③
不羡刘梅贵主妆。④
更忆幽窗凝一梦，⑤
夜来村落有微霜。⑥

载《全唐诗》卷六二四（第九册7216页）

【注释】

　　① 贞白：守正清白。

　　② 月朵：白色的花朵。绝艳：艳丽无比。

　　③ 谢雪：谢指谢道韫。《世说新语》载："谢太傅（谢安）寒雪日内集，与儿女讲论文义。俄而雪骤，公欣然曰：白雪纷纷何所似？兄子胡儿曰：撒盐空中差可拟。兄女曰：未若柳絮因风起。公大笑乐。" 清才：卓越的才能。

　　④ 刘梅：《太平御览》卷三十："（南朝）宋武帝（刘裕）女寿阳公主人日卧于含章殿檐下，梅花落公主额上，成五出花，拂之不去。皇后留之，看得几时，经三日，洗之乃落。宫女奇其异，竟效之，今梅花妆是也。"贵主：公主。

⑤ 更：愈加，更加。

⑥ 村落：指村庄。

【译文】

我怜爱白菊守正清白凌寒开放，

前后都有菊花丛生映衬着住房。

白色的花朵开得较晚朴素无华，

秋风吹动菊茎送来一阵阵奇香。

白菊不惭于谢道韫吟诵的雪花，

也不羡慕寿阳公主的梅花艳装。

更加回想幽窗下曾做过的美梦，

昨天夜里村庄降下了一场微霜。

幽居有白菊一丛因而成咏呈知己①

还是延年一种材，②

即将瑶朵冒霜开。③

不如红艳临歌扇，④

欲伴黄英入酒杯。⑤

陶令接䍦堪岸著，⑥

梁王高屋好欹来。⑦

月中若有闲田地，

为劝嫦娥作意栽。⑧

载《全唐诗》卷六二六（第九册7240页）

【注释】

① 幽居：僻静的居处。此处指作者居所。成咏：诗篇作成。

② 延年：延长寿命。种材：菊之别名。

③ 瑶朵：洁白的花朵。

④ 歌扇：歌舞时用的扇子。指歌舞场所。

⑤ 黄英：黄色菊花。

⑥ 接䍦（lí）：白帽。岸：高大，伟岸。著：显著。

⑦　高屋：高屋帽是古代冠帽的一种。以纱帛等缝制，有卷荷、下裙、长耳诸样式，有白、黑等色。以白纱高屋帽为最贵，为天子首服，南朝天子宴私，都服白纱帽。欹（qī）：古同"攲"，倾斜。

⑧　作意：即着意。裁：安排。

【译文】

白菊也是延年益寿的一种菊花，

洁白的花朵即将冒着寒霜盛开。

不如歌舞表演的舞扇红艳夺目，

只想伴黄菊一起进入人们酒杯。

陶渊明戴着白帽显得伟岸突出，

梁王喜欢斜戴白纱高屋帽往来。

月亮之上如果还有闲置的田地，

要劝嫦娥有意安排把白菊多栽。

袭美醉中寄一壶并一绝走笔次韵奉酬①

酒痕衣上杂莓苔，②

犹忆红螺一两杯。③

正被绕篱荒菊笑，

日斜还有白衣来。

载《全唐诗》卷六二八（第九册7259页）

【注释】

①　袭美：即皮日休，字袭美。走笔：挥毫疾书。次韵：和诗的一种方式，按照原诗的韵和用韵的次序来和诗，也叫步韵。

②　莓苔：青苔。

③　红螺：亦称"红蠃"，软体动物名，壳薄而红，可制为酒杯。

【译文】

我的外衣遍布酒痕还夹杂着莓苔，

常想起和你端着红螺杯畅饮开怀。

绕篱盛开的菊花正嘲笑我的窘态，

黄昏时还有白衣把美酒诗作送来。

忆白菊

稚子书传白菊开，①
西成相滞未容回。②
月明阶下窗纱薄，
多少清香透入来。

载《全唐诗》卷六二八（第九册7262页）

【注释】

① 稚子：幼子，小孩子。

② 西成：指秋天庄稼已熟，农事告成。

【译文】

幼子来信说家中庭院白菊已开，
我因西行履职滞留有家不能回。
皓月照着庭院阶旁窗棂纱正薄，
多少菊花芳香借风阵阵飘进来。

张蕡（二首）

【作者简介】

张蕡，生卒年不详，字润卿，南阳人。大中年间（847年—859年）进士及第。曾隐于茅山。后寓吴中，与皮日休、陆龟蒙交好。唐末，为广文博士。《全唐诗》收存其诗十六首，另有与皮日休、陆龟蒙联句二首。

奉和袭美题褚家林亭

疏野林亭震泽西，①
朗吟闲步喜相携。

时时风折芦花乱，

处处霜摧稻穗低。

百本败荷鱼不动，②

一枝寒菊蝶空迷。

今朝偶得高阳伴，③

从放山翁醉似泥。④

载《全唐诗》卷六三一（第十册7284页）

【注释】

① 疏野：亦作"疎野""疎野"，指旷野。泽：古代的太湖被称为"泽"。

② 本：量词，株、棵，用于植物。

③ 阳：日光，阳光。

④ 从放：放纵。山翁：指晋朝山简（253年—312年），字季伦，河内怀县（今河南武陟西）人。历任太子舍人、黄门郎、青州刺史、镇西将军、尚书左仆射等职。逝后获赠征南大将军、仪同三司。《世说新语·任诞》："山简嗜酒，饮辄醉，醉后常倒戴头巾骑在马上，醉态可掬。"

【译文】

林亭处旷野但在湖西很有名气，

开心地在此吟诗闲步相互扶持。

秋风阵阵袭来将湖畔芦花吹乱，

寒霜处处摧残把田中稻穗压低。

湖里荷花已败鱼儿懒得水中戏，

亭旁寒菊凋萎蝴蝶飞来自迷离。

今天偶然碰到秋阳高照天气好，

犹如山翁放纵举杯痛饮醉如泥。

和鲁望白菊

雪彩冰姿号女华，①

寄身多是地仙家。②

有时南国和霜立，③

275

几处东篱伴月斜。

谢客琼枝空贮恨，④

袁郎金钿不成夸。⑤

自知终古清香在，

更出梅妆弄晚霞。⑥

载《全唐诗》卷六三一（第十册7284页）

【注释】

① 雪彩：光彩照人的姿色、气度。冰姿：淡雅的姿态。女华：菊花的别名。

② 寄身：托身。地仙：道教认为住在人间的仙人。

③ 南国：泛指我国南方。

④ 谢客：指谢灵运。谢灵运幼年时在钱塘道士杜炅的道馆中寄养，十五岁回建康，故小名客儿。琼枝：喻贤才。谢灵运"博览群书，文章之美，江左莫逮"，其诗与颜延之齐名，并称"颜谢"。唐朝李白、杜甫、王维、孟浩然、韦应物、柳宗元诸大家，都曾取法于谢灵运。其书法绘画亦有很高造诣。空贮恨：指谢灵运一生被排挤打击，最终被文帝以"叛逆"罪名杀害，终年49岁。

⑤ 袁朗：疑指袁绍。袁绍（？—202年），字本初，汝南汝阳（今河南省周口市商水县袁老乡袁老村）人。东汉末年军阀，曾"拥有四州，民户百万，以强则无与比大，论德则无与比高"（袁术语），是汉末最有实力的诸侯之一。金钿（diàn）：本意指嵌有金花的妇人首饰。喻金银财宝、财富。

⑥ 出：胜出，超出。梅妆："梅花妆"的省称。

【译文】

白雪的色彩淡雅的姿态号称女华，

白菊像仙女一样多半住在地仙家。

有的时候她在南方伴着寒霜静立，

有些地方她在东篱看着明月西斜。

谢灵运旷世奇才难得志空留遗憾，

袁本初富可敌国终失败有口难夸。

人们赞颂白菊从古到今清香永存，

更是胜出梅花弄妆哪怕艳如晚霞。

崔璞

【作者简介】

崔璞，生卒年不详，清河（今河北邢台清河县）人。唐懿宗咸通十年（869年），由谏议大夫出任苏州刺史（皮日休时为从事）。唐僖宗乾符元年（874年），由同州刺史任右散骑常侍。《全唐诗》收存其诗二首。

奉酬皮先辈霜菊见赠[①]

菊花开晚过秋风，

闻道芳香正满丛。

争奈病夫难强饮，[②]

应须速自召车公。[③]

载《全唐诗》卷六三一（第十册7287页）

【注释】

①　陆龟蒙有《奉和谏议酬先辈霜菊》诗，（《全唐诗》卷六二八，第九册7261页）后两句相同。皮先辈：指皮日休。

②　病夫：作者自称。

③　车公：指车胤（约333年—401年），字武子，南平郡人，东晋大臣。车胤勤奋不倦，博学多通。家中贫寒，常常缺少灯油，夏天夜里用白色丝袋盛装数十只萤火虫作照明读书，夜以继日。曾任主簿，后又迁为别驾、征西长史，于是显名于朝廷。车胤又善于赏玩集会，每有盛会而车胤不在，众人都说："没有车公不快乐。"

【译文】

菊花开得较晚秋风吹过，

闻到菊花芳香正满花丛。

怎奈身体有病实难强饮，

还是快请车公前来陪同。

郑璧

【作者简介】

郑璧，生卒年不详，唐末江南进士。与皮日休、陆龟蒙有交游和诗作唱
和。《全唐诗》收存其诗四首。

奉和陆鲁望白菊

白艳轻明带露痕，

始知佳色重难群。

终朝疑笑梁王雪，①

尽日慵飞蜀帝魂。②

燕雨似翻瑶渚浪，③

雁风疑卷玉绡纹。④

琼妃若会宽裁剪，⑤

堪作蟾宫夜舞裙。⑥

载《全唐诗》卷六三一（第十册7290页）

【注释】

① 梁王：指南朝白纱高屋帽，为天子首服。

② 蜀帝：指三国蜀汉怀帝刘禅（207年—271年），字公嗣，小名阿斗，刘备之子，又称后主，以懦弱慵懒著称。

③ 燕雨：有燕子绕飞其间的小雨。指秋雨。

④ 雁风：指秋风。绡（xiāo）：用生丝织的绸子。

⑤ 琼妃：美女，仙女。宽：宽松，松弛。

⑥ 蟾宫：月宫。

【译文】

白菊洁白艳丽带着露水的痕迹，

才知道佳色稀少贵重难以成群。

整天嘲笑梁王歪戴雪白高屋帽，

蜂蝶慵懒飞舞似被蜀帝附了魂。

秋雨落菊田像翻动白玉般的浪，

秋风吹白菊似卷起了白绸波纹。

仙女如果善于剪裁宽松的服装，

定会用来制作月宫夜舞的衣裙。

司空图（二十首）

【作者简介】

司空图（837年—908年），字表圣，自号知非子，又号耐辱居士。河中虞乡（今山西永济）人。唐懿宗咸通十年（869年）登进士第，被召为殿中侍御史，被唐僖宗封为知制诰、中书舍人。唐昭宗即位后，曾数次召他入朝，拜舍人、谏议大夫、户部侍郎、兵部侍郎等职，他都以老病坚辞不受。天复四年（904年），朱全忠（朱温）召为礼部尚书，司空图佯装老朽不任事，被放还。后梁开平二年（908年），唐哀帝被弑，他绝食而死，终年七十二岁。《全唐诗》收存其诗三卷。

重阳山居①

诗人自古恨难穷，②

暮节登临且喜同。③

四望交亲兵乱后，④

一川风物笛声中。⑤

菊残深处回幽蝶，

陂动晴光下早鸿。⑥

明日更期来此醉，

不堪寂寞对衰翁。

载《全唐诗》卷六三二（第十册7299页）

【注释】

① 作者共作了两首同名的《重阳山居》（另一首见本书292页）。

② 恨：愤怒，遗憾。
③ 暮节：重阳节。
④ 交亲：谓相互亲近，友好交往。
⑤ 川：平地，平野。风物：指风景和物品。
⑥ 陂：山坡，斜坡。

【译文】

诗人自古以来悲愤难以穷尽，
重阳登临倒和大家心情相同。
环顾亲朋好友饱经战乱之后，
眼前一川景色优美在笛声中。
菊花凋萎之后仍有幽蝶探寻，
晴光照耀山坡落下北来早鸿。
明天还想来此畅饮以求一醉，
实难忍受寂寞困扰衰弱老翁。

重阳

菊开犹阻雨，
蝶意切于人。
亦应知暮节，①
不比惜残春。

载《全唐诗》卷六三二（第十册7304页）

【注释】

① 暮节：指重阳节。

【译文】

菊花虽然已开但天在下雨，
蝴蝶无法采花比人更着急。
它也知道现在是晚秋时节，
与暮春情况实在无法相比。

白菊杂书四首（其一）

黄昏寒立更披襟，^①

露浥清香悦道心。^②

却笑谁家扃绣户，^③

正薰龙麝暖鸳衾。^④

载《全唐诗》卷六三三（第十册7308页）

【注释】

① 襟：上衣或袍子的胸前部分。

② 浥（yì）：湿润。道：自称。

③ 扃（jiōng）：关门。绣户：华丽的居室，多指女子的住所。

④ 薰：通"熏"，以气味或烟气熏制物品。龙麝：龙涎香与麝香的并称。鸳衾：绣着鸳鸯的锦被。

【译文】

在寒冷的黄昏里站立并添加衣服，

露水中菊花散发清香愉悦我的心。

可笑谁家关闭绣户门窗隔绝菊香，

正忙着熏龙麝香暖鸳衾以备安寝。

白菊杂书四首（其二）

四面云屏一带天，

是非断得自翛然。^①

此生只是偿诗债，

白菊开时最不眠。

载《全唐诗》卷六三三（第十册7308页）

【注释】

① 翛（xiāo）然：形容无拘无束的超脱貌或自由自在的样子。

【译文】

长天云层如屏只留一线蓝天，
是非辨别清楚心中超脱自然。
一生没有他求唯有偿还诗债，
白菊开时诗兴大发夜不成眠。

白菊杂书四首（其四）

黄鹂啭处谁同听，①
白菊开时且剩过。②
漫道南朝足流品，③
由来叔宝不宜多。④

载《全唐诗》卷六三三（第十册7308页）

【注释】

① 啭：鸟宛转地鸣叫。

② 剩：剩余，余下。

③ 流品：本指官阶，后泛指门第或社会地位。魏晋南北朝时，士族门阀制度盛行，入仕和婚姻都讲求门第。官吏选拔则采用九品中正制，又称九品官人法，就是按家世、行状（个人品行才能）将人才评定为九个等级。

④ 叔宝：指陈后主陈叔宝（553年—604年），字元秀，小字黄奴，南北朝时期陈朝最后一位皇帝。

【译文】

谁能与我同听黄鹂清脆的啼鸣，
白菊花开时只有我孤独的身影。
不要说南朝时期盛行门阀制度，
陈叔宝这类人很难为历史所容。

雨中

维摩居士陶居士，^①
尽说高情未足夸。^②
檐外莲峰阶下菊，^③
碧莲黄菊是吾家。

载《全唐诗》卷六三三（第十册7311页）

【注释】

① 居士：未做官的士人。佛教称在家修行的人为居士。维摩居士：根据《维摩诘经》记载，维摩居士自妙喜国土化生于娑婆世界，示家居士相，辅翼佛陀教化，为法身大士。陶居士：即陶渊明。

② 高情：高隐、超然物外之情。

③ 莲峰：西岳华山有莲花峰，高2083米。

【译文】

西域的维摩居士和中国的陶渊明，
倡导人们清净修行这没什么可夸。
我住所面对莲花峰阶下栽种菊花，
每天碧莲黄菊陪伴此处就是我家。

重阳阻雨

重阳阻雨独衔杯，^①
移得山家菊未开。^②
犹胜登高闲望断，
孤烟残照马嘶回。^③

载《全唐诗》卷六三三（第十册7311页）

【注释】

① 衔杯：亦作"衔盃""衔桮"，意为口含酒杯，多指饮酒。

② 山家：山野人家。

③ 嘶：指骡、马大声叫。

【译文】

重阳为秋雨所阻独自举杯，

走到山野人家菊花还没开。

但总胜于登高望断家乡路，

孤烟残照兵荒马乱险中回。

狂题二首（其二）

须知世乱身难保，

莫喜天晴菊并开。

长短此身长是客，①

黄花更助白头催。

载《全唐诗》卷六三三（第十册7314页）

【注释】

① 长短：指是非、对错。长：经常。

【译文】

须知身处乱世自己安全很难保证，

不要过于高兴天气晴好菊花盛开。

此身无论多少功过都是世间过客，

菊花年年开放让人感到衰老相催。

忆中条①

燕辞旅舍人空在，

萤出疏篱菊正芳。②

堪恨昔年联句地，

念经僧扫过重阳。

载《全唐诗》卷六三三（第十册7315页）

【注释】

① 中条：即中条山，位于山西省南部，黄河、涑水河间，横跨临汾、运城、晋城三市，居太行山及华山之间，山势狭长，故名中条。

② 萤：萤火虫。

【译文】

燕子南飞旅舍萧条人空在，

飞萤夜舞疏篱菊花正飘香。

遗憾当年友人吟诗联句地，

寺院念经僧人扫地过重阳。

华下对菊①

清香裛露对高斋，②

泛酒偏能浣旅怀。③

不似春风逞红艳，④

镜前空坠玉人钗。⑤

载《全唐诗》卷六三三（第十册7316页）

【注释】

① 华下：即华州（今陕西华县），作者曾旅居华州。乾宁三年到光化元年（896年—898年），唐昭宗被军阀李茂贞逼迫，曾离开长安，在华州暂住，而司空图这一段时间里则在朝廷中担任兵部侍郎。

② 裛（yì）：通"浥"，沾湿。高斋：高雅的书斋。

③ 泛酒：饮酒。浣：洗涤，涤除。旅怀：羁旅者的情怀。

④ 逞红艳：争奇斗艳。

⑤ 玉人：美丽的女子。钗：妇女的一种首饰，由两股簪子合成。

【译文】

菊花清香和着晨露面对高雅的书斋，

制成美酒便能纾解旅人思乡的情怀。

不像百花春风中竞相开放争奇斗艳，

美人插头上对镜相看不慎坠落宝钗。

白菊三首（其一）①

人间万恨已难平，

栽得垂杨更系情。②

犹喜闰前霜未下，

菊边依旧舞身轻。③

载《全唐诗》卷六三四（第十册7327页）

【注释】

① 作者有《白菊三首》两组同名诗，另一组收录于《全唐诗》卷六三四，第十册7334页。

② 垂杨：即垂柳，古诗文中杨柳常通用。

③ 舞身轻：形容蜂蝶轻盈飞舞状态。

【译文】

人世间万千怨恨已经很难抚平，

栽得排排垂柳更寄托美好感情。

可喜闰月之前新霜还没有降下，

蜂蝶仍可在菊边飞舞一展轻盈。

白菊三首（其二）

莫惜西风又起来，①

犹能婀娜傍池台。②

不辞暂被霜寒挫，

舞袖招香即却回。

载《全唐诗》卷六三四（第十册7327页）

【注释】

① 西风：指秋风。

② 婀娜：亦作"妸娜"，形容柳枝等较为纤细的植物体态优美；也形容女子轻盈柔美。

【译文】

不要惋惜凛冽的秋风再次扫过，

菊花还能身姿优美地挨着池台。

她不怕暂时被霜寒所欺凌挫折，

挥袖相招菊花香气会淡淡而来。

白菊三首（其三）

为报繁霜且莫催，①

穷秋须到自低垂。②

横拖长袖招人别，③

只待春风却舞来。

载《全唐诗》卷六三四（第十册7327页）

【注释】

① 繁霜：指浓霜。

② 穷秋：晚秋，深秋，指农历九月。

③ 长袖：形容菊枝伸展的形态。别：别离，告别。

【译文】

白菊只为报告浓霜降临而盛开，

待到晚秋到来自然会凋谢枯萎。

枝条摇曳犹似挥袖与人们告别，

只待明年温暖的春风踏舞归来。

重阳四首（其一）

檐前减燕菊添芳，①

燕尽庭前菊又荒。

老大比他年少，②

每逢佳节更悲凉。

载《全唐诗》卷六三四（第十册7330页）

【注释】

① 檐：房檐。

② 老大：年老。年：时间，光阴。少少：很少。

【译文】

檐前燕子渐少菊花却渐次开放，

南飞燕子飞尽菊花又凋萎告荒。

我已年高和菊花相比来日无多，

每到重阳心中更感到忧愁悲凉。

重阳四首（其二）

雨寒莫待菊花催，

须怕晴空暖并开。

开却一枝开却尽，

且随幽蝶更徘徊。①

载《全唐诗》卷六三四（第十册7330页）

【注释】

① 幽：通"黝"，黑色。

【译文】

秋雨阴寒不要再苦等菊花相催，

需担心天晴暖后菊花一齐盛开。

开完一枝几乎全开美景难持久，

且随着黑色的蝴蝶在菊边徘徊。

重阳四首（其三）

青娥懒唱无衣换，①

黄菊新开乞酒难。

长有长亭惆怅事，②

隔河更得对凭栏。③

载《全唐诗》卷六三四（第十册7330页）

【注释】

① 青娥：指美丽的少女。

② 长亭：秦汉时期在乡村大约每十里设一亭，亭有亭长，负责给驿传信使提供馆舍、给养等服务。后来也成为人们郊游驻足和分别相送之地。特别是经过文人的诗词吟咏，十里长亭逐渐演变成为送别地的代名词。为了诗词长短及韵律的需要，又往往简称长亭。

③ 凭栏：指身倚栏杆。

【译文】

美丽少女懒得演唱无衣更换，

黄菊刚开未及酿酒乞酒颇难。

人生常有长亭别离的忧伤事，

隔河相送友人只能相对凭栏。

重阳四首（其四）

白发怕寒梳更懒，

黄花晴日照初开。

篱头应是蝶相报，①

已被邻家携酒来。②

载《全唐诗》卷六三四（第十册7330页）

【注释】

① 篱头：即篱边。

② 被：表示被动，叫，让。

【译文】

人老畏寒更懒于梳妆，

晴日相照黄菊初绽开。

篱边蝶舞应是报喜信，

邻家友人已经携酒来。

歌者十二首（其十二）

鹤氅花香搭槿篱，①

枕前蛩迸酒醒时。②

夕阳似照陶家菊，

黄蝶无穷压故枝。③

载《全唐诗》卷六三四（第十册7330页）

【注释】

①　鹤氅（chǎng）：鸟羽制成的裘，用作外套。槿（jǐn）：即木槿。锦葵科，落叶灌木。夏秋开花，花有白、紫、红诸色，朝开暮闭，栽培供观赏，兼作绿篱。花、皮可入药，茎的纤维可造纸。

②　迸：迸跳，迸开。

③　故：老，旧。

【译文】

在菊花的芳香中将鹤氅搭在槿篱，

蟋蟀从枕前跳开正是酣醉醒来时。

夕阳余晖映照着田野盛开的黄菊，

犹似无边的黄色蝴蝶栖息在老枝。

诗品二十四则·典雅①

玉壶买春，

赏雨茆屋。②

坐中佳士，③

左右修竹。④

白云初晴，

幽鸟相逐。⑤

眠琴绿阴，⑥

上有飞瀑。

落花无言，

人淡如菊。

书之岁华，⑦

其曰可读。

载《全唐诗》卷六三四（第十册7337页）

【注释】

① 《典雅》：是作者组诗《诗品二十四则》中的第七首诗。

② 茆（máo）：同"茅"。

③ 坐：同"座"。

④ 修竹：茂密高大的竹林。

⑤ 幽鸟：幽境中的飞鸟。

⑥ 眠琴：将琴横放。

⑦ 岁华：时光，年华。

【译文】

用玉壶去载酒游春，

在茅屋中静静赏雨。

座中有高雅的名士，

左右是茂密的翠竹。

天气初晴白云浮动，

幽谷群鸟互相追逐。

绿荫下可横琴弹奏，

头顶上有飞泻瀑布。

花瓣飘落静默无声，

雅人恬淡宛如秋菊。

高洁品行载入史册，

人们皆曰可鉴可读。

重阳山居

此身逃难入乡关，①
八度重阳在旧山。②
篱菊乱来成烂熳，
家僮常得解登攀。③
年随历日三分尽，④
醉伴浮生一片闲。⑤
满目秋光还似镜，
殷勤为我照衰颜。

载《全唐诗》卷八八五（第十三册10074页）

【注释】

① 乡关：故乡。
② 旧山：故乡，故居。
③ 解：高兴，开心。
④ 三分尽：指一年四季已过了三季。
⑤ 片：数量词，用于人的心情、心地、心意。

【译文】

因国家战乱频仍逃难回到故乡，
八年重阳在故乡只为避祸心安。
篱笆旁菊花长得茂盛花开烂漫，
家中仆僮常常开心地登高游玩。
随着时间推移今年已过了三季，
常饮常醉伴随人生图得一片闲。
满眼秋光如画好像是镜子一般，
时时殷勤相照映出我一副衰颜。

来鹄

【作者简介】

来鹄（？—883年），即来鹏，豫章（今江西南昌市）人。唐懿宗咸通年间（860年—873年），举进士屡试不第。后投田令孜，认为主公。乾符元年（874年）三月，唐僖宗拜其为帝师。后封豫章国公，食邑千户，谥"文忠"。《全唐诗》收存其诗一卷。

宛陵送李明府罢任归江州①

菊花村晚雁来天，
共把离觞向水边。②
官满便寻垂钓侣，
家贫已用卖琴钱。
浪生溢浦千层雪，③
云起炉峰一炷烟。④
倘见吾乡旧知己，
为言憔悴过年年。

载《全唐诗》卷六四二（第十册7408页）

【注释】

① 宛陵：今安徽宣城古名。罢任：卸任，去官。江州：指今江西九江市。

② 离觞：离杯，即离别的酒宴。

③ 溢（pén）浦：即溢水，今名龙开河。源出江西瑞昌西南青山，东流经县南至九江市西，北流入长江。

④ 炉峰：江西省庐山香炉峰的省称。隋炀帝《与峰顶寺僧书》："炉峰香气，烟霞共远。"

【译文】

正值村野菊开天晚鸿雁飞来时，
一起端着告别的酒杯走向水边。

官期一满宜速退早寻钓鱼伴侣，
家中久贫已经动用了卖琴的钱。
溢水涌动的浪花像卷起千层雪，
庐山香炉峰云霞如燃起一炷烟。
回到故乡如果看到以往的知己，
告诉他我现在憔悴度日过年年。

李山甫

【作者简介】

李山甫，生卒年、籍贯、字号均不详。与司空图为同时代人。《唐才子传》记载："咸通（860年—874年）中累举不第，落魄有不羁才。生平憎俗子，尚豪侠，为诗托讽，不得志……后流寓河、朔间，依乐彦祯为魏博从事，不得众情，以陵傲之，故无所遇。"唐僖宗文德元年（888年），魏博军乱，乐彦祯父子败亡，李山甫不知所终。李山甫与水部郎中刘崇鲁交往密切，并深为司空图推崇，有"谁似天才李山甫"句（《偶诗五首》）赞之。《全唐诗》收存其诗一卷。

菊①

篱下霜前偶得存，
忍教迟晚避兰荪。②
也销造化无多力，③
未受阳和一点恩。④
栽处不容依玉砌，⑤
要时还许上金尊。⑥
陶潜殁后谁知己，⑦
露滴幽丛见泪痕。⑧

载《全唐诗》卷六四三（第十册7413页）

【注释】

① 本诗与罗隐《登高咏菊尽》（载《全唐诗》卷六五七，第十册7605页）内容相同。

② 兰荪（sūn）：即菖蒲，一种香草。《文选·沉约》："昔贤侔时雨，今守馥兰荪。" 刘良注："兰荪，香草也。"

③ 造化：指自然界。

④ 阳和：春天的暖气，借指春天。

⑤ 玉砌：用玉石砌的台阶。

⑥ 尊：酒器。

⑦ 殁：死亡，去世。

⑧ 幽丛：幽寂的菊花丛。

【译文】

菊花居篱下经严霜侥幸生存，

天公教它晚秋开花以避兰荪。

自然生长未耗造化多少力量，

也没有承受春天特别的深恩。

栽种的地方不允许挨着玉阶，

需要时可酿成美酒斟满金尊。

陶渊明逝后不知谁可为知己，

露水滴在菊丛恰似伤心泪痕。

李咸用

【作者简介】

李咸用，生卒年不详。家里是陇西（今甘肃临洮）的名门大族。习儒业，久不第，曾接受征召而出任推官。因唐末乱离，仕途不达，遂寓居庐山等地。《全唐诗》收存其诗三卷。

庐陵九日①

菊花山在碧江东，
冷酒清吟兴莫穷。②
四十三年秋里过，③
几多般事乱来空。
虽惊故国音书绝，
犹喜新知语笑同。
竟日开门无客至，④
笛声迢递夕阳中。⑤

载《全唐诗》卷六四六（第十册7461页）

【注释】

① 庐陵：今江西吉安市在隋朝成为庐陵郡，故吉安古时又称庐陵。
② 清吟：清雅地吟诵。
③ 秋：悲愁。
④ 竟日：指终日，从早到晚。
⑤ 迢递：亦作"迢遰""迢逓"，形容遥远。

【译文】

菊花满山遍野开在大江之东，
虽是冷酒相伴但清吟兴未穷。
四十三年光阴在悲愁中度过，
多少磨难离乱心中感到虚空。
虽对故乡书信断绝非常震惊，
还是十分高兴新友情趣相同。
家门打开整日竟无客人光临，
笛声悠扬遥远飘荡在夕阳中。

罗隐

【作者简介】

罗隐（833年—909年），字昭谏，杭州新城（今浙江省杭州市富阳区新登镇）人。唐宣宗大中十三年（859年）底至京师，应进士试，总共考了十多次，自称"十二三年就试期"，最终还是铩羽而归，史称"十上不第"。从此改名罗隐。黄巢起义后，避乱隐居九华山。唐僖宗光启三年（887年），他五十五岁时归乡依吴越王钱镠，历任钱塘令、司勋郎中、给事中等职。《全唐诗》收存其诗十一卷。

菊

篱落岁云暮，①
数枝聊自芳。
雪裁纤蕊密，②
金拆小苞香。③
千载白衣酒，
一生青女霜。④
春丛莫轻薄，⑤
彼此有行藏。⑥

载《全唐诗》卷六五九（第十册7623页）

【注释】

① 篱落：篱笆。岁云暮：即岁暮。
② 纤蕊：纤细的菊瓣。
③ 拆：同"坼"，裂开，绽开。
④ 青女霜：秋霜。
⑤ 春丛：春日丛生的花木。轻薄：轻视鄙薄，不尊重。
⑥ 行藏：指出处或行止。

【译文】

站在篱笆旁边感叹一年即将过去，

还有数枝菊花尚在开放散发清香。

白菊花蕊像白雪裁成样紧密细致，

黄菊花苞如黄金绽裂般飘溢芬芳。

白衣送酒的故事已成为千古佳话，

菊花终其一生总要历经白露秋霜。

春天繁开的花木不要瞧不起菊花，

彼此各有各的来历特点以及荣光。

章碣

【作者简介】

章碣（836年—905年），字丽山，睦州桐庐人。乾符三年（876年）登进士。章碣首创"变体诗"，在律诗中，一变通常只需偶句押韵的格律，要求偶句、单句平仄声各自为韵。他所创作的七绝《焚书坑》较有名。《全唐诗》收存其诗一卷。

癸卯岁毗陵登高会中贻同志①

流落常嗟胜会稀，②

故人相遇菊花时。

凤笙龙笛数巡酒，③

红树碧山无限诗。

尘土十分归举子，④

乾坤大半属偷儿。⑤

长杨羽猎须留本，⑥

开济重为阙下期。⑦

【注释】

① 癸卯岁：中国传统纪年农历的干支纪年中一个循环的第四十年称"癸卯年"，干支纪年是六十年一轮。时为唐僖宗中和三年（883年）。毗陵：是今江苏常州及附近地区的古称。贻：赠给。同志：指志趣相同的人。

② 嗟：感叹声。胜会：盛大的集体活动，盛会。

③ 凤、龙：传说中的动物，象征尊贵和祥瑞。

④ 尘土：指庸俗肮脏的事物。举子：科举时代被推荐参加考试的读书人。

⑤ 乾坤：指国家，天下。偷儿：窃贼，喻官员、政客。

⑥ 长杨：即长杨宫，故址在今陕西省周至县东南，秦汉游猎之所。秦昭王时被封为上林苑。羽猎：帝王出猎，士卒负羽箭随从。西汉辞赋家扬雄曾作《长杨赋》《羽猎赋》，提出帝王要重视民生、以民生为本的思想。本：根本。

⑦ 开济：开创并匡济。杜甫《蜀相》诗："三顾频繁天下计，两朝开济老臣心。" 阙下：宫阙之下，借指帝王所居的宫廷。

【译文】

颠沛流离经常感叹胜会稀少，

未料故人相遇在菊花盛开时。

在优美乐声中不断畅饮美酒，

室外青山红树引人无限诗意。

世上庸俗肮脏事情都归举子，

天下权力利益大半属于窃贼。

汉朝盛世狩猎行乐尚需重本，

我等开济朝廷实为君王所期。

唐彦谦（三首）

【作者简介】

唐彦谦（？—893年），字茂业，号鹿门先生，并州晋阳（今山西省太原市）人。少时师从温庭筠，咸通末年上京考试，结果十余年不中，一说咸通二年（861年）中进士。中和（881年—884年）中期，王重荣镇守河中，聘为从事，累迁节度副使，晋、绛二州刺史。杨守亮镇守兴元（今陕西省汉中市）

时，担任判官。官至兴元（今陕西省汉中市）节度副使、阆州（今四川省阆中市）、壁州（今四川省通江县）刺史。晚年隐居鹿门山，专事著述。《全唐诗》收存其诗二卷。

金陵九日①

野菊西风满路香，

雨花台上集壶觞。②

九重天近瞻钟阜，③

五色云中望建章。④

绿酒莫辞今日醉，⑤

黄金难买少年狂。

清歌惊起南飞雁，

散作秋声送夕阳。

载《全唐诗》卷六七一（第十册7737页）

【注释】

①　金陵：今江苏南京市。

②　雨花台：位于今江苏省南京城南中华门外，是一个高约100米，长约3000多米的山岗。雨花台之称始于南朝梁代。壶觞：酒器。

③　钟阜：指南京的紫金山。

④　建章：南朝宋时以京城建康（今江苏省南京市）北邸为建章宫。

⑤　绿酒：唐时酿酒一般都呈绿色。白居易《问刘十九》诗："绿蚁新醅酒，红泥小火炉。"

【译文】

野菊芳香在秋风中洒满小路，

在雨花台相聚酒器摆满桌上。

紫金山靠近九重天需要仰望，

身处五色云中俯视古宫建章。

杯中斟满绿酒今日莫辞酣醉，

纵有黄金也难买到少年轻狂。

清越的歌声惊动了南飞大雁，

大雁鸣叫化作秋声送走夕阳。

高平九日^①

云净南山紫翠浮，^②

凭陵绝顶望悠悠。

偶逢佳节牵诗兴，

漫把芳尊遣客愁。^③

霜染鸦枫迎日醉，^④

寒冲泾水带冰流。^⑤

乌纱频岸西风里，^⑥

笑插黄花满鬓秋。

载《全唐诗》卷六七一（第十册7737页）

【注释】

① 高平：今宁夏回族自治区固原市原州区。

② 紫翠：紫和绿的颜色，指烟气和草木的色彩。

③ 芳尊：芳香的酒杯。

④ 鸦枫：一种枫树的名字。

⑤ 泾水：泾河北源在原州区。

⑥ 岸：岸边。

【译文】

白云飘过南山浮动紫绿颜色，

站在山顶眺望四周兴致悠悠。

偶然逢上重阳佳节牵动诗兴，

随意端着酒杯疏解客人忧愁。

红枫带霜犹如迎着太阳而醉，

泾水裹挟冰块顺着河道奔流。

频取乌纱放置在河岸秋风里，

笑将菊花插满鬓发喜度金秋。

菊

雪菊金英两断肠，①
蝶翎蜂鼻带清香。②
寒村宿雾临幽径，③
废苑斜晖傍短墙。④
近取松筠为伴侣，⑤
远将桃李作参商。⑥
年来病肺疏杯酒，⑦
每忆龙山似故乡。

载《全唐诗》卷八八五（第十三册10077页）

【注释】

① 金英：黄菊。断肠：形容伤心悲痛到极点。

② 蝶羽：蝴蝶翅膀。蜂鼻：蜜蜂并无鼻子，它靠触角上的嗅觉器官闻到花香。

③ 寒村：偏僻冷落的村庄。幽径：幽静小路。

④ 废苑：荒凉破败的庭院。短墙：矮墙。

⑤ 松筠（yún）：松树和竹子。

⑥ 参商（shēn shāng）：参商指的是参星与商星，二者在星空中此出彼没，彼出此没，古人以此比喻彼此对立，不和睦、不能相见。

⑦ 疏：疏远，疏离。

【译文】

看到白菊黄菊开放心里十分悲伤，
蝴蝶蜜蜂悠然自得飞舞带着清香。
晨雾降临在冷落村庄的幽静小路，
斜阳照射着破败庭院的断壁残墙。
菊花近与松树竹子相近成为伴侣，
远与桃花李花长相隔绝形同参商。
近年因为肺部有病已经不再饮酒，
每当想起龙山总觉得像回到家乡。

郑谷（九首）

【作者简介】

郑谷（约851年—约910年），字守愚，江西宜春市袁州区人。郑谷七岁能诗，"自骑竹之年则有赋咏"。及冠，应进士举，十六年不中。唐僖宗光启三年（887年）登进士第。历任京兆鄠县尉、右拾遗补阙。官至都官郎中，人称"郑都官"。又以《鹧鸪诗》得名，人称"郑鹧鸪"。曾与许棠、张乔等唱和往还，人称"芳林十哲"。诗僧齐己有《早梅》诗中云："前村深雪里，昨夜数枝开"。郑谷看后说："'数枝'非'早'也，未若'一枝'佳。齐己不觉拜倒曰："我一字师也。"此事成为典故，流传千年。《全唐诗》收存其诗四卷。

通川客舍①

奔走失前计，
淹留非本心。②
已难消永夜，③
况复听秋霖。④
渐解巴儿语，⑤
谁怜越客吟。⑥
黄花徒满手，
白发不胜簪。⑦

载《全唐诗》卷六七四（第十册7779页）

【注释】

① 通川：现为四川省达州市通川区。
② 淹留：长期逗留。
③ 永夜：指长夜。
④ 秋霖：秋日的淫雨。
⑤ 巴儿：巴蜀本地人。
⑥ 越客：越地来的客人。越地广义是指中国古代百越部落所居住的地方，包括分布于今苏、浙、鄂、湘、徽、赣、闽、粤、桂、琼的部族。
⑦ 簪：插，戴。

【译文】

在颠沛流离中失去以前计划，

在外长期滞留实非我的本心。

他乡长夜漫漫已经很难度过，

何况又每天听到秋雨的声音。

逐渐听懂当地人复杂的话语，

又有谁理解怜惜越客的清吟？

外出登临徒摘满把的黄菊花，

一头白发无法插花难娱我心。

菊

王孙莫把比荆蒿， ①

九日枝枝近鬓毛。 ②

露湿秋香满池岸，

由来不羡瓦松高。 ③

载《全唐诗》卷六七五（第十册7791页）

【注释】

① 王孙：指贵族子弟。荆蒿：蒿草的一种，泛指野草。

② 鬓毛：鬓发。

③ 瓦松：草本植物，可入药。一般生于石质山坡和岩石上以及瓦房或草房顶上。

【译文】

王孙莫把菊花比作田间野草，

重阳节她能插在人们的鬓角。

秋天寒露降临菊香飘溢池岸，

她从不羡慕瓦松生长地势高。

十日菊

节去蜂愁蝶不知，①
晓庭还绕折残枝。②
自缘今日人心别，③
未必秋香一夜衰。④

载《全唐诗》卷六七五（第十册7791页）

【注释】

① 节：重阳节。
② 晓：天明。
③ 自缘：只是因为。
④ 秋香：指菊花。

【译文】

重阳节刚刚过去蜂蝶并不知晓，
天亮飞到庭院围绕采剩的残枝。
只因人们认为今日起美景不再，
其实秋菊的花香岂能一夜消失。

初还京师寓止府署偶题屋壁①

秋光不见旧亭台，
四顾荒凉瓦砾堆。②
火力不能销地力，③
乱前黄菊眼前开。④

载《全唐诗》卷六七五（第十册7798页）

【注释】

① 京师：指唐都长安。府署：又名府衙，是府一级的衙门，是古代官吏办公的
地方。屋壁：房屋的墙壁。

② 瓦砾：破碎的砖头瓦片。

③ 火力：战乱烽火。销：古同"消"，消散，消失。地力：指土地的肥沃程度。

④ 乱：战乱，动乱。

【译文】

秋光明媚不见当年的亭榭楼台，

举目四顾只见一片荒凉瓦砾堆。

战争烽火虽四起却不影响地力，

和乱前一样黄菊正在眼前盛开。

渚宫乱后作①

乡人来话乱离情，②

泪滴残阳问楚荆。③

白社已应无故老，④

清江依旧绕空城。⑤

高秋军旅齐山树，⑥

昔日渔家是野营。⑦

牢落故居灰烬后，⑧

黄花紫蔓上墙生。

载《全唐诗》卷六七五（第十册7799页）

【注释】

① 渚宫：代指古江陵县（今湖北荆州市）。

② 乡人：当地乡亲。

③ 楚荆：今湖北荆州一带。

④ 白社：地名，在湖北省荆门市南。作者曾隐居于此。

⑤ 清江：水色清澄的江。指长江。

⑥ 高秋：指农历九月初九重阳节。

⑦ 野营：军队在野外住宿的营帐。

⑧ 灰烬：烧成灰。指焚毁。

【译文】

乡人前来诉说动乱后情形，
残阳里我洒泪把楚荆打听。
白社那里已没有故交老友，
清澈江水依旧环绕着空城。
重阳节军旅整齐犹如山树，
昔日渔家被占都已变军营。
乱后故居荒废尽成灰烬后，
黄菊紫蔓却在残墙上新生。

重阳日访元秀上人①

红叶黄花秋景宽，
醉吟朝夕在樊川。
却嫌今日登山俗，
且共高僧对榻眠。②
别画长怀吴寺壁，③
宜茶偏赏霅溪泉。④
归来童稚争相笑，
何事无人与酒船。

载《全唐诗》卷六七五（第十册7802页）

【注释】

① 本诗与司空图《重阳日访元秀上人》诗（《全唐诗》卷六三二，第十册7297页），内容相同。上人：对持戒严格并精于佛学的僧侣之尊称。

② 榻：本意是指狭长而较矮的床形坐具，亦泛指床。

③ 吴寺：吴地的寺庙。浙江古属吴地。

④ 霅（zhà）溪：又称霅川、霅水，是浙江省湖州市境内的一条河流，现在叫东苕溪。

【译文】

树叶红菊花黄眼前秋景一片宽,

终日饮酒醉眼朦胧惬意在樊川。

今日却嫌重阳登高远眺颇俗气,

且访高僧品茗畅谈之后对榻眠。

告别吴寺精美壁画常记挂在怀,

煮茶特别偏爱欣赏霅溪的清泉。

告别上人归来碰到群童笑相问,

因为何事耽误直到此时上酒船?

恩门小谏雨中乞菊栽①

握兰将满岁,②

栽菊伴吟诗。

老去慵趋世,③

朝回独绕篱。④

递香风细细,

浇绿水弥弥。⑤

只共山僧赏,⑥

何当国士移。⑦

孤根深有托,⑧

微雨正相宜。

更待金英发,⑨

凭君插一枝。

载《全唐诗》卷六七六(第十册7822页)

【注释】

① 恩门:恩府,师门。小谏:唐代谏官拾遗的别称。此处指柳璨。柳璨(?—906年),字照之,唐朝河东郡(今山西省永济市)人。中国唐朝末年大臣、文学家及史学家。中唐著名书法家柳公绰、柳公权兄弟的族孙,由于间接造成了唐末惨案白马

驿之祸，所以后世史书一直对他的评价相当负面。

② 握兰：古时握兰以赠别。

③ 慵：困倦，懒得动。趋世：奔走于世俗之事。

④ 朝回：退朝回来。

⑤ 弥弥：水满貌。

⑥ 山僧：住在山寺的僧人。

⑦ 国士：指国中才能最优秀的人物。

⑧ 孤根：独生的根。谓孤独无依。

⑨ 金英：黄菊花。

【译文】

握兰赠别已经快满一年了，
分别后主要是栽菊和吟诗。
人老懒得与世俗之事接触，
退朝归家独自赏菊绕东篱。
微风习习传递菊花的芳香，
细雨蒙蒙浇洒绿色的花枝。
菊花只和山中僧侣共欣赏，
如何当得起国士亲自来移。
从此菊花的独根有了托付，
微雨中移栽时机最为相宜。
待到秋天黄菊烂漫开放时，
凭君摘取菊花鬓角插一枝。

重阳夜旅怀①

强插黄花三两枝，
还图一醉浸愁眉。②
半床斜月醉醒后，
惆怅多于未醉时。

309

【注释】

① 旅怀：羁旅者的情怀。

② 浸：浸泡，浸润。愁眉：发愁时皱着的眉头。形容忧愁。

【译文】

勉强在鬓角插两三枝黄菊，

饮酒酩酊只图一醉解愁眉。

夜间酒醒斜月光辉照床上，

此时忧愁更浓胜于未醉时。

菊

日日池边载酒行，①
黄昏犹自绕黄英。②
重阳过后频来此，
甚觉多情胜薄情。

载《全唐诗》卷六七七（第十册7828页）

【注释】

① 载酒：携酒，带着酒。

② 黄英：黄菊。

【译文】

天天携酒围着池塘转圈，

黄昏犹自绕着黄菊独行。

重阳过后常常来到这里，

深感世间多情胜过薄情。

韩偓（三首）

【作者简介】

韩偓（wò）（约842年—约923年），晚唐五代诗人，乳名冬郎，字致光，号致尧，晚年又号玉山樵人。陕西万年县（今樊川）人。十岁时，曾即席赋诗送其姨父李商隐，满座皆惊，李商隐称赞其诗是"雏凤清于老凤声"。龙纪元年（889年），韩偓中进士，历任左拾遗、左谏议大夫、度支副使、翰林学士、中书舍人、兵部侍郎等职。韩偓生在唐朝将亡之际，虽精忠报国，但无力回天，不仅没有挽大厦于既倒，反而一再受到排挤打击，终于灰心绝望，尽弃功名，归隐林泉。韩偓才华横溢，是晚唐著名诗人，被尊为"一代诗宗"。其诗多写艳情，称为"香奁体"。《全唐诗》收存其诗四卷。

和吴子华侍郎令狐昭化舍人叹白菊衰谢之绝次用本韵①

正怜香雪披千片，②
忽讶残霞覆一丛。③
还似妖姬长年后，④
酒酣双脸却微红。

载《全唐诗》卷六八〇（第十册7852页）

【注释】

① 吴子华：即吴融，字子华。令狐昭化：昭化为令狐涣的字，令狐绹之子，登进士第，位至中书舍人。
② 香雪：指白色的花。披：分开，裂开。
③ 讶：诧异，惊奇。
④ 妖姬：美女，多指妖艳的侍女、婢妾。长年：年老。

【译文】

正怜惜白菊花蕊绽开千片花瓣，
忽惊奇发现一束霞光照射菊丛。
好像美女变老以后苍白的脸庞，
酒酣耳热之际双腮却变得微红。

深村 ①

甘向深村固不材，②

犹胜摧折傍尘埃 ③

清宵玩月唯红叶，④

永日关门但绿苔。⑤

幽院菊荒同寂寞，

野桥僧去独裴回 ⑥

隔篱农叟遥相贺，⑦

伫看芳田膏雨来。⑧

载《全唐诗》卷六八二（第十册7882页）

【注释】

① 《全唐诗》所载本诗最后一句"伫看芳田"四字缺失，根据《全唐诗续拾》卷四十七所载全诗补齐。深村：偏僻的村庄。

② 不材：不成才，才能平庸。自谦之词。

③ 摧折：挫折。尘埃：指尘俗，尘世。

④ 清宵：清静的夜晚。玩月：赏月。

⑤ 永日：从早到晚，整天。

⑥ 裴回：亦作"裵回"，徘徊不进貌。

⑦ 农叟：老农。

⑧ 伫：长时间地站着。芳田：良田。膏雨：滋润作物的霖雨。

【译文】

为逃避尘世甘居深村虽然不成才，

但总胜于遭受挫折混在尘俗之间。

清静夜晚只有红叶相陪观赏明月，

整日闭门但见绿苔长向墙角门边。

院子幽静菊花荒芜和人一样寂寞，

僧人走过野桥离去我还徘徊半天。

邻家老农兴奋地隔篱笆遥相祝贺，

久久站立喜看甘霖浇洒久旱良田。

寄京城亲友二首（其一）

苦吟看坠叶，

寥落共天涯。

壮岁空为客，①

初寒更忆家。

雨墙经月藓，②

山菊向阳花。

因味碧云句，③

伤哉后会赊。④

载《全唐诗》卷六八二（第十册7888页）

【注释】

① 壮岁：壮年。

② 经月：整月。藓：苔藓植物的一类，茎和叶子都很小，绿色，没有根，生在阴湿的地方。

③ 因：因缘，缘分。味：体味，体会。碧云：青云，形容高远。孟郊有"诗夸碧云句，道证青莲心"句（《送清远上人归楚山旧寺》）。

④ 赊：稀少。钱起有"不畏心期阻，惟愁面会赊"句（《送费秀才归衡州》）。

【译文】

边苦推敲诗句边看落叶飞舞，

身逢乱世四处飘零沦落天涯。

正处壮年雄心难酬他乡久客，

晚秋季节天气初寒更是想家。

秋雨经月不停屋墙已长苔藓，

秋日稍加照射山菊向阳而开。

因为体会到意境高远的诗句，

想起日后再难见面心如刀刮。

吴融（二首）

【作者简介】

吴融（850年—903年），字子华，越州山阴（今浙江绍兴）人。吴融从僖宗咸通六年（865年）开始参加科举，一直到龙纪元年（889年）才中举。曾任侍御史、礼部郎中，后入充翰林学士，官至中书舍人。天复元年（901年）遇乱逃出京城，流落阌（wén）乡（1954年，阌乡县并入河南灵宝县）。天复三年（903年）才再度被召回任翰林，迁承旨，最后卒于翰林承旨一职任上。《全唐诗》收存其诗四卷。

重阳日荆州作

万里投荒已自哀，　①
高秋寓目更徘徊。　②
浊醪任冷难辞醉，　③
黄菊因暄却未开。　④
上国莫归戎马乱，　⑤
故人何在塞鸿来。
惊时感事俱无奈，
不待残阳下楚台。

载《全唐诗》卷六八四（第十册7923页）

【注释】

① 投荒：贬谪、流放至荒远之地。万里：形容遥远、偏僻。作者曾遭贬谪至荆南。

② 高秋：重阳节雅称。寓目：过目。

③ 浊醪：浊酒。

④ 暄：（太阳）温暖。

⑤ 上国：指唐朝。此处应指京城。

【译文】

被贬谪到偏远之地自感悲哀，

重阳登高所望更是令人徘徊。

为驱忧愁浊酒虽冷难辞一醉，

山野黄菊因天气暖尚未绽开。

京城一带现在别去正遭兵乱，

不知故人何在只见鸿雁飞来。

惊恐时想事情都感非常无奈，

心中忧戚不等黄昏就下楚台。

阌乡寓居十首·木塔偶题①

西南古刹近芳林，②

偶得高秋试一吟。③

无限黄花衬黄叶，

可须春月始伤心。④

载《全唐诗》卷六八六（第十册7947页）

【注释】

① 阌乡：在中国河南省灵宝县。

② 古刹：年代久远的寺庙。芳林：指树林，丛林。

③ 得：指遇到，逢上。

④ 可：岂，难道。

【译文】

西南方向的古寺庙接近树林，

恰逢重阳节赏菊试将新诗吟。

无边的菊花衬映着满地黄叶，

难道只有春月才会令人伤心？

杜荀鹤（三首）

【作者简介】

杜荀鹤（约846年—约906年），字彦之，自号九华山人，池州石埭（今安徽省石台县）人。他出身寒微，数次上长安应考，不第还山。中间也曾在浙江、福建、江西、湖南等地游历。后因杜荀鹤上《颂德诗》三十首取悦朱温，朱温为他送名礼部，得中大顺二年（891年）第八名进士（《鉴诫录》）。后朱温取唐建梁，任以翰林学士，知制诰，主客员外郎，患重疾，旬日而卒。其诗语言通俗，风格清新，后人称"杜荀鹤体"。宫词也很有名。宋人毕仲询称其"惟宫词为唐第一"（《幕府燕闲录》）。《全唐诗》收存其诗三卷。

重阳日有作

一为重阳上古台，①
乱时谁见菊花开。
偷揾白发真堪笑，②
牢锁黄金实可哀。③
是个少年皆老去，
争知荒冢不荣来。④
大家拍手高声唱，
日未沈山且莫回。⑤

载《全唐诗》卷六九二（第十册8019页）

【注释】

① 一：纯，专。

② 揾（xián）：扯，拔。

③ 牢：坚固，牢固。

④ 冢：坟墓。荣：一般指草木茂盛、受人尊重、花草开花等意思。

⑤ 沈：同"沉"。落，降。

【译文】

专门为重阳节而登上古台，
战乱时谁有心去看菊花开？
偷偷拔除白发真是很可笑，
牢锁住黄金不用实在可哀。
是个少年不可避免要老去，
怎知荒坟花草不会向荣来？
过节大家开怀拍手高声唱，
太阳还没下山不要急着回。

和友人寄长林孟明府^①

为政为人渐见心，
长才聊屈宰长林。^②
莫嫌月入无多俸，^③
须喜秋来不废吟。
寒雨旋疏丛菊艳，^④
晚风时动小松阴。
讼庭闲寂公书少，^⑤
留客看山索酒斟。

载《全唐诗》卷六九二（第十册8036页）

【注释】

① 长林：历史县名。长林县历史上多次兴废，原辖地现属湖北省荆门市。
② 长才：优异的才能。聊：姑且。宰：主管，主持。
③ 俸：旧指官员等所得的薪金。
④ 旋疏：旋转稀疏。形容飘飞。
⑤ 讼庭：即讼堂。

【译文】

不管为政做人日久才能见真心，

君有优异才能且委屈主管长林。
莫嫌弃县令每月俸禄没有多少，
应高兴秋来时可尽兴吟诵诗文。
空中寒雨飘飞丛菊绽放竞鲜妍，
傍晚秋风吹动小松阴凉空气新。
讼堂闲静社会安宁往来公文少，
留客登山游览索酒畅饮随意斟。

闽中秋思①

雨匀紫菊丛丛色，
风弄红蕉叶叶声。②
北畔是山南畔海，
只堪图画不堪行。

载《全唐诗》卷六九三（第十册8048页）

【注释】

① 闽：福建的简称。

② 红蕉：芭蕉科植物。植株细瘦，花苞殷红如炬，十分美丽，果实、花、嫩心及根头有毒，不能食用。可用作庭园美化。

【译文】

秋雨润物丛丛紫菊花开色彩艳丽，
秋风吹拂红蕉叶片作响发出秋声。
北边是青翠高山南边是蔚蓝大海，
风景优美只能入画行人难以前行。

韦庄（四首）

【作者简介】

韦庄（约836年—约910年），字端己，长安杜陵（今中国陕西省西安市附近）人。韦庄出身京兆韦氏东眷逍遥公房，文昌右相韦待价七世孙、苏州刺史韦应物四世孙。早年屡试不第，直到乾宁元年（894年）年近六十时方考取进士，任校书郎、左补阙。五代时任前蜀宰相。卒谥"文靖"。韦庄工诗，与温庭筠同为"花间派"代表作家，并称"温韦"。所著长诗《秦妇吟》与《孔雀东南飞》《木兰诗》并称"乐府三绝"。与兄弟韦蔼合作编著《又玄集》，集中收录了"才子一百五十人，名诗三百首"，其中有妇女诗十九家，为诗集收录女子诗开了先例。唐亡后，韦庄率官吏民拥戴王建即前蜀皇帝位。蜀国"凡开国制度、号令、刑政、礼乐，皆由庄所定"（《十国春秋》），使得蜀地在最小程度上减轻了战乱之患，可谓功不可没。《全唐诗》收存其诗六卷。

庭前菊

为忆长安烂熳开，
我今移尔满庭栽。
红兰莫笑青青色，①
曾向龙山泛酒来。

载《全唐诗》卷六九七（第十册8102页）

【注释】

① 红兰：开着红色花朵的兰花。

【译文】

为回忆长安菊花盛开胜景，
我今移植菊苗将庭院满栽。
红兰莫笑菊花青青的颜色，
菊花酒曾在龙山大放异彩。

婺州水馆重阳日作①

异国逢佳节，②
凭高独苦吟。③

一杯今日醉，

万里故园心。④

水馆红兰合，⑤

山城紫菊深。

白衣虽不至，

鸥鸟自相寻。⑥

载《全唐诗》卷六九八（第十册8111页）

【注释】

① 婺州：浙江金华古称。水馆：指临水的馆舍或驿站。

② 异国：他乡。

③ 凭高：指登临高处。

④ 故园：故乡，家乡。

⑤ 合：闭；合拢。

⑥ 鸥鸟：鸥科动物，形色像白鸽或小白鸡，性凶猛，长腿长嘴，脚趾间有蹼，善游水，喜成群飞翔。

【译文】

人在他乡羁留恰逢重阳佳节，

登高赏菊好像唯我独把诗吟。

今天并未喝多少酒人已沉醉，

只因为思念远方故乡的亲人。

水旁馆舍中的红兰已不开花，

山城的紫菊却开得花色幽深。

虽然没有白衣仆人前来送酒，

鸥鸟绕身飞翔好像前来寻亲。

题沂阳县马跑泉李学士别业①

水满寒塘菊满篱，

篱边无限彩禽飞。

西园夜雨红樱熟，

南亩清风白稻肥。②

草色自留闲客住，

泉声如待主人归。

九霄岐路忙于火，③

肯恋斜阳守钓矶。

【注释】

① 汧（qiān）阳：在陕西省宝鸡市。1964年因汧字生僻，改汧阳县为千阳县。

② 亩：泛指农田。

③ 九霄：天之极高处。

【译文】

秋天池塘水满菊花开满篱墙，

篱墙旁边无数彩色鸟儿惊飞。

西边果园一场夜雨红了樱桃，

南面田地清风拂过白稻正肥。

芳草如茵自会留下客人居住，

泉声似琴默默等待主人回归。

纵使九霄遇上歧路急于救火，

此时还是迷恋斜阳稳守钓矶。

独吟①

默默无言恻恻悲，②

闲吟独傍菊花篱。

只今已作经年别，③

此后知为几岁期。

开箧每寻遗念物，④

倚楼空缀悼亡诗。⑤

夜来孤枕空肠断，

窗月斜辉梦觉时。⑥

载《全唐诗》卷七〇〇（第十册8122页）

【注释】

① 原诗题注："以下四首，俱悼亡姬作。"这是作者哀悼亡姬组诗的第一首，共五首。其余四首分别为《悔恨》《虚席》《旧居》《晏起》。姬：古代对妾的称呼。

② 恻恻：悲痛，凄凉。

③ 只今：如今，现在。经年：经过一年或若干年。此处为一年。

④ 箧：小箱子。

⑤ 缀：连结，组合。

⑥ 梦觉：犹梦醒。

【译文】

独自默默无言心中十分伤痛，
闲来含悲吟诗紧挨着菊花篱。
你已离世一年现在和你告别，
今后能有几年如此着实难期。
常打开箱子寻找相思的遗物，
倚楼无助地作着悼念的小诗。
每到夜晚孤枕难眠肝肠寸断，
斜月照窗寂寞悲苦梦醒之时。

张蠙

【作者简介】

张蠙（bīn），生卒年不详。字象文，清河人。生而颖秀，幼时作诗《登单于台》，有"白日地中出，黄河天上来"一句，由是知名。唐懿宗咸通（860年—874年）年间，与许棠、张乔、郑谷等合称"咸通十哲"。乾宁二年（895年），登进士第，授校书郎，调栎阳尉，迁犀浦令。王建建蜀国，拜膳部员外郎。后为金堂令。《全唐诗》收存其诗一卷。

白菊

秋天木叶干，

犹有白花残。

举世稀栽得，

豪家却画看。①

片苔相应绿，

诸卉独宜寒。②

几度携佳客，

登高欲折难。

载《全唐诗》卷七〇二（第十册8149页）

323

【注释】

① 豪家：指地位高、权势大的人家。
② 卉：泛指草木。

【译文】

深秋时节树叶已经干枯飘落，

还有白菊也因时令渐行凋残。

世上没有多少人去栽种白菊，

豪门贵族种在庭院如同画卷。

叶片和青苔的绿色相互衬映，

各种花卉只有菊花适应天寒。

多次携带亲朋好友前往观赏，

但要登高采摘白菊还是很难。

黄滔（二首）

【作者简介】

黄滔（840年—911年），字文江，福建省莆田县（今城厢区）人。他青少年时代在家乡的东峰书堂（今广化寺旁）苦学，咸通十三年（872年）北上长安求取功名，由于无人引荐，屡试不第。乾宁二年（895年）才登进士，官国子四门博士，因宦官乱政，愤然弃职回乡。王审知主持闽政，奏授御史里行，充任威武军节度推官，历时八年。他长期辅佐王审知治理闽地，使这一方土地成为唐朝末年乱世间较为安定的区域。他是莆田早期的文学家，与王棨、徐夤并称"晚唐律赋三大家"，还把闽人自唐高祖武德至昭宗天佑近三百年间写下的诗作辑录为《泉山秀句集》三十卷，这是福建的第一部诗歌总集。人称"闽中文章初祖"。《全唐诗》收存其诗三卷。

木芙蓉三首（其二）①

> 却假青腰女剪成，②
> 绿罗囊绽彩霞呈。③
> 谁怜不及黄花菊，
> 只遇陶潜便得名。

载《全唐诗》卷七〇六（第十一册8206页）

【注释】

①　木芙蓉：又名芙蓉花、拒霜花、木莲、地芙蓉、华木，原产中国。为落叶灌木或小乔木，秋季开花，花色常见的有白、粉、红三色。

②　青腰：亦作"青蔓"。传说中的仙女。

③　绿罗囊：形容绿色的花苞。彩霞：形容花朵颜色缤纷。

【译文】

木芙蓉花开好像仙女巧手裁成，
绿色的花苞绽开犹如彩霞纷呈。
人们怜惜她竟不能与黄菊相比，
只因陶渊明吟诵后便广享盛名。

九日

阳数重时阴数残，^①

露浓风硬欲成寒。

莫言黄菊花开晚，

独占樽前一日欢。

载《全唐诗》卷七〇六（第十一册8206页）

【注释】

① 阳数、阴数：古人认为奇数为阳，偶数为阴。残：残缺，残存。

【译文】

重阳节时阳数重叠阴数残缺，

霜露浓重秋风萧瑟天气将寒。

不要说花中唯有黄菊开得晚，

菊花酒可让人们高兴一整天。

徐夤

【作者简介】

徐夤（yín）（849年—约938年），一作徐寅，字昭梦，别号钓矶，泉州莆田（今福建莆田市）人。早年多次科考不第，乾宁元年（894年）进士及第，授官秘书省正字。后梁太祖开平四年（910年）再试进士，得一甲第一名。因梁太祖指其《人生几何赋》中"一皇五帝不死何归"句，要其改写，徐夤答"臣宁无官，赋不可改"，梁太祖怒削其名籍。归闽后闽王王审知礼聘入幕，官秘书省正字。晚年他倾注所有积蓄，建成"延寿万卷书楼"，藏书达万卷，成书院前身。徐夤博学多才，尤擅作赋，与王棨、黄滔并称晚唐律赋三大家。《全唐诗》收录其诗四卷。

菊花

桓景登高事可寻，①
黄花开处绿畦深。②
消灾辟恶君须采，
冷露寒霜我自禁。③
篱物早荣还早谢，④
涧松同德复同心。⑤
陶公岂是居贫者，⑥
剩有东篱万朵金。

载《全唐诗》卷七〇八（第十一册8231页）

326

【注释】

① 桓景：桓景出自南朝梁吴均所作的志怪小说集《续齐谐记》，是中国传统习俗重阳节里面的关键人物，重阳节的起源与桓景密不可分。

② 畦：田块，田五十亩曰畦。

③ 禁：控制。

④ 篱物：沿着篱笆墙生长的植物。荣：开花。

⑤ 涧松：本意为涧谷底部的松树，后多用来比喻德才高而官位卑的人。

⑥ 陶公：指陶渊明。

【译文】

桓景登高一事由来已久有踪可寻，
开着黄色菊花的田块中绿色浓深。
菊花可以消灾辟恶请君务必采摘，
天寒时露冷霜重我会多调节自身。
篱旁植物早开花必然也会早凋谢，
涧畔松树常年青翠是同德亦同心。
陶渊明怎能是所谓的穷困潦倒者，
他其实非常富有坐拥东篱万朵金。

钱珝（四首）

【作者简介】

钱珝（xǔ），生卒年不详，字瑞文，吴兴（今浙江湖州市吴兴区）人。吏部尚书钱徽之子，钱起之孙，善文词。唐昭宗乾宁二年（895年）由宰相王溥荐知制诰，以尚书郎得掌诰命，进中书舍人。光化三年（900年），因王溥案贬抚州司马。《全唐诗》收存其诗一卷。

江行无题一百首（其二十五）①

佳节虽逢菊，

浮生正似萍。②

故山何处望，

荒岸小长亭。

载《全唐诗》卷七一二（第十一册8272页）

【注释】

① 原诗题注："《统签》云，旧作钱起诗。今考诗系迁谪涂中杂咏，起无谪宦事，而珝自中书谪抚州。……其为珝诗无疑。"《全唐诗》亦将本诗作为钱起诗（卷二三九，第四册2671页）收录。这组诗为钱珝赴抚州司马任途中所作。

② 萍：即浮萍，水面浮生植物。

【译文】

重阳佳节虽逢菊花盛开，

人生漂泊不定正如浮萍。

家乡遥远哪里可以看到，

只见江边荒岸简陋长亭。

江行无题一百首（其五十九）

丛菊生堤上，

此花长后时。①

有人还采掇，

何必在春期。②

载《全唐诗》卷七一二（第十一册8272页）

【注释】

① 后时：后来，以后。

② 春期：指春季，春时。

【译文】

一丛丛菊花生长在江提上，

菊花生长较晚开在深秋时。

但人们还会在秋天去采摘，

采撷鲜花又何必非在春期？

江行无题一百首（其八十）

晚菊绕江垒，①

忽如开古屏。②

莫言时节过，

白日有馀馨。③

载《全唐诗》卷七一二（第十一册8272页）

【注释】

① 江垒：垒的本意是古代军中作防守用的墙壁，营垒。江垒是指江堤上修建的防御工事。

② 屏：屏风，围屏。

③ 馨：散布很远的香气。

【译文】

晚秋菊花围绕江堤的营垒绽放，

忽然就像打开古代美丽的画屏。

不要再说鲜花怒放的时节已过，

白日里菊花香味令人神爽气清。

江行无题一百首（其九十六）

> 浔阳江畔菊，
> 应似古来秋。
> 为问幽栖客，①
> 吟时得酒不。

载《全唐诗》卷七一二（第十一册8272页）

【注释】

① 幽栖：隐居。幽栖客：疑似指陶渊明。

【译文】

浔阳江边上盛开的菊花，
花开时清香应同古时秋。
为此不由想问隐居的人，
吟咏诗句时手中可有酒？

黄巢（二首）

【作者简介】

　　黄巢（820年—884年），曹州冤句（今山东菏泽西南）人，唐末农民起义领袖。黄巢出身盐商家庭，善于骑射，粗通笔墨，少有诗才，相传黄巢五岁时候便可对诗，但成年后却屡试不第。唐僖宗乾符二年（875年）六月，黄巢与兄侄八人响应王仙芝起义。乾符五年（878年）王仙芝死，众推黄巢为主，号称"冲天大将军"，改元王霸。广明元年（880年）十一月十七日，兵进长安，于含元殿即皇帝位，国号"大齐"，建元金统，大赦天下。中和四年（884年）黄巢败死狼虎谷。《全唐诗》收存其诗三首。

题菊花①

飒飒西风满院栽，②
蕊寒香冷蝶难来。
他年我若为青帝，③
报与桃花一处开。④

载《全唐诗》卷七三三（第十一册8466页）

【注释】

① 原诗题注："《贵耳集》：巢五岁时，侍其翁与父为菊花诗。翁未就，巢信口曰：'堪与百花为总首，自然天赐赭黄衣。'父怪，欲击之。翁曰：'可令再赋。'巢应声云云。"

② 飒飒：形容风声。

③ 青帝：先秦祭祀的神，居东方，摄青龙。为春之神及百花之神，是中国古代神话传说中五帝（五方天帝）之一。

④ 报：传达，告知。

【译文】

满院栽种的菊花在飒飒秋风中开放，
花蕊飘香但因天气寒冷蝴蝶难飞来。
以后我如果能够成为司春之神青帝，
我就让菊花与桃花一齐在春天盛开。

不第后赋菊①

待到秋来九月八，②
我花开后百花杀。③
冲天香阵透长安，④
满城尽带黄金甲。⑤

载《全唐诗》卷七三三（第十一册8466页）

【注释】

① 不第：科举落第。

② 九月八："九月八"次日是重阳节，实指重阳节。说"九月八"是为了押韵。

③ 杀：草木枯萎。

④ 香阵：香气阵阵。

⑤ 黄金甲：形容菊花如金黄色铠甲般灿烂。

【译文】

等到秋天重阳节来临的时候，

菊花盛开以后再无别的鲜花。

冲天香气阵阵袭来弥漫长安，

满城菊花犹如带上黄金宝甲。

罗绍威

【作者简介】

罗绍威（《旧唐书》作罗威，877年—910年），字端已，魏州贵乡（今河北大名）人，唐末五代军阀、将领，魏博节度使罗弘信之子。888年，罗绍威被任命为魏博节度副使。898年，继任节度使，后升为检校太傅、兼侍中、长沙郡王。904年，罗绍威因营建洛阳太庙有功，加检校太尉、进封邺王。后梁建立后，罗绍威被加封为守太傅、兼中书令，深受梁太祖朱温信任。逝后追赠尚书令，谥号"贞庄"。《全唐诗》收存其诗三首。

白菊①

虽被风霜竞欲催，②

皎然颜色不低摧。③

已疑素手能妆出，④

又似金钱未染来。

香散自宜飘渌酒，⑤

叶交仍得荫苍苔。⑥

寻思闭户中宵见，⑦

应认寒窗雪一堆。

载《全唐诗》卷七三四（第十一册8468页）

【注释】

① 原诗题注："一作罗隐诗。"本诗与罗隐《咏白菊》诗（载《全唐诗》卷六六五，第十册7669页）内容基本相同。《全唐诗补逸》据《分门纂类唐歌诗》残本第六册《草木虫鱼类卷五》认为系罗弘信（罗绍威之父）所作。

② 催：催逼，催促。

③ 皎然：明亮洁白貌。摧：破坏，折断。

④ 素手：洁白的手，诗词作品中多指女性的手。

⑤ 渌（lù）酒：渌，同"醁"。指美酒。

⑥ 苍苔：青色苔藓。

⑦ 中宵：中夜，半夜。

【译文】

虽然风刀霜剑轮番侵袭竞相逼，

白菊凌寒开放花色洁白未被摧。

令人怀疑是仙女巧手精心妆扮，

又像是金钱没有染色本色而来。

菊花酿就的美酒自然飘溢芳香，

枝叶交互仍可以遮护叶下青苔。

关门闭户想半夜起来观赏白菊，

隔着寒窗望菊花犹如白雪一堆。

和凝

【作者简介】

和凝（898年—955年），字成绩，郓州须昌（今山东东平）人。幼时颖敏好学，梁贞明二年（916年）十九岁登进士第。后唐时官至中书舍人、工部侍郎。后晋天福五年（940年）拜中书侍郎同中书门下平章事。入后汉，封鲁国公。后周时，赠侍中。好文学，长于短歌艳曲。作品流传和影响颇广，故契丹称他为"曲子相公"。但他"悔其少作"，多加销毁。天成三年（928年），和凝与儿子一起编撰《疑狱集》，是中国现存最早的一部法学著作。《全唐诗》收存其诗一卷。

宫词百首（其五十一）

白玉阶前菊蕊香，
金杯仙酝赏重阳。①
层台云集梨园乐，②
献寿声声祝万康。

载《全唐诗》卷七三五（第十一册8476页）

【注释】

① 酝：酒。
② 层台：高台，重台。梨园：中国唐代训练乐工的机构。《新唐书·礼乐志》载："玄宗既知音律，又酷爱法曲，选坐部伎子弟三百，教于梨园。声有误者，帝必觉而正之，号皇帝梨园弟子。"以后成为古代对戏曲班子的别称。

【译文】

宫殿的白玉台阶前菊花飘香，
金杯盛满仙酒共同欢度重阳。
高台上君臣开心地观看戏曲，
群臣同献寿祝皇帝万寿无疆。

李建勋

【作者简介】

李建勋（872年—952年），字致尧，广陵人（《全唐诗》作陇西人，此从《唐才子传》）。少年时好学能作文章，尤擅作诗。南唐时期任中书侍郎同平章事。李璟即位后，拜为司空。以司徒致仕，赐号"钟山公"。《全唐诗》收存其诗一卷。

采菊①

簇簇竟相鲜，②
一枝开几番。
味甘资麴糵，③
香好胜兰荪。④
古道风摇远，
荒篱露压繁。
盈筐时采得，⑤
服饵近知门。⑥

载《全唐诗》卷七三九（第十一册8512页）

【注释】

① 本诗与李建业《采菊》诗（《全唐诗》卷七七〇，第十一册8830页）内容相同。李建业生卒年及事迹无考，《全唐诗》收录其诗一首。

② 簇簇：一丛丛，一堆堆。

③ 甘：甜，味道好。资：帮助，提供。麴糵（qū niè）：亦作"曲糵"，酒曲。酿酒或制酱时引起发酵的东西。

④ 兰荪（sūn）：即菖蒲。

⑤ 时：经常。

⑥ 服饵：即"服食"。道教修炼方式（服用丹药和草木药），以求长生。服食起源于战国方士。知：通"智"，智慧，智识。

【译文】

一丛丛菊花竞相绽开释放芳香，
枝条上结满花蕾已经几番清芬。
菊花味道甜美可与酒曲相匹配，
菊花独特的清香也胜过了兰荪。
古道刮来凛冽秋风自远方而来，

庭院篱笆几乎天天是霜露浓痕。
要是经常采得满筐的菊花服用，
实行服饵养生就接近智慧大门。

江为

【作者简介】

江为，生卒年不详，约950年前后在世。字以善，五代时建州（今福建南平）人。曾游庐山，以陈贶为师学诗，居住二十年。南唐中主李璟见其题白鹿寺之"吟登萧寺旃檀阁，醉倚王家玳瑁筵"一句而称善久之。前往金陵求举，累试不第。怏怏不得志，欲束书亡越，为同谋者告发，因伏罪。《全唐诗》收存其诗八首。

旅怀

迢迢江汉路，^①

秋色又堪惊。

半夜闻鸿雁，

多年别弟兄。

高风云影断，

微雨菊花明。

欲寄东归信，

裴回无限情。

载《全唐诗》卷七四一（第十一册8532页）

【注释】

① 迢迢：形容遥远，漫长。江汉：广义上指江汉平原。江汉平原位于长江中游，湖北省的中南部，由长江、汉江冲积而成。西起宜昌枝江，东迄武汉，北自荆门钟祥，南与洞庭湖平原相连，面积约4.6万平方公里。

【译文】

江汉之行路程千里迢迢，

沿途秋色再次令人震惊。

半夜时分长空传来雁鸣，

弟兄离别多年长分西东。

西风劲吹高空云影不见，

微微细雨菊花艳丽鲜明。

想要寄出东归返乡的信，

激动徘徊无限乡情难平。

徐铉（八首）

【作者简介】

徐铉（916年—991年），字鼎臣，广陵（今江苏扬州）人。徐铉十岁能作文，与韩熙载齐名，人称"韩徐"。初仕杨吴，为校书郎。又仕南唐三主，历官知制诰、中书舍人、翰林学士、吏部尚书。后随后主李煜归宋，官至散骑常侍，世称"徐骑省"。淳化初因事贬静难军行军司马。徐铉曾奉旨与句中正、葛湍、王惟恭等同校《说文解字》，又曾编纂《文苑英华》《太平广记》等。《全唐诗》收存其诗六卷。

中书相公谿亭闲宴依韵①

雨霁秋光晚，

亭虚野兴回。

沙鸥掠岸去，②

溪水上阶来。

客傲风敧帻，③

筵香菊在杯。

东山长许醉，④

何事忆天台。⑤

载《全唐诗》卷七五二（第十一册8647页）

【注释】

① 原诗题注："李建勋。"中书：中书令的省称。隋唐以中书令、侍中、尚书令共议国政，俱为宰相，后因以中书称宰相。相公：宰相的尊称。谿：同"溪"。依韵：亦称同韵、和韵，即和诗与原诗同属一个韵部，但不必用其原诗的韵脚。

② 沙鸥：水鸟名，属鸥科，善飞，能游水，常随潮而翔。

③ 傲：傲岸，形容高傲自负、不屑随俗。帻：又称巾帻。古代中国男子包裹鬓发、遮掩发髻的巾帕。始见于汉代。

④ 东山：指隐居或游憩之地。据《晋书·谢安传》载，东晋名臣谢安早年曾辞官隐居会稽之东山，临安、金陵亦有东山，也曾是谢安的游憩之地。

⑤ 天台：指尚书台、省。唐代，尚书省又称中台，中书省又称西台，门下省又称东台。《资治通鉴·唐高祖武德二年》："臣何敢久污天台、辱东朝乎？"胡三省注："天台，谓尚书省。"

【译文】

雨后天晴秋光美景已晚，

溪亭已空野游兴尽而回。

沙鸥空中掠过向岸飞去，

溪水漫到亭边台阶上来。

客人傲岸巾帻被风吹歪，

筵席香浓菊酒斟满酒杯。

隐居游憩常可畅饮酣醉，

因为何事又把公务挂怀？

九日雨中

茱萸房重雨霏微，①

去国逢秋此恨稀。②

目极暂登台上望，

心遥长向梦中归。

荃蘪路远愁霜早，③

兄弟乡遥羡雁飞。

唯有多情一枝菊，

满杯颜色自依依。④

载《全唐诗》卷七五三（第十一册8655页）

【注释】

① 房：萸房（茱萸花的子房）。霏微：蒙蒙细雨。

② 恨：遗憾。稀：很，极。形容程度深。

③ 荃：即"菖蒲"，又名"荪"。蘪（mí）：指蘼芜。这种植物据辞书解释，苗似芎藭，叶似当归，香气似白芷，是一种香草。

④ 依依：指留恋，不忍分离。

【译文】

茱萸果实饱满天上细雨霏霏，

离开故乡遇重阳遗憾满胸臆。

且登上高台极目向家乡眺望，

思念远方亲人常在梦中回归。

香草相伴路远但愁寒霜早降，

兄弟相隔遥远羡慕鸿雁南飞。

手摘一枝菊花寄托心中相思，

杯中菊酒颜色饱含深情依依。

和尉迟赞善秋暮僻居①

登高节物最堪怜，②

小岭疏林对槛前。③

轻吹断时云缥缈，④

夕阳明处水澄鲜。⑤

江城秋早催寒事，

望苑朝稀足晏眠。⑥

庭有菊花尊有酒，

若方陶令愧前贤。⑦

载《全唐诗》卷七五五（第十一册8674页）

【注释】⑦

① 尉迟：复姓，以部落名命姓。

② 节物：各个季节的风物景色。

③ 槛：门槛。亦作"门坎""门限"。

④ 缥缈：亦作"飘渺"，隐隐约约，若有若无的样子。形容空虚渺茫。

⑤ 澄鲜：清新。

⑥ 苑：帝王的花园，喻指皇宫。朝：即上朝，指臣子到朝廷觐见君王，奏事议政。晏：迟，晚。

⑦ 方：通"仿"，模拟，模仿。

【译文】

登高远眺秋天风物最令人爱怜，

低矮山岭稀疏树林正对门槛前。

秋风轻吹时断续云层虚无缥缈，

夕阳斜照处蜿蜒江水清澈新鲜。

江城今年秋来早催生寒冷天气，

远望皇宫上朝少可以晚些入眠。

庭院开满菊花面前杯中常有酒，

如果模仿陶渊明实在愧对前贤。

奉命南使经彭泽①

远使程途未一分，②

离心常要醉醺醺。③

那堪彭泽门前立，④

黄菊萧疏不见君。

载《全唐诗》卷七五五（第十一册8677页）

【注释】

① 原诗题注："值王明府不在,留此。"南使:奉命去南方办事。

② 一分:十分之一。

③ 离心:别离之情。

④ 那堪:怎能承受,怎能忍受。

【译文】

远赴南方路程走了不足十分之一,

离别之情难消解常常喝得醉醺醺。

怎能忍彭泽扑空门前呆立的酸楚,

只见黄菊萧疏不见思念的明府君。

北苑侍宴杂咏诗·菊 ①

细丽披金彩, ②

氛氲散远馨。 ③

泛杯频奉赐,

缘解制颓龄。 ④

载《全唐诗》卷七五六（第十一册8684页）

【注释】

① 此诗是作者写的组诗（共五首）中的第五首（其余四首诗题目依次为:《竹》
《松》《水》《风》）。北苑:皇家园林地名。侍宴:臣子参加皇帝举行的宴会。

② 细丽:精致明丽。

③ 氛氲:指浓郁的烟气或香气。

④ 颓龄:衰老之年。陶潜《九日闲居》诗:"酒能祛百虑,菊为制颓龄。

【译文】

黄菊花蕊精致明丽披着金色光彩,

花香浓郁四处飘散远处闻到余香。

皇帝赐酒大臣们也频频举杯畅饮,

因为喝菊酒可延缓衰老有益健康。

九日落星山登高 ①

秋暮天高稻穟成，②
落星山上会诸宾。
黄花泛酒依流俗，
白发满头思古人。
岩影晚看云出岫，③
湖光遥见客垂纶。④
风烟不改年长度，⑤
终待林泉老此身。⑥

载《全唐诗》卷七五六（第十一册8686页）

【注释】

①　落星山：在江苏南京市东北，西接摄山，北临长江，相传有大星落于此得名。三国时，吴国曾建三层高楼于此。

②　穟（suì）：同"穗"。

③　出岫：从山中出来。

④　纶：即钓纶，钓竿上的线。

⑤　风烟：尘世。年长：年老。度：章程，行为准则。

⑥　林泉：林泉是指群山与树林相映成辉，泉水与石头环抱的秀美景色。也指文人雅士的隐居之地。老：婉辞，指人死，多指老人逝去。

【译文】

晚秋时节天高气爽稻穗已成熟，
重阳佳节落星山上开怀会嘉宾。
登高揽胜畅饮菊酒按传统风俗，
满头白发触景生情思逝去古人。
傍晚细看峰岩影中云气出山外，
遥远可见湖光相映宾客垂钓纶。
风烟改变不了年老处世的准则，
终在林泉之地安享晚年度终身。

十日和张少监

重阳高会古平台，①
吟遍秋光始下来。
黄菊后期香未减，
新诗捧得眼还开。
每因佳节知身老，
却忆前欢似梦回。
且喜清时屡行乐，②
是非名利尽悠哉。③

载《全唐诗》卷七五六（第十一册8686页）

【注释】

① 高会：称与人会面的客气话。
② 清时：指清平之时，太平盛世。
③ 悠哉：悠闲自得，不萦胸怀。

【译文】

重阳节与君相会在古平台，
纵情吟遍秋光尽兴方下来。
黄菊花瓣飘零香气仍四溢，
捧读君的新诗不由笑眼开。
每每因为欢度佳节知老去，
总忆以前欢乐好似旧梦回。
很开心清平时能屡屡行乐，
功过是非名利前程不萦怀。

和张少监晚菊

忆共庭兰倚砌栽，

柔条轻吹独依隈。①

自知佳节终堪赏，②

为惜流光未忍开。③

采撷也须盈掌握，④

馨香还解满尊罍。⑤

今朝旬假犹无事，⑥

更好登临泛一杯。⑦

载《全唐诗》卷七五六（第十一册8687页）

【注释】

① 隈（wēi）：角落。

② 佳节：重阳节。

③ 流光：指如流水般逝去的时光。

④ 采撷：摘取，采摘。盈掌：满手，满掌。

⑤ 罍（léi）：古代一种盛酒的容器，小口，广肩，深腹，圈足，有盖，多用青铜或陶制成。

⑥ 旬假：是唐、宋官员十日一休的惯例，这种假称"旬假"。

⑦ 登临：登山临水。泛：满溢，溢出。

【译文】

想起菊花与兰花一起挨着台阶栽下，

菊苗枝条柔软迎风摆挤在角落生长。

自知稀世芳姿将在重阳为人们欣赏，

珍惜时光而控制自己不忍提前绽放。

采摘菊花需尽兴一直采到满掌握花，

倒满手中酒杯才能品尝菊花酒清香。

今天休旬假难得空闲没有什么事情，

更喜欢登山临水倒满酒杯痛饮一场。

陈彦

【作者简介】

陈彦，生卒年不详。从徐铉《和司门郎中陈彦》诗中可知，陈彦担任过司门郎中。《全唐诗》收存其诗一首。

和徐舍人九月十一日见寄①

衡门寂寂逢迎少，②
不见仙郎向五旬。③
莫问龙山前日事，
菊花开却为闲人。

载《全唐诗》卷七五七（第十一册8700页）

【注释】

① 本诗与徐铉《和司门郎中陈彦》诗（载《全唐诗》卷七五二，第十一册8646页），内容相同。据《全唐诗人名汇考》，此诗是对徐铉《九月十一日寄陈郎中》一诗的和答诗，被误为徐铉诗。徐舍人：即徐铉。

② 衡门：指隐者所居屋舍之门。

③ 仙郎：唐人对尚书省各部郎中、员外郎的惯称。五旬：五十岁。

【译文】

我隐居已久与外界接触逢迎甚少，
很久不见未料仙郎年龄将届五旬。
莫问重阳节龙山登高赏菊的趣事，
只知秋天菊花开放是为满足闲人。

谭用之

【作者简介】

谭用之，生卒年不详，约930年—975年时人，字藏用。五代宋初诗人。

《宋史·文苑传》载："开宝初，有颖贽、刘从义善为文章；张翼、谭用之善为诗。"可见其在五代宋初时尚享诗名。然仕途不顺利，飘泊各地，辗转于陕、豫、湘、皖、浙等地，多与僧道处士交游。谭用之擅长七律，工于写景，多寄失意之慨。《全唐诗》收存其诗一卷。

寄王侍御

鸟尽弓藏良可哀，①
谁知归钓子陵台。②
炼多不信黄金耗，③
吟苦须惊白发催。
喘月吴牛知夜至，④
嘶风胡马识秋来。⑤
燕歌别后休惆怅，⑥
黍已成畦菊已开。

载《全唐诗》卷七六四（第十一册8762页）

【注释】

① 鸟尽弓藏：喻事情成功之后，对有功之人一脚踢开甚至赶尽杀绝。典出司马迁《史记·越王勾践世家》："蜚（飞）鸟尽，良弓藏；狡兔死，走狗烹。"

② 子陵台：严光，字子陵，与东汉光武帝刘秀曾一起游历。刘秀当皇帝后千方百计请他做官，都为其所辞，回到浙江桐庐县南富春山隐居种田。富春江有东西两台，各高百余米。东台为其隐居钓鱼处，称严子陵钓台。典出《后汉书·逸民列传·严光》。

③ 耗：耗损。

④ 喘月吴牛：吴地天气多炎暑，水牛怕热，见到月亮以为是太阳，故卧地望月而喘。

⑤ 嘶风：马儿迎风嘶叫。胡马：西北地区少数民族马匹。

⑥ 燕歌：战国时，燕太子丹命荆轲入秦刺秦王，至易水上，高渐离击筑，荆轲慷慨作歌曰："风萧萧兮易水寒，壮士一去兮不复还！"（《战国策·燕策三》）后以"燕歌"泛指悲壮的歌谣。

【译文】

鸟尽弓藏的悲剧实在是可哀，
谁知严子陵坚决辞官归钓台。
黄金练多了不信损耗的鬼话，
苦苦吟诗需吃惊白发的相催。
看到吴牛喘月知道夜间已至，
听见胡马嘶风识别秋天已来。
回顾燕歌悲壮作别休要惆怅，
眼前黍米已熟菊花已经绽开。

王周

【作者简介】

王周（？—948年），魏州（今河北邯郸市大名县）人。历仕后唐、后晋、后汉三朝，因为作战有功而升任刺史，后任贝州、泾州节度使、检校太师、同平章事，皆有善政。后汉乾佑元年病逝，追赠中书令。《全唐诗》收存其诗一卷。

和杜运使巴峡地暖节物与中土异黯然有感诗三首（其二）①

始看菊蕊开篱下，
又见梅花寄岭头。②
揽辔巴西官局冷，③
几凭春酒沃乡愁。④

载《全唐诗》卷七六五（第十一册8774页）

【注释】

①　巴峡：长江三峡之一。水流湍急，险滩林立，尤以西边的黄牛滩最为惊险。中土：中原地带。

② 寄：依赖，依附。

③ 揽辔（pèi）：本意为挽住马缰，亦为谏止君王履险的典故。典出《史记·袁盎晁错列传》。巴西：古代巴国中心在湖北，后逐步迁移至重庆。巴峡在古代巴国西部，故称巴西。

④ 沃：灌溉，浇。

【译文】

刚看过菊花盛开在家中东篱下，

又见到梅花绽放于巴峡山岭头。

挽住马缰想起巴西官场的险恶，

心情郁闷多次凭借春酒浇乡愁。

刘兼

【作者简介】

刘兼，约960前后在世，字不详，长安人。曾任荣州刺史。《全唐诗》收存其诗一卷。

重阳感怀（其一）

重阳不忍上高楼，

寒菊年年照暮秋。

万叠故山云总隔，

两行乡泪血和流。

黄茅莽莽连边郡，①

红叶纷纷落钓舟。

归计未成年渐老，②

茱萸羞戴雪霜头。

载《全唐诗》卷七六六（第十一册8782页）

【注释】

① 黄茅：茅草名。

② 归计：回家乡的打算、办法。

【译文】

今年过重阳节心中不忍登上高楼，

只是因为晚菊年年开花映照暮秋。

故乡远隔千山万水亲人不能相见，

思念亲人两行热泪和着鲜血涌流。

遍野黄茅莽莽连结北国边疆要塞，

满山红叶纷纷飘落在垂钓的小舟。

返回故乡的打算未成年岁已渐老，

重阳时羞愧地把茱萸插上雪白头。

元凛

【作者简介】

元凛：生平无考。唯可参考的是南唐陈致雍创作的散文《司农卿元凛谥议》曾提到，应任过司农卿职。《全唐诗》收存其诗二首。

九日对酒

嘉辰复遇登高台，①

良朋笑语倾金罍。

烟摊秋色正堪玩，

风惹菊香无限来。

未保乱离今日后，

且谋欢冾玉山颓。②

谁知靖节当时事，

空学狂歌倒载回。③

载《全唐诗》卷七七四（第十一册8862页）

【注释】

① 嘉辰：良辰，指重阳节。

② 玉山：喻俊美的仪容。此处指身体。颓：颓倒，颓靡。此处指醉酒。

③ 狂歌：纵情歌咏。汉朝徐干《中论·夭寿》："或披发而狂歌，或三黜而不去。"

【译文】

重阳节又碰到一起登上高台，

良朋相聚欢声笑语倾尽金杯。

烟气掺入无限秋色正堪赏玩，

秋风拂动菊花清香无尽袭来。

正当乱世难以保证今后安好，

且求今朝有酒尽兴畅饮酣醉。

谁晓陶潜当年酷爱饮酒深意，

只能空学古人狂歌倒载而回。

夏侯子云

【作者简介】

夏侯子云，生卒年不详，道士。初住峨眉山，后投司马承祯（道教上清派茅山宗第十二代宗师，"仙宗十友"之一）门下，前后十余年，学习修道夙兴夜寐，未尝怠缺。唐玄宗开元二十三年（735年），司马承祯辞世后，子云移住浙江余杭大涤山，筑药圃，种芝术。他喜爱作诗，但成稿后又常常废弃。《全唐诗》收存其诗一首。

药圃

绿叶红英遍，①

仙经自讨论。②

偶移岩畔菊，

锄断白云根。

载《全唐诗》卷七七八（第十一册8893页）

【注释】

① 红英：红花。

② 仙经：指道教经典。东晋医药学家葛洪所著《抱朴子》继承并改造了早期道教的神仙理论，系统地总结了晋以前的神仙方术和医学理论包括验方等，成为道教经典，对后世影响很大。

【译文】

药圃内外四周都是绿叶红花，

我自行钻研医方无人可辩论。

偶尔登山采药挖取岩畔野菊，

挥锄驱走云气如同挖断云根。

晁采

【作者简介】

晁采，生卒年不详，唐大历年间（766年—779年）人。唐朝女诗人。以与其夫文茂的爱情故事和爱情诗闻名于世，《子夜歌十八首》为其代表作。《全唐诗》收存其诗二十三首。

子夜歌十八首（其四）

相逢逐凉候，①

黄花忽复香。

攀眉腊月露，②

愁杀未成霜。

载《全唐诗》卷八〇〇（第十二册9095页）

【注释】

① 逐：追逐，追赶。候：节候，时令。
② 颦：皱眉。腊月：农历十二月。

【译文】

相逢时正赶上天冷节候，

黄菊花突然又重新绽放。

腊月看到降露让人皱眉，

此时不见冰霜令人心慌。

薛涛（二首）

【作者简介】

薛涛（约768—832年），字洪度，京兆长安（今陕西西安）人。唐代女诗人，成都乐妓。十六岁入乐籍，与韦皋、元稹有过恋情，恋爱期间，薛涛自己制作桃红色小笺用来写诗，后人仿制，称"薛涛笺"。脱乐籍后，终身未嫁。成都望江楼公园有"薛涛墓"。后人将薛涛与鱼玄机、李冶、刘采春并称唐代四大女诗人，与卓文君、花蕊夫人、黄娥并称蜀中四大才女。《全唐诗》收存其诗一卷。

九日遇雨二首（其一）

万里惊飙朔气深，①

江城萧索昼阴阴。②

谁怜不得登山去，

可惜寒芳色似金。③

载《全唐诗》卷八〇三（第十二册9136页）

【注释】

① 惊飙：突发的暴风，狂风。朔气：寒气。

② 阴阴：幽暗貌。

③ 寒芳：寒冷天气中开放的菊花。

【译文】

漫天暴风骤雨令寒气猛然加深，

顿使江城变得萧瑟白天暗沉沉。

谁在惋惜不能如常登高赏菊去，

可惜黄菊凌寒开放花色胜似金。

九日遇雨二首（其二）

茱萸秋节佳期阻，①

金菊寒花满院香。

神女欲来知有意，②

先令云雨暗池塘。

载《全唐诗》卷八〇三（第十二册9136页）

【注释】

① 茱萸秋节：重阳节。

② 神女：指巫山神女。宋玉《高唐赋》："昔者先王尝游高唐，怠而昼寝，梦见一妇人曰："妾，巫山之女也，为高唐之客。闻君游高唐，愿荐枕席。"王因幸之。去而辞曰："妾在巫山之阳，高丘之阻，旦为朝云，暮为行雨。朝朝暮暮，阳台之下。'旦朝视之，如言。故为立庙，号曰'朝云'。"

【译文】

因为风雨所阻重阳佳节受到影响，

寒风凄雨中金菊花开满院尽飘香。

原来是神女有意前来与楚王相会，

所以令云雨让天地变色暗了池塘。

鱼玄机（二首）

【作者简介】

鱼玄机（约844—约871年），初名鱼幼微，字蕙兰，长安（今陕西西安）人。唐代四大女诗人之一。咸通（860年—874年）年间为补阙李亿妾，以李妻不能容，进长安咸宜观出家为女道士。与文学家温庭筠为忘年交，唱和甚多。后被京兆尹温璋以打死婢女之罪名处死。鱼玄机性聪慧，有才思，好读书，尤工诗。《全唐诗》收存其诗一卷。

重阳阻雨

满庭黄菊篱边折，
两朵芙蓉镜里开。①
落帽台前风雨阻，
不知何处醉金杯。

载《全唐诗》卷八〇四（第十二册9150页）

【注释】

① 芙蓉：形容美人脸庞美丽。

【译文】

整座庭院里的黄菊围着篱笆开放，
美人对镜粉腮像芙蓉花一样绽开。
人们去落帽台赏菊已为风雨所阻，
不知他们将去何处畅饮醉倒金杯？

早秋

嫩菊含新彩，
远山闲夕烟。

凉风惊绿树，

清韵入朱弦。①

思妇机中锦，②

征人塞外天。③

雁飞鱼在水，④

书信若为传。

载《全唐诗》卷八〇四（第十二册9150页）

【注释】

① 朱弦：泛指琴瑟类弦乐器。

② 思妇：怀念远行丈夫的妇人。机：织机。

③ 征人：远行或出征的人。

④ 雁：寓意"鸿雁传书"。鱼：寓意"鲤鱼传书"。

【译文】

菊花蓓蕾初绽增添新鲜色彩，

远处山岭悠闲升起几处夕烟。

乍凉秋风轻轻拂过绿色树林，

清越旋律带着深情融入琴弦。

思亲妇人思念织进机中锦布，

塞外征人只能孤独望着长天。

大雁蓝天飞翔鱼儿水中漫游，

如有亲人书信它们定会相传。

无可

【作者简介】

无可，生卒年不详，俗姓贾，范阳（今河北涿州）人，贾岛从弟，唐代诗僧。少年时出家为僧，曾与贾岛同居青龙寺，后云游越州、湖湘、庐山等地。大和年间，为白阁寺僧。与姚合过往甚密，酬唱甚多。又与张籍、马戴等人友善。无可工诗，多五言，与贾岛、周贺齐名。《全唐诗》收存其诗二卷。

菊

东篱摇落后，①
密艳被寒催。②
夹雨惊新拆，
经霜忽尽开。
野香盈客袖，
禁蕊泛天杯。③
不共春兰并，
悠扬远蝶来。

载《全唐诗》卷八一三（第十二册9239页）

【注释】

① 摇落：凋残，零落。
② 密艳：密致鲜艳，指盛开的的菊花。
③ 禁：储藏。天杯：天子宴饮所用之杯。

【译文】

东篱之下的菊花已开始凋零，
密致鲜艳的花朵被寒流相催。
风中夹雨惊吓了新生的花蕾，
严霜过后花蕾忽然尽行绽开。
客人尽兴采菊菊香充盈袖间，
储藏的菊花美酒盛满了天杯。
菊花并不能与春兰同时开放，
花开的清香让远方蝴蝶飞来。

皎然（二首）

【作者简介】

皎然（730年—799年），俗姓谢，字清昼，湖州（浙江吴兴）人，是中国山水诗创始人谢灵运的十世孙，唐代著名诗人、茶僧，吴兴杼山妙喜寺主持，在文学、佛学、茶学等方面颇有造诣。与颜真卿、灵澈、陆羽等和诗，被时人成为"江东名僧"。皎然与诗僧贯休和齐已齐名。《全唐诗》收存其诗七卷。

九日和于使君思上京亲故①

霁景满水国，②

我公望江城。③

碧山与黄花，

烂熳多秋情。

摇落见松柏，

岁寒比忠贞。④

欢娱在鸿都，⑤

是日思朝英。⑥

载《全唐诗》卷八一七（第十二册9283页）

【注释】

① 于使君：即于頔（dí）（？—818年）， 字允元，河南（今河南洛阳）人，北周太师于谨七世孙。历任华阴尉、司门员外郎兼侍御史、长安令、驾部郎中、湖州刺史、苏州刺史、大理卿、陕虢观察使、宰相等职。与诗僧皎然等有唱酬。《全唐诗》收存其诗二首。上京：京都，指长安。

② 霁景：雨后晴明的景色。水国：多河流、湖泊的地区。

③ 我公：指于頔。

④ 岁寒：一年中的寒冷季节。

⑤ 鸿都：神仙府第，指上京。

⑥ 朝英：朝廷的英才。

【译文】

雨后初晴水乡到处美景，

于公登高俯瞰整座江城。

青翠山岭与遍野的黄菊，

花开灿烂展现秋季风情。

秋花凋零方见松柏本色，

岁寒才能鉴别谁是忠贞。

此时上京人们正在欢娱，

重阳佳节思念朝廷精英。

九日与陆处士羽饮茶①

九日山僧院，

东篱菊也黄。

俗人多泛酒，

谁解助茶香。

载《全唐诗》卷八一七（第十二册9294页）

【注释】

① 陆处士羽：即陆羽（733年—804年），字鸿渐，复州竟陵（今湖北天门）人，一名疾，字季疵，号竟陵子、桑苎翁、东冈子，又号"茶山御史"。陆羽一生嗜茶，精于茶道，以著世界第一部茶叶专著——《茶经》而闻名于世，是唐代著名的茶学家，被誉为"茶仙"，尊为"茶圣"，祀为"茶神"。《全唐诗》收存其诗二首。

【译文】

重阳节来时的山中寺院，

寺中东篱菊花也已金黄。

俗人只晓菊蕊能够酿酒，

哪知菊花也可增添茶香。

广宣

【作者简介】

广宣，生卒年不详，唐宪宗元和（806年—820年）年间在世。本姓廖，蜀中人。元和、长庆二朝，并为内供奉，赐居安国寺红楼院。与李益、杨巨源、韩愈、元稹、白居易等诗人均有应酬唱和之作，与令狐楚、刘禹锡最为密切，与令狐楚有唱和集一卷。《全唐诗》收存其诗一卷。

九月菊花咏应制①

可讶东篱菊，②

能知节候芳。③

细枝青玉润，④

繁蕊碎金香。⑤

爽气浮朝露，

浓姿带夜霜。⑥

泛杯传寿酒，

应共乐时康。

载《全唐诗》卷八二二（第十二册9354页）

【注释】

① 原诗题注："一作清江诗。"（但未查到清江有此诗。）应制：由皇帝下诏命而作文赋诗的一种活动，主要功能在于娱帝王、颂升平、美风俗。

② 讶：惊奇，奇怪。

③ 节候：节气，时令。芳：花香，指开花。

④ 青玉：青玉是软玉的一种，颜色跨度大，可细分为青白玉、青玉、青碧玉等。形容青翠的植物。

⑤ 繁蕊：茂盛的花瓣组成的花蕊。

⑥ 浓姿：艳丽的芳姿。

【译文】

东篱的菊花令人感到惊奇，

它知道什么时节该吐芬芳。
身上的枝叶如青玉般光润，
紧密的花蕊像碎金般芳香。
秋天的爽气带来清晨露水，
美丽的花容覆上夜间白霜。
斟满酒杯轮番献上祝寿酒，
应共享欢乐并祝皇帝健康。

子兰

【作者简介】

子兰，生卒年、籍贯均不详。僧人，曾任唐昭宗朝（889年—904年）文章供奉。《全唐诗》收存其诗一卷。

晚景

　　　　　　　池荷衰飒菊芬芳，①
　　　　　　　策杖吟诗上草堂。②
　　　　　　　满目暮云风卷尽，③
　　　　　　　郡楼寒角数声长。④

　　　　　　　　　　载《全唐诗》卷八二四（第十二册9373页）

【注释】

① 飒：形容风声。
② 策杖：拄着手杖。
③ 暮云：黄昏的云。
④ 郡楼：郡是古代的行政区域，郡楼是设在郡城城墙上的城楼。寒角：角即号角。因于寒夜吹奏，其声凄厉使人戒惧，故称。

【译文】

池塘荷衰秋风飒飒菊花飘溢芳香，

拄着手杖吟着诗篇缓步走上草堂。

极目长天黄昏云彩悉数被风吹尽，

郡楼传来数声寒角声音凄厉悠长。

贯休

【作者简介】

贯休（832年—912年），唐末五代前蜀画僧、诗僧。俗姓姜，字德隐，婺州兰溪（今浙江兰溪市游埠镇仰天田）人。七岁出家和安寺，日读经书千字，过目不忘。唐天复间入蜀，被前蜀主王建封为"禅月大师"，赐以紫衣。贯休曾有句云："一瓶一钵垂垂老，万水千山得得来。"时称"得得和尚"，有《禅月集》存世。亦擅长绘画，有《十六罗汉图》存世，为其代表作，在中国绘画史上，有着很高的声誉。《全唐诗》收存其诗十二卷。

游云顶山晚望①

云顶聊一望，

山灵草木奇。

黔南在何处，②

堪笑复堪悲。

菊歇香未歇，③

露繁蝉不饥。④

明朝又西去，

锦水与峨眉。⑤

载《全唐诗》卷八三〇（第十二册9441页）

【注释】

① 云顶山：云顶山位于成都平原东北部金堂县境内龙泉山脉中段，山势挺拔，峭壁入云，如刀削斧砍，环绕数里；上有平地数十亩，状若城垣，故称"石城山"，又名紫云山。唐天宝初改名云顶山，沿用至今。

② 黔：贵州的别称。

③ 歇：停止。喻凋谢。

④ 露繁蝉不饥：古人以为蝉是喝露水生活的，其实是依靠刺吸植物的汁液生存。

⑤ 锦水：即锦江，是岷江流经成都市区的两条主要河流，府河、南河的合称，也即府南河。此处指成都，在云顶山西南方向。峨眉：即峨眉山，位于四川省乐山市峨眉山市境内，是中国"四大佛教名山"之一，地势陡峭，风景秀丽，素有"峨眉天下秀"之称。在成都西南方向。

【译文】

登上云顶山放目看山景，

此山有灵气草木堪称奇。

黔南遥远竟不知在何处，

真是十分可笑而又可悲。

菊花开始凋萎香气犹存，

清露频繁秋蝉无须忍饥。

明天早晨又要启程西去，

此行欲前往成都和峨眉。

齐己（四首）

【作者简介】

齐己（863年—937年），出家前俗名胡德生，晚年自号衡岳沙门，湖南长沙宁乡县塔祖乡人，唐朝晚期著名诗僧。齐己的一生经历了唐朝和五代中的三个朝代。幼年出家为僧，拜荆南宗教领袖仰山大师慧寂为师。成年后，齐己出外游学，登岳阳，望洞庭，又过长安，遍览终南山、华山等风景名胜，还到过江西等地。齐己虽皈依佛门，却钟情吟咏，诗风古雅，格调清和，一生有大量诗作，数量仅次于白居易、杜甫、李白、元稹而居第五。《全唐诗》收存其诗十卷。

庭际晚菊上主人

九月将欲尽，
幽丛始绽芳。①
都缘含正气，②
不是背重阳。
采去蜂声远，
寻来蝶路长。
王孙归未晚，
犹得泛金觞。

载《全唐诗》卷八四一（第十二册9562页）

【注释】

① 幽丛：幽静之处的菊花。绽芳：菊花开放。
② 含：包含，蕴含。正气：四季正常气候，即春温、夏热、秋凉、冬寒等。

【译文】

清凉的九月即将结束，
幽静的菊花刚吐花香。
因它一直在吸收正气，
并非有意去背离重阳。
采粉而去的蜂声渐远，
寻香而来的蝶路正长。
王孙归来并不算太晚，
还可举杯畅饮聚一堂。

荆州新秋病起杂题一十五首·病起见庭菊

病起见庭菊，
几劳栽种工。

可能经卧疾，

相倚自成丛。

翠萼低含露，^①

金英尽亚风。^②

那知予爱尔，^③

不在酒杯中。

载《全唐诗》卷八四二（第十二册9580页）

【注释】

① 萼：在花瓣下部的一圈叶状绿色小片。

② 金英：黄菊。亚：枝丫。

③ 予：同"余"，我。尔：你。

【译文】

久病初愈来到庭院观看菊花，

不知主人栽培用了多少人工。

经过我卧病在床的这段时间，

菊花茁壮成长自行相倚成丛。

青翠花萼低头花蕾沾满露水，

金色菊花开在枝头沐浴秋风。

谁能知道我为何特别喜爱你，

不在于菊花可酿美酒倾杯中。

对菊

蝶醉风狂半折时，^①

冷烟清露压离披。^②

欲倾琥珀杯浮尔，^③

好把茱萸朵配伊。^④

孔雀毛衣应者是，^⑤

凤凰金翠更无之。^⑥

何因栽向僧园里，

门外重阳过不知。

载《全唐诗》卷八四六（第十二册9641页）

【注释】

① 风：通"疯"。

② 烟：烟云，雾气。离披：分散下垂貌，纷纷下落貌。

③ 琥珀：一种透明的生物化石，是距今4500—9900万年前的松柏科、豆科、南洋杉科等植物的树脂滴落，掩埋在地下千万年，在压力和热力的作用下石化形成，有的内部包有蜜蜂等小昆虫，奇丽异常，故又被称为"松脂化石"。杯：酒杯，酒具。浮：溢出。

④ 朵：花朵，即植物的花或苞。伊：表示第三人称，相当于"她""他""彼"。

⑤ 孔雀：孔雀属鸟纲鸡形目雉科，有蓝孔雀、白孔雀、黑孔雀、花孔雀、绿孔雀。毛衣：全身羽毛。

⑥ 凤凰：亦作"凤皇"，古代传说中的百鸟之王。雄的叫"凤"，雌的叫"凰"，总称为凤凰，亦称为丹鸟、火鸟、鹓雏、威凤等，常用来象征祥瑞。凤凰齐飞，是吉祥和谐的象征，自古就是中国文化的重要元素。

【译文】

菊花半折时蝴蝶飞舞若狂若醉，

寒雾清露将菊花压得叶乱花低。

真想用琥珀酒杯盛满菊花佳酿，

好将茱萸果放入酒中以使相配。

即使孔雀一身羽衣也不过如此，

犹如凤凰通体金翠更无可匹敌。

何故把菊花栽到寺院花园里面，

门外过重阳寺中僧人竟不相知。

对菊

无艳无妖别有香，

栽多不为待重阳。

莫嫌醒眼相看过，①

却是真心爱澹黄。②

【注释】

① 嫌：厌恶，不满意。醒眼：清醒的眼光。
② 澹（dàn）：通"淡"，淡薄，浅淡，澹黄：黄菊花朵的颜色。指黄菊。

【译文】

不娇艳也不妖冶只是别有清香，
广为栽种不仅是为重阳节欣赏。
别嫌我用清醒的眼光看待菊花，
我发自内心地爱她艳丽的淡黄。

吴筠

【作者简介】

吴筠（？—778年），字贞节，一作正节，华州华阴（今陕西华阴县）人。唐代著名道士。进士落第后，隐居南阳倚帝山。后入嵩山，师承冯整齐而受正一之法。开元（713年—741年）中，南游金陵，访道茅山。后又游天台，观沧海，与名士相娱乐，文辞传颂京师。玄宗闻其名，遣使召见于大同殿，令待诏翰林。天宝（742年—755年）年间，安禄山将乱，求还茅山东入会稽，往来于天台、剡中，与李白、孔巢父等诗篇酬和，交往甚密。后隐居于杭州大涤洞。吴筠对道教理论和理学有重要贡献。《全唐诗》收存其诗一卷。

高士咏·陶征君 ①

吾重陶渊明，
达生知止足。②
怡情在樽酒，③
此外无所欲。
彭泽非我荣，

折腰信为辱。④

归来北窗下，⑤

复采东篱菊。

载《全唐诗》卷八五三（第十二册9722页）

【注释】

① 本诗为作者所作组诗《高士咏》（共五十首）中的最后一首。征君：不受朝廷官职的人，"陶征君"指陶潜。南朝诗人江淹曾作五言古诗《陶征君潜田居》。

② 达：指通晓，通达。生：指生命。达生就是通达生命的意思。典出《庄子·外篇·达生》

③ 怡情：怡悦心情。

④ 折腰：屈身事人。典出《晋书·隐逸传·陶潜》："吾不能为五斗米折腰，拳拳事乡里小人耶！"

⑤ 归来：从别处回到原来的地方。陶渊明曾作《归去来兮辞》。

【译文】

我对陶渊明十分敬重，

他通达生命知足常乐。

怡悦心情只在杯中酒，

除此并无其他的求取。

当彭泽令并非他荣耀，

为俸禄折腰更是耻辱。

不如归来家乡北窗下，

重采东篱之下的香菊。

薛莹

【作者简介】

薛莹，生卒年、籍贯均不详，唐文宗（826年—840年在位）时人，有《洞庭诗集》一卷。《全唐诗》收存其诗十一首。

十日菊

昨日尊前折，①

万人酣晓香。②

今朝篱下见，

满地委残阳。③

得失片时痛，④

荣枯一岁伤。

未将同腐草，

犹更有重霜。

载《全唐诗》卷八八四（第十三册10061页）

【注释】

①　昨日：重阳节。尊：酒杯。

②　酣：痛快，酣畅。晓：天明，天亮。

③　委：委托，托付。残阳：夕阳。

④　片时：片刻，不多时。

【译文】

昨天过重阳饮着菊酒摘取菊花，

万众在清晨沉醉于菊花的芳香。

今天早上再看篱下尚存的菊花，

惜残花满地枝叶委顿面对夕阳。

得到或者失去只是短暂的痛苦，

从兴盛到衰亡将是一年的哀伤。

不能把菊花等同已衰朽的野草，

还将迎接考验需面对严寒重霜。

顾夐（二首）

【作者简介】

　　顾夐（xiòng），字琼之，生卒年、籍贯均不详。五代词人。前蜀王建通正（916年）时，以小臣给事内廷，后擢茂州刺史。入后蜀，累官至太尉。顾夐能诗善词，专写男女艳情，有《花间集》传世。《全唐诗》收存其词五十五首，另有诗一首。

荷叶杯（其五）①

　　　　　　　夜久歌声怨咽，

　　　　　　　残月，

　　　　　　　菊冷露微微。

　　　　　　　看看湿透缕金衣，②

　　　　　　　归摩归，③

　　　　　　　归摩归。

　　　　　　　　　载《全唐诗》卷八九四（第十三册10165页）

【注释】

①　荷叶杯：词牌名，原为唐代教坊曲名。

②　缕金衣：即金缕衣。缀有金线的衣服，比喻荣华富贵。

③　摩（mɑ）：语气助词，相当于"吗"。

【译文】

夜已深宫中歌声哀怨呜咽，

天上一弯残月，

菊花凄冷寒露微微。

看看露水已经湿透金缕衣，

归不归？

归不归？

浣溪沙（其五）

庭菊飘黄玉露浓，①

冷莎偎砌隐鸣蛩，②

何期良夜得相逢。③

背帐风摇红蜡滴，

惹香暖梦绣衾重，④

觉来枕上怯晨钟。⑤

载《全唐诗》卷八九四（第十二册10168页）

【注释】

① 飘黄：黄菊花开。玉露：指秋露。

② 莎（suō）：莎草，多年生草本植物，地下的块根称"香附子"，可入药。

③ 何期：犹言岂料。表示没有想到。良夜：美好的夜晚。

④ 惹香：沾染了醉人的芬芳。重：重叠。

⑤ 觉：睡醒。晨钟：清晨的钟声。

【译文】

庭院菊花绽放秋天露水浓重，

蟋蟀藏在台阶旁边的莎草中。

未料美好夜晚能够欢聚相逢。

微风轻拂床帐室内红蜡泪滴，

一夜芳梦旖旎绣衾风情重重，

清晨醒来懒起竟然怯对晨钟。

吕从庆

【作者简介】

吕从庆（824年—921年），字世膺，号丰溪渔叟，唐末五代诗人。祖籍大梁（今开封），随祖父旅宦至金陵（今南京），约广明元年（880年）避乱举家迁徙至歙县（今安徽歙县），最终定居旌德县（今安徽旌德县）丰溪，自号"丰溪渔叟"，常以陶渊明自况，诗风亦类渊明。南唐时卒，年九十七。《全唐诗》失收其人其诗，今存《丰溪存稿》一卷，收诗四十五首，录入《全唐诗补逸》卷十五。

菊

> 短篱偎曲径，①
> 风雨困秋曦。②
> 竟惜芙蓉冷，③
> 何知更有伊。④

载《全唐诗补逸》卷十五（第十三册10536页）

【注释】

① 偎：依偎，紧挨着。

② 曦：阳光（多指早晨的阳光）。

③ 芙蓉：锦葵科，木槿属植物，原名木芙蓉，别名芙蓉花、拒霜花、木莲、地芙蓉、华木、酒醉芙蓉。

④ 伊：彼、他、她，第三人称的代称。

【译文】

低矮的菊篱紧挨着弯曲的小路，
连日的风雨遮挡了秋日的阳光。
大家只怜惜芙蓉遭遇低温袭击，
有谁想到菊花此时应凌寒绽放。

附录一

本书未选用的唐五代咏菊诗词目录及出处（501首）

（同一首诗重复收存者以及两首内容大部相似但作者不同的，均取一首。所选诗词，除另有说明外，均载自《全唐诗》）

李世民（九首）

1 过旧宅二首（其二） 卷一（第一册5页）

2 度秋 卷一（第一册9页）

3 仪鸾殿早秋 卷一（第一册9页）

4 秋日即目 卷一（第一册9页）

5 山阁晚秋 卷一（第一册9页）

6 秋暮言志 卷一（第一册9页）

7 秋日斆庾信体 卷一（第一册10页）

8 初秋夜坐 卷一（第一册13页）

9 五言塞外同赋山夜临秋以临为韵 《全唐诗续拾》卷二（第十四册10916页）

李治

10 九月九日 卷二（第一册22页）

李适（五首）

11 重阳日赐宴曲江亭赋六韵诗用清字 卷四（第一册45页）

12 九月十八赐百僚追赏因书所怀 卷四（第一册45页）

13 重阳日中外同欢以诗言志因示群官 卷四（第一册46页）

392

唐五代咏菊诗词选

TANGWUDAI YONGJU SHICIXUAN

许坚

477 小桃源 载《全唐诗续补遗》卷一一（第十四册10731页）

王绩

478 秋园夜坐 载《全唐诗续拾》卷二（第十四册10910页）

李世民

479 五言塞外同赋山夜临秋以临为韵 载《全唐诗续拾》卷二（第十四册10916页）

陈元光（二首）

480 候夜行师七唱（其五） 载《全唐诗续拾》卷八（第十四册11001页）

481 候夜行师七唱（其六） 载《全唐诗续拾》卷八（第十四册11002页）

郑概 裴晃 严维 徐嶷 张著 范绛 刘全白 沈仲昌

482 大历年浙东联唱集·秋日宴严长史宅 载《全唐诗续拾》卷一七（第十四册11139页）

阳城

483 谒赠何国子监司籍坚 载《全唐诗续拾》卷二二（第十四册11198页）

齐推

484 登石伞峰 载《全唐诗续拾》卷二二（第十四册11207页）

元积（二首）

485 寒露九月节 载《全唐诗续拾》卷二五（第十四册11260页）

486 霜降九月中 载《全唐诗续拾》卷二五（第十四册11260页）

令狐楚

487 九日黄白二菊花盛开对怀刘二十八 载《全唐诗续拾》卷二七（第十五册11282页）

李绅

488 在端州知家累以九月九日发衡州因寄 载《全唐诗续拾》卷二八（第十五册11308页）

朱著

489 游南雁荡 载《全唐诗续拾》卷二八（第十五册11434页）

裴说

490 客中重阳 载《全唐诗续拾》卷四一（第十五册11532页）

附录二

《全唐诗》有关 "菊"的句及出处（13句）

李煜

1.句

鬓从今日添新白，菊是去年依旧黄。

《全唐诗》卷八（第一册79页）

欧阳澥

2.句

黄菊离家十四（一作四十）年。

《全唐诗》卷六〇七（第九册7064页）

徐仲雅

3.句

败菊篱疏临野渡，落梅村冷隔江枫。

《全唐诗》卷七六二（第十一册8739页）

谭用之

4.句

织槛锦纹苔乍结，堕书花印菊初残。（《宿西溪隐士》）

《全唐诗》卷七六四（第十一册8763页）

陆畅

5.句

满手香传金菊酒，漏声遥滴上阳宫。（九日）

《全唐诗逸》卷上（第十三册10250页）

杨微之

6.句

开尽菊花秋色老，落残桐叶雨声寒。（《宿东林》）

《全唐诗补逸》卷一六（第十三册10549页）

李漼（唐懿宗）

7.赏花短歌

长生白，久视黄，共拜金刚不坏王。（谓菊花也。《清异录》二）

《全唐诗续补遗》卷九（第十四册10694页）

贾岛

8.句

祭闲收朔雪，吊后折寒枝。

《全唐诗补逸》卷一六（第十五册11295页）

杜光庭

9.句

五行正气产黄花。（宋史铸《百菊集谱》卷六集句引）

《全唐诗续拾》卷五一（第十五册11712页）

10.句

北斗暗量浮世去，东篱旋报菊花黄。

《全唐诗续拾》新见逸诗附存（第十五册11956页）

无名氏

11.双声对诗

秋露香佳菊，春风馥丽兰。

《全唐诗续拾》卷六〇（第十五册11922页）

12.句

泛色松烟举，凝花菊露滋。

《全唐诗续拾》卷五一（第十五册11923页）

13.秋诗（一联）

金风晨泛菊，玉露宵沾兰。

《全唐诗续拾》卷五一（第十五册11927页）

附录三

本书所选诗词涉及诗人名录（298人）

（含内容相似诗的不同作者、联句诗的署名作者）

李世民	李显	李治	李适（唐德宗）	上官婉容
李煜	郭元振（郭震）		陈叔达　袁朗	许敬宗
王绩	崔善为	卢照邻	贺敳　崔日用	苏瑰
张九龄	杨炯	宋之问	崔湜　王勃	李峤
邵大震	阎朝隐	韦元旦	李适（大臣）苏颋	骆宾王
陈子昂	张说	张均	赵彦伯　韦嗣立	李义
卢藏用	岑羲	薛稷	马怀素　吴少微	沈佺期
阴行先	赵彦昭	萧至忠	李迥秀　杨廉	韦安石
窦希玠	陆景初	郑南金	李咸　赵彦伯	于经野
鞠瞻	樊忱	孙佺	张景源　李恒	张锡
解琬	李泌	张谔	包融　张子容	崔国辅
王维	王缙	祖咏	李顾　储光羲	王昌龄
刘长卿	萧颖士	崔曙	孟浩然　李白	韦应物
刘湾	孙昌胤	张谓	岑参　沈宇	包佶
李嘉祐	皇甫曾	高适	杜甫　贾至	钱起
张继	韩翃	独孤及	郎士元　皇甫冉	刘方平

王之涣
耿湋 畅当 范灯 郑絪 韩愈 席夔 白居易 鲍溶 顾非熊 许浑 赵嘏 孟迟 贾岛 公乘亿 陆龟蒙 李山甫 唐彦谦

刘昚虚
戎昱 司空曙 崔元翰 颜粲 王涯 孟郊 杨衡 殷尧藩 张祜 李商隐 卢肇 薛能 温庭筠 司马都 张贲 李咸用 郑谷

秦系
戴叔伦 崔峒 张登 权德舆 柳宗元 张籍 牟融 沈亚之 裴夷直 郑史 孟球 卢顺之 刘沧 汪遵 崔璞 方干 韩偓

严武
卢纶 王建 朱放 羊士谔 陈羽 李贺 李渤 姚合 朱庆馀 陈上美 石贯 郑崿 李棠 许棠 罗邺 吴融

严维
李益 刘商 武元衡 杨巨源 欧阳詹 刘叉 李德裕 周贺 雍陶 喻凫 姚鹄 崔橹 于濆 林宽 司空图 罗隐

顾况
李端 朱湾 李吉甫 令狐楚 刘禹锡 元稹 李绅 郑巢 杜牧 薛逢 马戴 李群玉 武瓘 皮日休 来鹄 章碣

杜荀鹤
钱珝 江为 徐光溥 夏侯子云 颜真卿 清昼 寒山 贯休 薛曜

韦庄
黄巢 陈陶 谭用之 无名氏 袁高 李令从 灵澈 齐己 翁承赞

王贞白
罗绍威 李中 王周 韦执中 陆士修 赵氏 无可 尚颜 孙鲂

张蠙
和凝 徐铉 刘兼 诸葛觉 蒋贻恭 皎然 采采 吴 公孙杲

黄滔
李建勋 陈彦博 李建业 李峤 王起 薛涛 吕文

徐夤
廖匡图 萧遘 元凛 殷佐明 嵩起 鱼玄机 子兰 李瀚 李存勖

薛　莹　　　顾　夐　　　尹　鹗

蔡　孚　　　畅　诸　　　马吉甫　　皇甫斌　　马云奇　　丁　儒
常　兖　　　李　谅　　　王　棨　　崔致远　　张又新　　许　坚
陈元光　　郑　概　　　裴　晃　　徐　嶷　　张　著　　范　绛
刘全白　　沈仲昌　　阳　城　　齐　推　　罗弘信　　吕从庆
朱　著　　裴　说　　　詹敦仁　　詹　琲　　赵　志

欧阳澥　　徐仲雅　　陆　畅　　杨徽之　　李　濆　　杜光庭

附录四

关于白居易《咏菊》诗的真伪

在爱好古诗词又喜爱菊花的人群中，有一首唐朝大诗人白居易的《咏菊》诗广泛流传。这首诗全貌如下：

咏菊

白居易

一夜新霜著瓦轻，
芭蕉新折败荷倾。
耐寒唯有东篱菊，
金粟初开晓更清。

利用百度搜索一下，这首诗赫然在目，不止一个网站、一篇文章加以介绍推广。但本人在研究唐五代咏菊诗时，花费了相当精力搜寻这首诗的出处，包括全面翻阅体现最新唐诗研究成果的中华书局版的《全唐诗》（十五册），都没有发现这首诗的踪迹。

根据检索的提示，我发现了宋朝大诗人欧阳修写的一首诗：

霜

欧阳修

一夜新霜著瓦轻，
芭旧心折败荷倾。
奈寒惟有东篱菊，
金蕊繁开晓更清。
　　　　载《全宋诗》卷二六四

　　虽然从题目到内容都有不同之处，但不难看出，这两首诗从立意，到结构、用词上如出一辙。这就产生了一个问题，在相隔200多年的不同朝代，两个大诗人怎么会写出如此相似的两首诗呢？不出意外的话，比较靠谱的可能性只有两个：一是白居易并没有创作过《咏菊》，欧阳修独立创作了《霜》；二是白居易创作了《咏菊》，欧阳修借鉴或者抄袭了白居易的《咏菊》继而创作了《霜》。以白居易的诗坛地位和影响力来说，他有这样的诗作，不可能不进入他的诗集而流传后世，不可能流传千年而在历史上没有痕迹；而以欧阳修的文坛地位和知名度而言，他也不可能冒着被人指责为剽窃的风险，公然抄袭两百多年前的知名作品。因此第二种可能性可以排除。现有证据表明，所谓的白居易的《咏菊》是赝品，而欧阳修的《霜》才是真身。这种现象估计是后人在辗转抄传中产生的谬误，以致不断扩散。

　　由于现代媒体的作用，现在所谓的白居易的《咏菊》流传很广，影响明显超过了欧阳修的《霜》。这是名副其实的张冠李戴，以假乱真。尽管因为历史和现实的种种原因，在文化传播尤其是诗词流传中以讹传讹、错中生错的现象并不少见，但白居易和欧阳修都是中华诗坛中的泰斗人物，他们的作品不应该被这样谬传。